LE RAYON IMAGINAIRE

Collection dirigée par Brigitte Leblanc

GOLDEN AGE

FABRICE COLIN

GOLDEN AGE

LE RAYON
IMAGINAIRE

58 rue Jean Bleuzen, CS 70007, 92128 Vanves CEDEX

Death, like a door
To a place we've never been before

Big Thief, *Change*

Vaughan Williams, *The Lark Ascending*

Valkyries
Môme
Néant
Mara
Farfadets
Nidhog
Ymir
Sans
Mun
Henry
lait
Losly
Carabosse
comme
Picancroque
Malbertine
Ichabod
Fou
Chœur
La
Titania
Fier
Léger
Feux
Midi
Ombre
Silly
O
De
Les
Dame
Mart
Mr
Punch
Duc
Du
Fianna
Hill
Nelly
Parlefeu
Grouk
Brûleur
Babaloum
Perle
Maleen
Fantôme
Chats
Turquoise
courtauds
Blés
Bras
Puits
Tomtes
Jack
Strigx
Mélusine
Fortune
Intrus
Oriande
Sous
Quirotte
Jazabel
Graal
Petit
Scaraouche
Gruagach
Gregor
Kalott
Gabriel
Brunehilde
Mel
Viviane
Lollita
Charbon
Dame
Bête
Perlimpinpin
Pâle
Oogie
Marquis
Virgile
Grenouille
Bleu
Barde
Vert
Sable
sombres
Roi
Boo
Dan
Rêveur
Hiver
Cygnes
Toll
Vrai
George
Princes
Arie
Jean
Empereur
Smith
Diamant
Doomirage
frappeurs
Douze
Visage
Ball
Tigres
Féroces
Fées
Grendelyn
Nornes
Gris
Mare
Vert
Scrooge
Airain
Grincha
Tristanel
Perdue

Assis sur une branche haute, les pieds se balançant dans le vide, le petit être frissonna. Marié à l'ombre, né des abysses, il n'avait pas de forme ni d'apparence précise ; il n'en avait une, au vrai, que si vous décidiez de le *voir* et, même en cet instant, il ressemblait rigoureusement à ce que vous vouliez qu'il soit : un fagotin léger à culottes bouffantes, un hoplite plus ou moins miniature coiffé d'un casque à plumets, un adolescent boudeur vêtu d'un pourpoint orné de fils d'or, voire (c'était la mode, ces temps-ci) un diablotin priapique au front orné de cornes, aux sabots fendus et au poitrail tapissé de boucles ambrées. N'importe quoi, en vérité, aurait fait l'affaire. Ainsi de son nom : si les vieux paysans du coin l'appelaient « Pook », d'aucuns, plus lettrés ou se croyant poètes, préféraient Saint-Argos, ou l'Homme Vert, Billy Blind, Kailoken, l'Aimable Compère, Lord Passe-Velours, etc. Les dignitaires du Haut Peuple, eux, dans une langue qu'ils étaient seuls à connaître, l'avaient baptisé 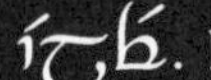. Pour un mortel, ce nom n'avait pas plus de sens que la rencontre du vent et d'un souvenir : un murmure niché au creux d'un songe, un diamant réduit en poussière à la seconde même où s'ouvrait la paupière.

Soucieux, fébrile, assailli par mille injonctions contradictoires auxquelles, de plus en plus fréquemment, il tentait d'échapper en s'abandonnant à des accès de procrastination ravageurs (dont il ne s'extrayait que plus agité encore), 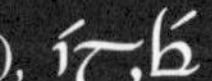 se moquait bien de la façon dont on pouvait l'appeler à cette heure : avant tout, il aurait aimé être *vu*. Seulement, comme tant d'autres, le mortel qu'il lorgnait semblait appartenir à la cohorte déprimante des aveugles.

En point d'exclamation renversé, [illegible] se laissa tomber de sa branche, *toup* ! les pieds dans le tapis de primevères qui ceignait le tronc en corolle. Intrigué, il se pencha sur l'homme occupé à fumer et, les yeux plissés, tête inclinée, suivit avec attention le trajet de la fumée qui, en une lente armée laiteuse, envahissait l'arachnéen dédale des alvéoles pulmonaires et traversait les membranes avant de se mêler à la circulation sanguine pour gagner la forteresse du cœur. *Homo sapiens*, ça ? L'oxygène se raréfiait, dans les artères. Saisi d'un affolement confus, le gros muscle spongieux se contractait plus fort. Cesse, mais cesse donc ! criait [illegible], impuissant, à l'oreille du mortel. Bondissant autour de lui dans une danse tapageuse, il finit par porter à ses lèvres l'emblématique flûte de roseaux dont les mythologues paresseux l'équipaient volontiers sur les fresques et amphores des musées, et souffla. Las ! sa mélodie sauvage demeurait lettre morte.

Que-faire-que-faire-que-faire… Un étang scintillait non loin, cerné de frênes. D'un geste rasant, [illegible] aurait pu en remuer le tréfonds boueux et réveiller chevesnes et vandoises somnolant en leur forêt d'algues charnues. Et après ? Le malheureux se serait approché, intrigué… puis serait reparti, ah, tiens, bon. Ce n'était pas un secret : les mortels désiraient rarement en savoir plus à propos de *quoi que ce soit*.

Frustrée, la créature exhala une bouffée d'air sucré à son visage —— fragrances de mûres et de framboises. Presque simultanément, l'humain expulsa par ses narines deux jets de fumée piquante : à se demander s'il le faisait exprès. [illegible] frappa dans ses mains pour arrêter le vent. Mais quel vent ? L'homme ne sentait rien, ne voulait rien sentir.

Oh, formidable. Un renard, alors ? Trente secondes plus tard, Goupil s'avançait sur le sentier, langue pendante. Bien le bonjour. Charmante journée, n'est-ce pas ? Sauf que, de toute évidence, le bipède indocte ne voyait là qu'un *vulpes vulpes* au pelage rêche, dont seule l'intrépidité avait êtres fragiles. Ils érigeaient des repères de guingois, s'accrochaient à des croyances étiques, et ceux qui s'écartaient du droit chemin – à moins de composer des sonates, d'écrire des poèmes ou de peindre de généreuses toiles champêtres – étaient non pas célébrés ni même écoutés, mais, au mieux, rejetés par leurs semblables, au pire cloîtrés dans des cellules sans fenêtre. íꞇb́ le savait, qui avait parfois rendu visite à certains d'entre eux ; leur détresse n'était pas belle à voir.

Résignée, la créature se hissa sur la souche, tout près de l'homme qui, ayant repris sa position initiale, venait d'écraser sa cigarette d'un coup de talon et triturait maintenant sa lèvre inférieure. Elle se pencha vers lui, tentant de percer l'écheveau de ses pensées. Un vrai nid d'hirondelle : labyrinthique, inutilement complexe. Au cœur du treillis, un oisillon de malheur pépiait avec entrain. Tous les humains n'abritaient-ils pas en leur sein un semblable pierrot ? Attristé, et sentant poindre l'ennui, íꞇb́ écarta les bras : une colonne de lumière ardente apparut, qui l'aspira au-dessus des frondaisons.

Tournoyant sur lui-même, le visage baigné d'été, il surplomba un moment le bois, les champs, les vallons et les clochers, riant tandis que son ombre faisait aboyer les chiens, passant sur les ruines couvertes de fleurs. Puis, sans sommation, il se propulsa en un fulgurant éjaculat vers les falaises crayeuses —— la mer d'un bleu de fumée qui allait tant lui manquer.

JOURI

LE MANOIR AUX SIX TOURELLES

Le ciel du Dorset, en cette matinée de juillet 1914, évoquait une toile d'Edgard Cadwallen : l'un de ces beaux et grands ciels tout froissés de couleurs qui donnent envie, d'un coup de talon, de quitter la terre ferme pour rejoindre les nuées, percer l'azur et se noyer dans la ouate des songes. Trevor Sinclair, cependant, n'avait pas le cœur à rêver. Sa voiture, une Mercurio V8 chromée qui lui avait coûté un bon tiers de son héritage – une folie, mais il n'était plus à ça près – venait de calancher en rase campagne, à une lieue de Knighton Mills, à en croire une pancarte au sortir du bois. Serrant le volant à l'en tordre, il s'efforçait de recouvrer son calme. La question n'était plus de savoir pourquoi le sort s'acharnait ; il lui fallait de l'aide, point.

À tout hasard, il tapota le cadran de jauge enchâssé dans le panneau en bois de merisier ; mais pas de surprise : l'aiguille restait inerte. Il avait fait le plein du côté de Salisbury, aucune raison de suspecter une fuite. Alors quoi ? Sur le siège passager en cuir de bison, son canotier reposait, rôti par le soleil. Il le posa sur sa tête et rajusta le rétroviseur pour inspecter son profil. Taillée en petit guidon, la moustache lui paraissait convaincante ; c'était déjà ça.

Ouvrant sa portière côté chemin, il posa un pied sur le gravier. Malgré la chaleur du matin, il décida de prendre sa veste en lin. Il rajusta sa lavallière, reboutonna les manches de sa chemise et enfila le vêtement en humant le parfum des chaumes. À l'exception des trois papillons chamarrés de beige et de blanc qui, doucement ivres, étaient venus folâtrer, il n'y avait pas âme qui vive. Main en paravent, Trevor Sinclair s'avança. Là-bas, sous le couvert ombreux des chênes, le chemin s'enfonçait telle une promesse.

— Eh bien, à Dieu vat, j'imagine.

Bravache, il écarta une mèche récalcitrante. Il allait falloir travailler cette voix. Perché sur un poteau de clôture, un pouillot siffleur lança son chant strident. On aurait dit qu'une couturière venait de mettre sa machine en route. Trevor guigna l'importun. C'est ma voiture, qui te fait rire ? Oh, je peux comprendre. Ce grotesque scarabée harnaché de cuivre et de bronze, avec son habitacle festonné d'essences rares et ses voyants abscons… « Mercurio, Ecce homo », proclamait le slogan de la marque. Cocasse, en effet. Il s'élança sur le sentier, laissant l'oiseau blasphémer le soleil.

Il était venu pour interviewer Kembell Gradey, l'indéboulonnable écrivain à succès (« les parents me lisent, les enfants me comprennent »), reclus en sa résidence estivale : telle était, du moins, la version officielle. L'entreprise était risquée à plus d'un titre, mais Trevor n'avait plus le choix. Albert, le fils de Kembell, ne lui avait pas donné signe de vie depuis plus de trois mois, et l'attente était devenue insupportable. À tout le moins, il fallait crever l'abcès : avant, peut-être, que les Boches débarquent et réduisent l'idée même d'avenir à un non-sens.

Il s'était annoncé par un courrier fleuri, alléguant, à l'endroit du maître des lieux, « une admiration sans bornes ». En retour, et pour prix de cette ferveur hyperbolique, il n'avait reçu qu'un télégramme rédigé, vraisemblablement, par le secrétaire de Gradey – « Vous attendons le 21. Stop ». Bah, cela lui suffisait. Il savait qu'Albert passait l'essentiel de ses étés chez son père, le reste, il en faisait son affaire.

Il entrait à présent dans le sanctuaire du sous-bois, attaquant le sentier d'un pas conquérant – le généreux feuillage ne laissant filtrer que quelques rayons d'or. Sourions. Il n'avait vu Kembell Gradey qu'une fois, et il était impossible que le patriarche en garde le moindre souvenir. La rencontre (volontairement) manquée avait eu lieu au Théâtre royal de Glasgow, plus d'un an auparavant ; on donnait une pièce de Brugmann, qui finirait sous les lazzis. Flanqué d'un fils-garde-du-corps engoncé dans un complet trop serré, Gradey, subissant les hommages conjugués d'une paire de sous-comtesses aux visages trop fardés et d'un quarteron de chroniqueurs obséquieux, lui avait fait l'effet d'un personnage condescendant, tout entier concentré sur sa précieuse petite personne : un écrivain, en somme.

Pour des raisons évidentes, "Trevor" ne s'était pas présenté à lui. L'observer lui avait suffi – observer son fils, surtout, confit d'ennui, et qui semblait aussi à l'aise dans les coursives qu'un rhinocéros dans une boutique de poteries chinoises.

Il fallait se concentrer, désormais. Calculer ses effets, prévoir l'imprévisible. Trevor cheminait depuis une dizaine de minutes lorsqu'il prit conscience du silence qui l'enveloppait. Où étaient les oiseaux, où se cachait la joie ? Levant les yeux vers les ramures embrouillées d'un grand hêtre, il sortit de la poche de sa veste un étui en peau de phoque. Le fume-cigarette était resté dans la valise. Tant pis.

Une souche moussue paraissait prête à accueillir son fondement. Il la brossa du plat de la main, se posa, coinça une Grisandole *light* au coin de ses lèvres et, pendant quelques secondes de délicieuse anticipation, fit sauter son briquet argenté dans sa paume. Sale manie, extase inévitable. Sous le couvert, un sobre rougeoiement perça soudain la pénombre.

Une heure plus tard, tandis que le soleil enhardi gagnait son zénith et que des cloches de bronze chantaient midi au pied de la colline, Trevor Sinclair découvrait les premières chaumières de Knighton Mills.

Pierres couleur miel, tuiles moussues… Sur ce point au moins, Albert ne lui avait pas menti : le village, dont la disposition épousait le tracé d'une rivière bordée d'aulnes, était ravissant. Sortis d'un livre d'images, trois ponts biscornus enjambaient les eaux bouillonnantes. À tout moment, une truite pouvait jaillir. Dans l'attente, des libellules patrouillaient.

Accolé à une grange décrépite, un vieux moulin faisait tourner sa roue avec nonchalance. Trevor cligna des yeux. Des odeurs de paille fraîche lui montaient aux narines. Il déboutonna sa veste et reprit sa route, regrettant de ne pas s'être équipé d'une canne de promenade. Un carré d'ombre avançait sur la placette. Albert lui avait parlé de cette église, aussi (en quelle occasion, déjà, dans quel hôtel ?), un édifice de pierre calcaire flanqué d'une tour vieille de six siècles qui, prétendaient les guides, abritait la sépulture d'un chef viking. Plus tard, la visite – ou jamais.

De l'autre côté, suspendu à une potence de fer forgé, un cygne cramoisi indiquait une taverne aux fenêtres décorées de vitraux. Trevor la rejoignit, se tamponnant le front d'un mouchoir de soie. *The Red Swann*, annonçait un lettrage semi-gothique. Parfois, le monde manquait d'imagination.

Prenant une ample inspiration, Trevor poussa la porte de chêne. Tous les visages se tournèrent vers lui. Des gars du cru – barbes broussailleuses et regards sceptiques –, occupés à jouer au whist, plus un cinquième dans le fond de la salle qui lisait le journal, avec le mot « guerre » écrasant la première page. Le patron, un colosse ventripotent, cheveux gras, trois poils sur le menton, essuyait des chopes en verre givré.

— C'est pour ?

Trevor se racla la gorge.

— Ma voiture est tombée en panne à une lieue d'ici. Y aurait-il un mécanicien, au village ?

L'un des joueurs émit un ricanement. Le patron reposa une chope.

— Il prendra quoi ?

— Je vous demande pardon ?

Du pouce, l'homme indiqua le panneau derrière lui. Quatre marques de bière, inscrites à la craie – Trevor n'avait jamais entendu parler de la dernière.

Il avisa une table pour deux, pas trop éloignée de la sortie.

— Une Black Wyvern, s'il vous plaît. Demi-pinte, jugea-t-il prudent de préciser.

Il tira une chaise et le patron, raflant un bock, ferma son poing sur la tireuse en regardant ailleurs.

L'ale, sombre, exhalait des senteurs d'épices. Le visiteur porta la mousse à ses lèvres. Les joueurs de cartes, qui avaient repris leur partie, le surveillaient du coin de l'œil. Il osa un sourire.

— Fameux !

Le patron l'ignora. Trevor vida les deux tiers de sa chope avant de se risquer à une nouvelle tentative.

— Connaîtriez-vous quelqu'un qui pourrait m'aider ?

L'homme du fond replia son journal et se leva.

— C'est une quoi, votre voiture ?

— Mercurio.

— Citadine, donc, commenta le gaillard du fond en venant vers lui. Je suis Leslie. (Il lui tendait une main calleuse.) Les gens du coin m'appellent Les.

— Enchanté, fit Trevor en réprimant une grimace (morbleu, quelle vigueur !) Je vous suppose versé en mécanique ?

— J'ai été maréchal-ferrant, répondit le barbu, glissant son journal dans la poche de son veston de chasse. Mais il faut vivre avec son temps.

Ils sortirent, et Trevor dénoua sa cravate – l'été chauffait la place de son haleine fiévreuse.

Les s'engagea dans une ruelle pavée qui descendait entre deux rangées de chaumières. Sur leurs toits de tuile, des girouettes rouillées se tenaient au garde-à-vous, toutes tournées, devinait-on, vers la mer. Au loin, une colline verdoyante déployait ses courbes ; un faucon planait, mal décidé.

— C'est le moment où je vous demande ce qui vous amène en notre contrée, lâcha l'homme.

— J'ai rendez-vous à Dandelion Manor.

L'homme sourit, fourrageant sa barbe neigeuse.

— Kembell Gradey. Notre attraction locale. Vous n'allez pas vous ennuyer.

— Non ?

— Il y a du monde chez lui, ces temps-ci.

Trevor ne releva pas. Que Sir Gradey soit connu dans la région n'était certes pas une surprise : malgré ses récents revers de fortune, il restait l'un des prosateurs les plus estimés du pays. Cette histoire de visiteurs, en revanche…

— Vous avez toujours habité ici ?

Les claudiquait. Une jambe à la traîne, suivant l'autre comme à regret. De son journal roulé, il pointa le ciel ; les longs nuages blancs dérivaient comme des nefs.

— Profitons, déclara-t-il. Ça ne durera pas. Vous n'avez pas reçu votre ordre de mobilisation ?

Trevor cligna des yeux. La guerre, qui ne songeait pas à la guerre ? Qui ne s'évertuait pas à ne *pas* y songer ?

— Ma situation est particulière, commença-t-il. Mais vous croyez vraiment…

La question mourut sur ses lèvres.

— Un petit instant, fit Les.

Ils s'étaient arrêtés devant un cottage au toit pentu, fleuri de rosiers et de fougères. L'homme déverrouilla le portail et partit vers la remise, invitant implicitement Trevor à le suivre.

— Coquet, chez vous.

Les haussa les épaules. Sur le toit du cabanon, des herbes avaient poussé, des bouquets de fleurs jaunes, aussi. Une vieille mule était attachée dans un coin, qui accueillit les visiteurs d'un braiment paresseux. Son maître entra dans la remise.

— Particulière, disiez-vous. Vous êtes journaliste ?

Trevor avala sa salive avec difficulté. De sa patte arrière, la mule grattait le sol de terre battue.

— Drôle d'enchaînement.

— Des gens du *SouthPost* viennent souvent traîner, à la fin du printemps, mais je ne vous ai jamais vu dans le secteur. Vous n'êtes pas un ami de Kembell, si ?

Trevor suivit le liseré de sa moustache.

— Je suis venu pour l'interviewer. Et je travaille pour un quotidien national.

Les ressortit, une caisse à outils à la main.

— Chacun sa croix. Prêt pour la promenade ?

Ils discutèrent un moment, le long de la route menant à Briggs Wood – le lieu-dit, apprit Trevor, où sa voiture était tombée en panne.

Ils allaient d'un pas alerte, tantôt à l'ombre des arbres centenaires, tantôt le long de champs en friche, semés par endroits de digitales pourpres. La boiterie du mécanicien semblait s'atténuer à mesure qu'ils avançaient. Trevor imaginait un vieux mécanisme se remettant en branle, des rouages imbriqués retrouvant peu à peu leur souplesse – tout le contraire de sa Mercurio.

Leslie avait la soixantaine. Il était veuf (« sale maladie, sale période »), il ne se remarierait « jamais », il était heureux ainsi, avec sa mule, ses vieux copains, son vieux village, sa rivière libre et follette. Plus loin il se tenait des trépidations de l'époque, mieux il se portait.

— Salut.

De l'autre côté du fossé, au pied d'un jeune noisetier, un renard les regardait passer, assis sur son séant. Trevor se retourna, stupéfait.

— J'en ai vu un tout à l'heure…

— C'était le même.

Enfin, au bout de la route, la Mercurio apparut. Déjà, Les ouvrait sa caisse à outils. Trevor eut honte, tout à coup : de ses jantes chromées, de ses revêtements en cuir – ce clinquant inepte…

— Ouvrez-moi le capot.

Ça, au moins, il pouvait le faire. Clé de douze en main, le mécanicien du village se pencha sur les entrailles de la bête et commença à trifouiller.

— Vous voyez quelque chose ?

— On dirait un problème d'embrayage. Vous l'avez fait examiner, récemment ?

— Je l'ai achetée il y a six mois.

— Une voiture, c'est comme l'amour : ça s'entretient. Et puis Londres – avec toute cette poussière…

Ce n'était pas véritablement un reproche, comprit Trevor, plutôt un constat. Comment peut-on vivre là-bas ? disaient les yeux du mécanicien, bel azur délavé. Comment peut-on préférer la frénésie des villes à la sérénité des falaises et du vaste ciel, ses chemins enchantés, ses collines fertiles ?

Dix minutes plus tard, la réparation était terminée. Finalement, expliqua Les qui essuyait ses mains noires à un torchon, il avait suffi de remplacer un joint de la boîte de vitesses. Pour Trevor, c'était du chinois. Paume sur le cœur, il s'inclina.

— Je ne sais comment vous remercier.

— Ça va être simple : ramenez-moi chez moi.

Le jeune homme s'installa au volant, mit le contact, et se déporta de quelques pieds au milieu de la route, histoire que son sauveur ait la place de s'installer. Puis il se pencha pour lui ouvrir la portière. Leslie posa sa caisse sur ses genoux et montra un trio d'hirondelles rasant les chaumes.

— Il va y avoir de l'orage. Vous connaissez la route, après le village ?

Trevor opina.

— J'ai préparé ma venue, j'ai étudié la carte. Journaliste est aussi un métier, vous savez.

Il voulait lui sourire ; mais Les, plongé dans ses pensées, regardait ailleurs.

Dix minutes plus tard, le presbytère était en vue. Le vieil homme montra le premier pont. Un couple de fuligules passait sur l'eau claire.

— Vous pouvez me laisser ici.

— Sûr ?

Le villageois s'extirpa avec un rictus crispé puis, sa boîte posée entre ses pieds, se retint au montant.

— Passez le bonjour à maître Gradey. Prenez du bon temps, tant qu'il nous en reste. Et essayez d'être davantage vous-même.

— Quoi ?

Le claquement de portière le fit sursauter. Déjà, lui tournant le dos, le mécanicien s'était engagé sur le pont.

La main levée de Trevor retomba.

Une lieue encore, et les six tourelles de Dandelion Manor apparurent, couronnées d'ornements flamands. Trevor n'avait jamais vu le manoir des Gradey que sur des photographies, mais aucun cliché n'aurait pu rendre justice à cette élégance de géant, à l'impression de majesté qui se dégageait de cette ancienne demeure princière, toute festonnée de lierre.

En forme de H étiré, l'édifice de grès ocre, auquel on accédait par un escalier en fer à cheval, était un pot-pourri d'influences italiennes et gothiques ; ses fenêtres jumelées à carreaux, ourlées de glycine et de rosiers grimpants, évoquaient les yeux écarquillés d'une reine, de plus en plus grands, de plus en plus étonnés à mesure que l'on levait la tête.

Mais il y avait le parc, avant tout, la route bordée de haies ondoyant le long des sous-bois, le parc et ses pelouses rases, ses fontaines d'apparat et ses sculptures d'animaux – ici, un coq, ailleurs, un… lapin ? – et puis l'étang turquoise, où glissaient trois cygnes noirs, l'îlot forestier coiffé d'un kiosque à colonnades et, plus loin encore, sous les brumes de chaleur, le jardin potager et les verrières de la roseraie.

Sur la terrasse d'été, devant l'entrée principale, trois tonnelles de jardin avaient été dressées et, plus loin, une petite tente de toile blanche. Assise au milieu du gazon, une fillette faisait pivoter un maillet de croquet entre ses genoux relevés.

Trevor, qui avait garé sa voiture à distance respectable, rajusta sa veste et son canotier, et mit le cap sur la première tonnelle, où il pensait avoir repéré le maître des lieux. Il ne se trompait pas. Avachi sur une chaise longue en rotin, Kembell Gradey, hirsute, venait d'ôter de son crâne un couvre-oreilles en mousse relié à un théâtrophone dont les deux câbles, tels d'interminables serpents noirs, disparaissaient sur les marches de l'escalier central. Il se redressa, hagard. Ses cheveux, en mèches luisantes, étaient venus se coller sur son front dégarni.

Le chapeau melon gisait dans l'herbe. Il le ramassa, le garda à la main. La fillette lâcha son maillet et vint le rejoindre. Trevor la connaissait, elle aussi, il l'avait vue en photo, c'était Esme, l'aînée d'Albert et de

Cassandra. Quel âge, déjà ? 10 ans ? Ses cheveux d'un noir de jais étaient coupés à la garçonne, et elle affichait une moue lugubre.

Aidé par sa petite-fille, le maître des lieux finit par se mettre debout et posa enfin son melon sur son crâne. Il portait une tenue décontractée, du genre que l'on enfile pour une promenade à bicyclette : culotte de golf serrée aux genoux, jaquette croisée à trois poches et cravate bouffante à large nœud, le tout dans des tons blanc et crème. Sa carrure massive, sa moustache à l'impériale, ses petits yeux noirs inquisiteurs conféraient à sa physionomie un air de sévérité sans doute exagéré. Quelques mois plus tôt, il avait fêté son cinquante-cinquième anniversaire entre hommes, sous les stucs d'un club de Coventry réservé aux « gentlemen » ; une journée mémorable, qui en avait duré trois et s'était achevée dans un pavillon de chasse fréquenté par de luxueuses créatures. Si Trevor y pensait, en cet instant, c'est que certaines feuilles de chou s'en étaient fait l'écho moyennement discret. À présent, semblait-il, Kembell Gradey se fichait de tout et du reste.

Regardant le visiteur approcher, il tenait sa petite-fille par la main, comme s'il craignait qu'elle ne s'envole.

Aux abords de la verrière, râteau sur l'épaule, un jardinier s'entretenait avec ce qui devait être le majordome. Ils observaient la Mercurio.

D'une manière qu'il espérait naturelle, le visiteur souleva son canotier.

— À qui ai-je l'honneur ? demanda Kembell, méfiant.

— Trevor Sinclair. Journaliste. Je vous ai adressé un courrier, vous avez eu la gentillesse de –

— Aucun souvenir, répondit son hôte. (Puis, baissant son regard vers la fillette.) À moins, Esme, que tu n'aies omis de me mettre dans la confidence ?

La petite secoua énergiquement la tête. Elle regardait Trevor droit dans les yeux.

— Papa dit que les journalistes sont des éboueurs en smoking.

D'un doigt, Trevor décolla le revers de sa veste.

— Ceci n'est pas un smoking. Et je ne m'occupe pas des scandales : uniquement des livres. Des auteurs célébrés et reconnus, comme ton grand-père.

L'intéressé pointa le menton en avant.

— Aurais-je, donc, accédé positivement à votre demande ?

Trevor tapota sa poche intérieure.

— J'ai là un télégramme qui l'atteste. Je travaille pour le *London Clarion*. Trevor Sinclair, répéta-t-il à tout hasard.

Le visage de Kembell s'affaissa. Il jeta un coup d'œil par-dessus son épaule.

— Encore un tour pendable de Casaubon. L'objet du délit, s'il vous plaît ?

Trevor sortit le papier de sa cachette, et le lui tendit. L'homme le parcourut rapidement, le lui rendit.

— Nous sommes le 21 juillet, précisa le visiteur. Mais peut-être arrivé-je au mauvais moment ?

— Ce n'est pas moi qui le dis, répondit le maître des lieux en gratifiant son interlocuteur d'un examen qu'il devait penser minutieux. (Il montra sa chaise longue, son cache-oreilles grésillant.) L'été prend ses aises et, ainsi que vous pouvez en faire le constat, je m'efforce de savourer ses bienfaits avant que les Boches ne fassent pleuvoir leur feu inique sur nos malheureux occiputs. J'étais occupé, partant, à méditer sur la finitude des choses, bercé par la 8e symphonie de Moncreiffe, vous devez connaître – *ta-da, ta-ta-da-doum* ! ajouta-t-il en dessinant dans l'air une arabesque approximative –, et ma petite-fille et moi nous apprêtions à déguster une citronnade maison agrémentée d'une pointe de miel aux fleurs. Vous me suivez ?

— Je viens de Londres, objecta Trevor, hébété.

— Et moi d'Écosse. Édimbourg, pour être exact. Enfin, si mon majordome vous a convié, je présume qu'il avait ses raisons, aussi impénétrables soient-elles. Le *Clarion*, dites-vous… Pouvez-vous me rappeler de quoi il s'agissait ?

— Un portrait. Quatre pages garanties mais, sans me vanter, je pense pouvoir en obtenir le double. Toute l'Angleterre connaît évidemment le Kembell Gradey d'*Evoleno* – des générations de lecteurs sont restées sous le charme. Simplement, c'était il y a quasi vingt ans.

— Et ?

Déjà, la petite fille, comprenant qu'il ne se passerait rien d'exaltant, avait lâché la main de son grand-père pour aller retrouver sa mallette de croquet. Les enfants, songea Trevor. Dieu m'épargne d'en avoir un jour.

— C'est ici que vos histoires se créent, n'est-ce pas ? fit-il, englobant le parc d'un geste. Le creuset pastoral… Bertie, Lizzie et les autres – aventures frémissantes… Il me semble que les contes de Dandelion Manor parlent aux âmes restées pures…

Kembell tortillait sa moustache.

— Mon éditeur cherche un attaché de presse. Postulez, on ne sait jamais.

Trevor brûlait d'envie de fumer une Grisandole, ou de prendre ses jambes à son cou – faire les deux en même temps serait difficile. Pas d'Albert en vue ? Vérole. Et que fabriquait ici sa redoutable petite chipie ?

— Je n'ai pas l'intention de me cantonner à l'exercice de l'hagiographie simplette, risqua-t-il. Je voudrais, comment l'exprimer ? creuser le sujet Kembell. En profondeur. Percer les mystères de son inspiration.

Le maître des lieux souleva son chapeau melon et, du plat de la main, rabattit une mèche luisante. Il ne souriait plus.

— Pour cela, la chose sera rapide. Je n'en ai plus.

— Plaît-il ?

— L'inspiration. Partie sans laisser d'adresse. Vous a-t-on laissé dans l'ignorance ? La guerre arrive, monsieur Sinclair, roulement de tambour. Les muses bouclent leurs bagages.

Le visiteur opina sentencieusement. Kembell ne semblait pas se moquer de lui.

— Serait-il possible…

Déjà, l'homme lui tournait le dos, rajustant son couvre-chef.

— Je vais aller trouver Casaubon ; il vous dénichera bien un coin où dormir. Et puis, nous verrons. Aujourd'hui, je ne suis pas d'humeur.

Deux minutes plus tard, Trevor montait les marches à la suite du majordome. Avec son crâne tonsuré et sa gestuelle d'acteur, Elliot Causabon, affolant échalas tiré à quatre épingles, lui faisait penser à un phasme, ou à un ramoneur.

— Nous allons vous installer au premier, annonça-t-il tandis qu'ils s'avançaient dans le hall monumental. Nous ne manquons pas de place.

C'était un homme pratique, peu à cheval sur l'étiquette. Quand le journaliste avait fait savoir qu'il porterait lui-même son sac, il n'avait pas insisté.

Le visiteur marqua une pause admirative. Albert le lui avait dit, il avait même paru le déplorer : tout, à Dandelion Manor, était fastueux, démesuré. Des mots, avait songé Trevor. Mais les mots, à présent, prenaient corps. La pièce – sans doute une ancienne salle de banquet –, occupait deux étages, de sorte que le plafond paraissait hors d'atteinte et que le double lustre de fer forgé, avec ses douze chandelles exorbitantes, évoquait une nacelle suspendue.

Au fond de la nef, une tribune de pierre, scellée d'une balustrade et soutenue par quatre cariatides aux robes de marbre plissé, surplombait la scène. La cheminée, dont les jambages étaient ornés de colonnes, occupait tout un pan du mur. Des panneaux de chêne sculpté l'encadraient et, plus haut, des tapisseries vaguement médiévales. Non loin de là, un vieil homme attablé, penché sur ce qui ressemblait à un livre de comptes, releva la tête. Trevor, qui l'avait reconnu, sentit son cœur se serrer. Assise à son côté, le visage caché par le rideau de ses cheveux gris dénoués, une femme sans âge était occupée à tricoter.

— Laissez-moi vous présenter... commença Casaubon.

— Monsieur Carl Dodilus, termina Trevor à sa place, posant au sol son sac en cuir d'agneau plongé. Vous rencontrer est un honneur, j'ignorais absolument...

Déjà, le vieil homme s'était levé, gauche, empressé. Il retint ses mains dans les siennes, tremblantes – ses longs doigts de violoniste.

— Tout le p-plaisir est pour moi, cher... cher ami. Je ne suis qu'un... qu'un humble v-visiteur.

— Monsieur est journaliste à Londres, intervient Casaubon, comme si la précision s'imposait.

— Oh, oh, Londres, L-Londres ! fit le vieil homme aux cheveux blanc-nuage et au visage d'enfant, contemplant le nouveau venu de ses grands yeux pensifs. Est-ce déjà la g... la guerre, là... là-bas ?

Trevor eut un geste évasif.

— Pas que je sache.

Soulagé, Carl Dodilus lui lâcha les mains. Que faisait-il ici ? Clignant des yeux, le journaliste ne parvenait pas à effacer de son visage le sourire idiot qui lui tenait lieu de contenance. Sous le pseudonyme de Landry Connell, le vieil homme avait illuminé son enfance – et celle d'innombrables jeunes Anglais. *Un crocodile en larmes* et, surtout, *Edith et Lorina sur le St Job*, faisaient partie des premiers ouvrages dont il gardait le souvenir. Et quel souvenir ! Sa mère les lui avait lues, ces histoires, récitées, fredonnées, même, au creux de son édredon de plumes – ah, lumière dorée des soirs d'hiver...

— Sybille ? Nous avons un n-nouvel ami. Regarde.

Dodilus avait posé une main sur l'épaule de sa servante. Avec lenteur, elle reposa son ouvrage sur la table, releva la tête, écarta ses cheveux de cendre. Ni joie ni mépris, sur cette figure. Ni agacement ni surprise, rien : un tableau pour aveugles, une maison sans lumière.

— Bonjour, risqua le journaliste.

— Sybille ne parle pas, précisa Dodilus. Mais elle comprend, elle c-comprend tout. (Curieux, Trevor examina l'ouvrage qu'elle était en train de tricoter – une sorte de gant à trois doigts, d'une longueur tout à fait exagérée.) Nous étions occupés à comparer les relevés de mon détecteur avec ses séquences personnelles.

Nerveux, le journaliste se gratta le coude. La femme avait posé ses yeux sur lui – elle ne le regardait pas, mais c'était bien lui qui l'intéressait.

Et que dire de ce cahier grand ouvert, aux pages noircies de chiffres ? Détecteur de quoi ?

— Monsieur...

Dans son dos, Casaubon s'était raclé la gorge. Trevor reprit son sac, salua l'étrange équipage, et se tourna de l'autre côté.

Contre le mur : un banc interminable et une table de bois noir assortie, auxquels ne manquaient que des chevaliers éreintés et un chevreuil en daube. En surplomb : des trophées de bois de cerfs – douze, puisqu'on ne pouvait s'empêcher de compter – et trois toiles champêtres déraisonnables, peuplées de troncs torturés, d'un fouillis de ronces et de fougères. En y regardant mieux, on pouvait distinguer toutes sortes de frêles créatures sous les frondaisons, des pattes griffues, de petits yeux curieux, rubis méchants. Gravé sur un panneau de bois, un poème courait le long des cadres efflorescents. Trevor se tordit le cou.

Une nuit de charmes offre davantage de délices
Que mille jours de bonheur.
Grâce à la nuit, grâce aux secrets de la nuit
Le plaisir devient suave
Et nous le faisons durer, durer
De plus de manières
Que vous n'en sauriez rêver.

De qui était-ce, déjà ? Ils grimpèrent à l'étage. Le majordome, visiblement, n'avait pas que ça à faire. Ils traversèrent un vestibule lambrissé, où trônait une banquette circulaire, descendirent une brève volée de marches et s'arrêtèrent devant une porte.

— Vous donnerez sur la mer, annonça Casaubon, main sur la poignée.

Il ouvrit, laissa son hôte entrer. C'était une chambre sans désordre, tendue de tapisseries de verdure, décorée de rideaux et cantonnières en velours cramoisi. Du rouge et du vert, donc, et un lit à baldaquin voilé de lambrequins brodés. Une armoire, un cabinet en noyer et une table couverte d'une longue nappe blanche complétaient l'ensemble. Trevor souleva un coin de rideau. Le bleu miroitant de la Manche, aveuglante sous le soleil d'été.

— Ce sera parfait, déclara-t-il, posant son sac sur un pouf juponné qui n'attendait que cela. J'ai cru comprendre que d'autres chambres étaient occupées.

Le majordome haussa un sourcil.

— Monsieur reçoit quelques amis, en effet. Mais je gage que vous n'êtes pas venu pour cela.

Le regard était devenu perçant. Trevor tira une chaise.

— Bien sûr que non.

Casaubon se redressa.

— Faites-moi savoir si vous manquez de quoi que ce soit. Le souper est servi à 6 heures. Je crois vous avoir indiqué la salle à manger.

— Tout sera parfait.

Le majordome se retira à reculons. Comment pouvait-on fermer une porte aussi silencieusement ?

Trevor alla se poster à la fenêtre et tira les rideaux en grand. Des mouettes, là-bas, au-dessus de la grande prairie. Ne manquaient plus que les fils du marionnettiste.

À l'entrée de sa tente, avachie sur une méridienne en osier garnie de coussins blancs, la petite Esme venait de reposer sur son guéridon un verre de jus d'orange plein aux trois quarts, où brinquebalait une paille d'acier. Un roman reposait, ouvert, mais dont Trevor, de là où il se trouvait, ne pouvait déchiffrer le titre. Non loin, deux énormes matous Maine Coon se roulaient dans l'herbe fraîche.

— Que lis-tu ?

La fillette étouffa un bâillement et, reprenant son livre, en examina la couverture avec perplexité, comme si elle avait oublié jusqu'à son existence.

— Fendor Penrith. Tu connais ? Il est américain. Il est mort parce qu'il buvait trop.

— Qui t'a raconté ça ?

— C'est Mère.

— Je vois.

Esme se pencha et, glissant la paille entre ses lèvres, sirota son jus sans quitter le journaliste des yeux. Alertés, les chats s'étaient redressés d'un coup. Une gratouille, monsieur ?

— On ne sait pas pourquoi tu es là, toi.

— Tu l'as entendu : je suis venu parler avec ton grand-père.

— Tu n'écris pas de livres ?

— Pas encore.

— Grand-père dit que tout est fichu.

— Tout ?

La fillette attrapa un coussin, le berça comme un enfant, le rejeta.

— Tu veux que je te fasse visiter le parc ?

— J'en serais ravi.

— Il faut que j'aille rentrer les chats, sinon ils vont me suivre. (Elle se leva, défroissa sa robe en crêpe de soie.) Darius ? Ramses ? Ouste, en avant !

Trevor regarda la petite prendre le chemin du manoir en sautillant, accompagnée de ses deux fidèles à poils longs. L'après-midi avançait, et son estomac commençait à donner des signes d'exaspération.

Autour de lui, silence. Kembell Gradey avait dû se retirer dans ses appartements (« Il fait des siestes d'un siècle ! », lui avait expliqué la petite.) Dodilus et sa servante avaient disparu eux aussi. Bientôt, Esme fut de retour. Elle était coiffée d'une capote à rubans ombrageant en partie son visage, et suçotait pensivement le bout d'une mèche sombre.

— Je veux bien te montrer le potager, fit-elle, désignant l'endroit avec dédain. Si tu promets de rester sur le chemin.

— Je serai sage.

Ils se mirent en route. Les mouettes étaient venues criailler en bandes au-dessus des tours, mais ils ne s'en préoccupaient pas.

— Tu as touché mon livre ! chantonna la fillette, qui sautait à cloche-pied.

Trevor lui jeta un coup d'œil étonné.

— J'étais curieux – déformation professionnelle. Il me semble que tu es bien jeune pour te plonger dans *William et le Diable*.

— Mère répète tout le temps ça. Mais moi, je sais faire la différence. Les enfants sont les rois : c'est ce que prétend James.

— Toutes sortes de grandes personnes prétendent toutes sortes de choses. Qui est James ?

Le petite roula des épaules. Allons, voyons.

— James Balfour. Mon ami.

— James Balfour est ici ?

— Ce Qu'il Fallait Démontrer.

Ils cheminaient le long des allées du jardin potager. James Balfour ! L'auteur du cycle des Parnassiens. *Les Ravissements de Syrinx, Daphnis révélé*, etc. Des fantaisies d'inspiration hellène qui, au tournant du siècle, s'étaient écoulées par tombereaux entiers avant que certains critiques tatillons commencent à questionner la pertinence, pour un jeune lectorat, d'une production à la symbolique si ouvertement homoérotique…

Gradey, Dodilus et Balfour, donc… La fine équipe, les hérauts de la féerie d'antan, des bestiaires faramineux. Trevor avait-il débarqué au beau milieu d'un raout de vieilles gloires littéraires ?

— Ici, c'est les carottes. Là, les laitues. Plus loin, les haricots verts. Tu connais Klemens, le jardinier ? Il a un bec-de-lièvre.

Trevor répondit que non, il n'avait pas encore vu Klemens. Puis il enchaîna :

— Qui s'occupe de toi, ici ?

— Tout le monde. Mais le plus amusant, c'est James.

— Je parlais d'une nurse.

La petite s'accroupit devant les courgettes.

— Il va être temps de récolter ces gentilles mémères, annonça-t-elle en écartant les pieds. Tu as vu comme elles sont énooormes ? La nurse, elle s'appelle Ninette. Je te préviens, si tu veux te marier avec elle, c'est pas un cadeau.

— Elle ne s'occupe pas de toi ?

La fillette se releva, se frotta les mains.

— Les autres sont partis faire du bateau. Mon cher papa, ma maman chérie, notre douce nounou apeurée, et ce lourdaud de Merlyn. Moi, je n'ai pas envie de me noyer, merci. S'ils sombrent en mer, j'hériterai de la maison à Londres. Et plus tard, du manoir, ici – parce que mon oncle est mort.

— Je vois. Quel âge a Merlyn ?

Elle souleva sa capote pour mieux le scruter.

— C'est en tant que journaliste que tu poses toutes ces questions ? Je croyais que c'était mon grand-père, que tu étais venu voir ! 8 ans, il a. Moi 10. Tu es qui, en vrai ?

Trevor tenta un sourire complice – mais non, non : cette gamine était beaucoup trop maligne pour son âge.

FILS & PÈRE

Merlyn ferma les yeux et accueillit le soleil liquéfié. Ses menues menottes serrées sur le bastingage du *Palomydes*, fredonnant entre ses lèvres, il s'efforçait de maîtriser le rythme de sa respiration tandis que l'habituel mélange de ravissement et de terreur déferlait sur son âme fluette. Et si le navire partait s'éventrer contre un rocher oublié par le cartographe ? Et si son père s'écroulait d'un coup, frappé par l'Impossible Malédiction ? Et si une créature venue des nuées fondait sur sa mère et l'emportait, implorante, entre ses serres ? D'aussi loin qu'il s'en souvienne, il avait toujours eu peur que quelque chose survienne et lui ravisse ses parents, son bonheur, son avenir. Il avait de la mort une conscience aiguë, anormalement douloureuse pour un enfant de son âge, et les crises qui le saisissaient survenaient désormais plus que de raison.

— Tout va bien ?

Il sursauta. La main de sa mère venait de se poser sur son épaule. La bouche de l'enfant se tordit en une ébauche de sourire.

— J'ai encore soif.

La jeune femme se retourna. Légère, la brise jouait avec ses longs cheveux blonds. Elle écarta une boucle de son visage.

— Il doit rester de la limonade dans la glacière. Nous allons rentrer. (Elle observait le large, paupières plissées.) Il n'est pas exclu que le temps se couvre.

Merlyn reprit sa place sur son banc et s'éventa avec son béret. Son père était là, qui bavassait avec le capitaine en tirant sur sa pipe ; occupée à secouer la nappe par-dessus bord, Ninette avait rangé les restes dans le panier à pique-nique. Les falaises n'avaient pas bougé, la mer cuirassée d'argent. Que pouvait-il arriver ?

Le cœur du garçonnet se serra. Ce qui pouvait arriver, c'était les cris, les pleurs, les drames. Ce qui pouvait arriver, c'était ce que la vie dissimule dans les replis du temps ; et le sourire de sa mère n'arrangeait rien.

Il l'aimait, la chérissait plus que tout au monde – il aimait la façon qu'elle avait, le matin, d'entrer pieds nus dans leur chambre, de tirer les lourds rideaux de taffetas puis de s'asseoir sur le rebord de son lit et, d'une main douce comme la rosée, de lui démêler les cheveux en regardant ailleurs.

Il aimait la voir dans la cuisine, aussi, discutant avec Patience, la cuisinière de son grand-père, disposant, comme ce matin-même, le contenu du garde-manger sur la grande table tandis que, déjà, la vieille femme décrochait du mur blanc ses casseroles en cuivre et allumait les feux. Une véritable magicienne, Patience, qui parsemait ses *scotch eggs* de brisures de bacon, découpait de fins pétales de radis dans sa salade de pommes de terre et préparait les roulés à la saucisse comme personne, tout en trouvant le temps de veiller sur lui – bois donc ton café au lait, mon poussin, encore un peu de pudding à la banane ?

Bonnie, la chienne cocker de la famille, courait et sautait en tous sens en agitant la queue, les odeurs du festin la rendaient folle. Il y avait là de la langue froide, du jambon à l'os, des petits pains mollets délicieusement moelleux, des sandwiches au cresson, des tranches de viande saumurée pour son père – accompagnées de pain de seigle – deux bouteilles de bière au gingembre couchées dans la glacière, la fameuse limonade maison et, pour le dessert, des scones à la confiture de rose.

— Nous en laisserons pour ta sœur, avait décrété sa mère.

— Pourquoi elle ne vient pas avec nous ?

— « Pourquoi *ne* vient-elle pas. » Elle a le mal de mer.

— Moi aussi.

— Sottises. D'ailleurs, il fera beau temps, aujourd'hui.

— Alors Esme doit nous accompagner. Je sais nager, moi ! Si jamais nous faisons naufrage...

— As-tu entendu Patience ? Termine ton café.

Il l'aimait, songea-t-il encore tandis que le capitaine Pellam, les doigts serrés sur le levier du propulseur, mettait le cap sur la grève, il n'est pas d'amour plus pur que celui d'un enfant mais, très confusément, il la devinait malheureuse, incomplète – prisonnière.

Deux mois auparavant, pour la première fois, il était allé la voir au Royal Opera de Covent Garden. « Tu es assez grand, maintenant. » Il gardait de la représentation un souvenir ébloui, déchirant. Sa mère, si belle et si seule, si triste, aussi, recroquevillée sur son rocher, les plis de sa robe vert-de-printemps épandus jusqu'au bord de la scène, sa voix frêle comme du cristal de Bohème, ses sanglots sous la lune de carton-pâte tandis que s'élevait, en écho, la plainte lugubre des violoncelles. Mon amour n'est plus ! chantait-elle. Qui me rendra la vie ? « C'est rien qu'une histoire, avait susurré Esme, railleuse, quand il avait voulu glisser sa main dans la sienne. Ne fais pas le bébé. »

Une histoire ? Jamais sa mère, pourtant, ne lui avait paru si libérée et si vraie que lors de cet aria, le point culminant du IIIe acte des *Avanies de Chrysels* et, si l'enfant avait béni les applaudissements frénétiques du public, à la fin, c'était, en vérité, parce qu'ils lui avaient permis d'essuyer ses larmes.

Merlyn se rassit. Pattes posées sur le bastingage, Bonnie aboyait après les mouettes.

Ninette avait rouvert la glacière en bougonnant, elle cherchait un verre propre, le garçonnet se racla la gorge.

Sa mère s'était rapprochée de son père, se pendait à son bras, lui murmurait des confidences à l'oreille et lui, impassible, continuait de tirer sur sa pipe, hochant la tête avec une indifférence à peine dissimulée, comme s'il attendait simplement la fin de son babillage.

Un quart d'heure plus tard, ils mettaient pied à terre. Le capitaine Pellam, qui avait d'abord tendu la main à sa mère, souleva Merlyn dans ses bras et le déposa sur le ponton comme un vulgaire paquet.

— Je pouvais le faire tout seul, grogna le petit garçon.

— Merlyn, allons ! pesta son père derrière lui.

Le panier à pique-nique entre les bras, Ninette, qui se mâchouillait les lèvres, fut la dernière à descendre. Comme attendu, elle manqua se tordre la cheville.

— J'ai pris un coup de soleil, gémit-elle en déposant son fardeau sur la grève.

Bonnie, qui avait d'abord couru sur les galets, s'était arrêtée pour renifler un monceau de varech.

— Nous vous trouverons des crèmes, fit la mère de Merlyn en attrapant la jeune nurse par l'avant-bras. Mais ne vous avais-je pas dit de vous couvrir la nuque ?

— Si, Madame.

Un escalier à balustrade de bois, creusé à même la roche, menait au plateau. Le capitaine, qui s'était emparé de la glacière, se retourna vers Merlyn.

— Le moussaillon est-il satisfait de son expédition ?

L'enfant opina, et leva les yeux vers le sommet de la falaise. Il aurait aimé que son père le porte, qu'il le juche sur ses épaules – comme avant. Quand la vie avait-elle cessé d'être drôle ?

— En route, mauvaise troupe, fit Albert Gradey en l'encourageant, pensait-il, d'une petite tape dans le dos. Grand-père nous attend.

Grand-père…

Ils étaient arrivés trois semaines plus tôt à Dandelion Manor, et Merlyn n'avait pas dû passer plus d'une heure auprès du père de son père. Kembell Gradey était un homme important, il avait des responsabilités et des lecteurs – il travaillait ardemment et quand il ne travaillait pas, lui avait expliqué sa mère, il cherchait des idées, parcourant sa bibliothèque de long en large en se parlant à lui-même. Le résultat, c'est qu'il n'avait guère de temps à consacrer à ses petits-enfants.

Merlyn se rappelait une ère lointaine, lorsque son jeune oncle était encore de ce monde, où sa grand-mère s'occupait des rosiers ; il lui semblait que les choses, à l'époque, n'étaient pas aussi *compliquées*. Et cependant, pourquoi aurait-il remis en question les explications de sa mère ? « Ton grand-père est célèbre dans toute l'Angleterre », avait-elle ajouté un soir en passant un peigne dans ses boucles rousses. « Nous avons la même texture de cheveux, toi et moi. Tout a un prix. »

« Est-ce que Père est célèbre aussi ? » s'était enquis ingénument l'enfant. Sa mère lui avait souri, avec cette tendresse fatiguée qu'elle affectait chaque fois qu'elle s'apprêtait à le décevoir. « Bien sûr, lui avait-elle répondu. Mais moins. »

Ils arrivaient au manoir. Ciel contrarié, désormais. Chienne gambadant sur la pelouse, canards dérangés, poules d'eau battant anxieusement des ailes.

Un domestique était occupé à démonter la tente blanche. Merlyn tenait serrée la main de sa mère. Qui respirait fort, non ?

— Tiens, constata-t-elle sans joie, il y a une de tes voitures, *darling*. Ton père attendait quelqu'un ?

Veste sous le bras, Albert s'approcha de la Mercurio garée dans un renfoncement, non loin de l'étang. Une V8, une édition récente – neuve ou presque. Depuis que, six ans plus tôt, il avait pris la tête du service des ventes de la firme, l'héritier des Gradey avait parfois l'impression que son épouse, avec un genre de joie perverse, le réduisait à cette fonction : le spécialiste de tout-ce-qui-roule. Le brave docteur ès pistons & cylindres.

Sourcils froncés, il inspecta l'habitacle à la recherche d'un indice, puis se retourna vers elle en montrant ses paumes vides.

— Où est Esme ? demanda Merlyn. Où est tout le monde ?

— Les gens se reposent, lui répondit sa mère, qui pensait visiblement à autre chose. Ninette va te donner un bain. Avec tout ce sel et ce soleil…

Elle lui frotta le coin des paupières. Merlyn appela sa chienne, qui releva la tête et le considéra un moment avant de reprendre son exploration. Ce matin, Carl Dodilus avait assuré au petit qu'il lui apprendrait à jouer aux échecs, mais quelque chose lui disait qu'il ne tiendrait pas sa promesse. Si imprévisible, cet homme-là, si déconcertant !

Il y avait James, aussi, mais, pour une raison qu'il ne s'expliquait pas, James lui préférait largement sa sœur. Quant à Henok, son jeune neveu, mieux valait ne pas compter sur lui : un garçon buté, perpétuellement maussade – assez inquiétant, à vrai dire.

Heureusement, il me reste toi, songea l'enfant en sondant les sous-bois, marchant en arrière, entraîné par sa mère.

Toi, mon ami secret.

LA PAIX, LA GUERRE

De la fenêtre de sa chambre, se rongeant méthodiquement les ongles (où étaient passées ses cigarettes ?), Trevor avait regardé arriver Albert et sa petite tribu. Quel toupet, bon sang. Quelle irresponsable audace !

Il était passé dans la salle d'eau, avait posé son front sur les carreaux de faïence, avait observé son reflet dans le miroir cerclé d'étain. Faisait-il encore illusion ? Parfois, il se disait que la supercherie allait être éventée sans délai. Les cheveux. La moustache. Il reboutonna sa veste. Oh, et puis au diable.

Il descendit avec cérémonie, se tapotant les joues. L'escalier en chêne sculpté, décoré de tableaux, de céramiques et de bustes en alcôves, lui faisait penser à un décor. Il se sentait factice, inutile. Tout allait très mal se passer.

Il s'avança dans le grand hall. Kembell Gradey était là, devant les portes ouvertes, à jouer avec le chien, donne la patte, allez. Il se redressa avec un petit « ah » désappointé. Esme apparut, un matou sous chaque bras – les pauvres bêtes se débattaient en feulant. « C'est la guerre », annonça-t-elle, sans qu'on sache bien de quoi elle parlait. « Je reviens tout de suite. »

Le maître des lieux fit mine de s'effacer pour laisser passer Trevor, « venez, que je vous présente », et ils sortirent sur le perron où la femme d'Albert, accroupie devant son fils, inspectait les boutons de son veston. Elle se releva. Une mésange bleue, posée sur la rampe en pierre, s'écarta en une toccata de sautillements.

— Voici Cassandra, annonça Kembell. Mon incomparable belle-fille. Je lui ai déjà fait part de votre présence.

L'épouse en majesté : aussi belle que Trevor l'avait craint, suprêmement élégante dans sa robe en soie et sa jupe à traîne – ne manquaient que les gants et l'ombrelle.

Le jeune homme saisit la main tendue et l'effleura de ses lèvres.

— Très honoré.

— Cassandra est chanteuse d'opéra. De musique de chambre, également. Les Danaïades de Bertold, à Brighton, dernier triomphe en date. Bientôt à Londres !

— Votre réputation vous précède, osa Trevor d'une voix qui, à ses propres oreilles, sonnait horriblement faux.

Kembell souriait. Sous le chapeau à bord relevé, la jeune femme amusée dévisageait le journaliste en ramenant une mèche d'or derrière son oreille. Sceptique, à tout le moins. Ces yeux, songea Trevor, fasciné. Ce sourire.

Albert, qui discutait au bas de l'escalier avec un domestique, remonta vers eux au petit trot. Et s'arrêta, circonspect.

— Et puis, mon fils – le seul et unique, précisa Kembell, toisant le nouveau venu avec un brin de condescendance. Il est « dans les voitures », comme nous aimons affectueusement à le railler. C'est sans doute lui qui a conçu la vôtre.

— Père... Vous savez bien que c'est faux.

Il s'avança. Sa poigne était étonnamment ferme. Trevor réalisa qu'il ne lui avait jamais serré la main.

— Permets-moi de te présenter monsieur Sinclair, déclara Kembell. Un journaliste de Londres, venu tresser mes lauriers – vaste programme.

Albert recula d'un pas. Le regard inquiet, le menton bas, le nez de boxeur... Il n'avait pas changé, il ne changerait jamais. Et ces épaules. Ce cou de taureau. C'était un homme, décida Trevor, que l'on imaginait casser la première chaise dans un pub.

— Journaliste, répéta Albert. Ça nous manquait.

Il ne s'était rendu compte de rien, décida le jeune homme. La clairvoyance ne comptait pas au nombre de ses qualités premières.

Son épouse, alors, poussa leur fils en avant, qui se fendit d'une courbette maladroite. C'était Merlyn, 8 ans, Merlyn qui allait prendre son bain puis souper, n'est-ce pas ? L'enfant bredouilla trois mots et, très vite, courut se jeter dans les jupes de sa gouvernante, à l'autre bout du perron.

— Retrouvons-nous pour le dîner, décréta Kembell en consultant une montre à gousset sortie de la poche de sa veste. J'ai hâte d'entendre le récit de votre épopée.

Cassandra franchit le seuil, lui caressant la joue en passant. Le maître des lieux ferma les yeux. Il était clair qu'il l'adorait.

— Votre venue était-elle prévue aujourd'hui ? demanda Albert dans le dos de Trevor.

Le journaliste se retourna.

— J'ai envoyé un courrier.

Le fils Gradey soutint son regard.

— Et on vous a répondu.

— Me voici, fit le jeune homme, écartant les bras.

Pensif, Albert se retourna vers le jardin – on aurait dit qu'il cherchait à se rappeler un détail essentiel. Au large, des nuages gris-noir avançaient leurs armées, des bourrasques froissaient le jour déclinant.

Sur les vitres des grandes baies, les premières larmes de pluie cherchaient leur chemin. Trevor attrapa son verre par le pied et huma les fragrances citronnées du chardonnay.

Ils étaient huit, ce soir, autour de la table. Kembell trônait à une extrémité, flanqué, d'un côté, de son fils, et, de l'autre, du journaliste. Sa bru avait été placée près de ce dernier. À sa gauche, Carl Dodilus et sa servante.

Albert, lui, était flanqué de James Balfour, et d'un certain Fredeck Titusz – le notaire de la famille, ou quelque chose d'approchant.

La place entre ces deux-là demeurait inoccupée. Trevor avait cru comprendre qu'elle était dévolue à un dénommé Henok, le neveu de James, mais Henok n'était pas descendu. « Indisposé, avait sobrement commenté l'écrivain. J'ai fait demander à Prudence de lui monter une assiette de légumes bouillis. »

La discussion – alors que venait de leur être servi un onctueux potage Crécy, décoré d'une louche de crème fouettée à la ciboulette – portait justement sur le jeune homme.

James Balfour, que Trevor contemplait pour la première fois en chair et en os, était un petit personnage exubérant, dont les mimiques évoquaient les gesticulations d'un clown. Avec sa moustache en brosse à dents et ses petits yeux fureteurs, il ressemblait à un personnage de pantalonnade, preste et retors mais – décida le journaliste – difficile à prendre totalement au sérieux. Les autres convives ne semblaient pas partager cette réserve.

— Vous connaissez sa dernière lubie ? demandait James à la cantonade, claquant l'assise de la chaise voisine. Il veut s'engager, rien de moins, « il le faut », etc., un vrai cours de morale ambulant… Assurément, le Lothian Regiment de Glasgow n'attend que lui.

— Quel âge a-t-il ? demanda Kembell, qui n'avait pas encore touché à sa soupe. 16 ans, je crois ?

— Fêtés il y a deux semaines.

— Combattre où ? s'enquit Albert. Combattre qui ? À cette heure, rien ne permet d'affirmer que nos forces seront bel et bien engagées.

— Un soupçon de lucidité ne nuirait pas, intervint le notaire à l'autre bout de la table. Bien sûr, que nous ferons la guerre !

— "Nous" ? releva Cassandra.

Le regard de Trevor passait de l'un à l'autre – curieux, amusé. Un théâtre de poche : il avait suffi de glisser une pièce dans la fente pour que les personnages s'animent.

— Nos diplomates sont rentrés au bercail, reprit Fredeck Titusz. Il faut lire les journaux. Toutes les garnisons sont en alerte, branle-bas de combat dans les aérodromes, j'ai un ami haut placé. Nous ferons la guerre, oui, et nous la ferons longtemps.

— Tudieu, quelle mouche a piqué ce brave Kaiser ? souffla Kembell.

— Vous savez bien, lui répondit James Balfour, que l'Empire est devenu un cheval fou, dont ce malheureux Frédéric IV a lâché les rênes depuis longtemps. C'est le chancelier Flottbeck qui tient la longe. Un phénomène, celui-ci : lorsqu'on ne parle pas de lui, il croit qu'il est devenu sourd. Quant à la pusillanimité de ses ministres, elle ne laisse pas de m'étonner. La mesquinerie élevée au rang de beaux-arts.

— Mais vous nous parliez de votre neveu, insista le notaire, portant son verre à ses lèvres. Il m'a semblé l'apercevoir au fond du parc, tout à l'heure, qui faisait siffler une cravache en marmonnant des imprécations. Je connais un médecin compétent, vous savez.

James arqua un sourcil.

— Décelé-je quelque insinuation ?

— Henok n'est pas le neveu de James, intervint Kembell en secouant sa serviette pour la poser sur ses genoux.

Tous les regards s'étaient tournés vers lui. Trevor se grattait nerveusement la cuisse droite. On riait peu.

— Ah non ? fit Fredeck Titusz. Dites-nous-en plus !

James Balfour, tournant et retournant sa fourchette, gonfla sa poitrine comme s'il allait exploser.

— J'ignorais que les subtilités de mon arbre généalogique vous passionnaient, mon cher. Mais puisque le sujet semble tenir cette savante assemblée en haleine, Henok est le fils aîné d'un vieil ami qui a eu le malheur de succomber, il y a deux ans, à une attaque du cœur. La mère, glorieusement neurasthénique, s'arrache les cheveux par poignées dans un sanatorium d'Aberdeen – autant dire que nous en attendons peu. J'ai entamé une procédure d'adoption, pour Henok et ses deux sœurs, ces affaires-là prennent du temps, trop. En attendant, j'accueille le trio en ma demeure. Les filles montent à cheval, le garçon prend des cours de squash, je paie leurs écoles. D'autres questions ?

Le notaire, qui avait reposé son verre, en flattait songeusement le pied. Trevor, sans raison particulière, l'imagina planter un couteau dans la table.

— Très instructif, lâcha-t-il enfin, relevant la tête. J'imagine que vous attendez des excuses ?

— Disons qu'une once de respect ne ferait pas déborder la coupe de mon amour-propre, lâcha James Balfour. Ce garçon est le fils que je n'ai pas eu. Je lui donne tout ce que je peux.

— Certes, répliqua sombrement son interlocuteur. Nul ne met en doute votre propension à *donner*.

Éclairés par les flammes des chandeliers, les visages des convives, décida Trevor, s'animaient d'expressions exagérément menaçantes.

Albert, front plissé, tapotait la main de son père. Cassandra lapait sa soupe avec un petit sourire.

James Balfour reposa sa fourchette.

— Comment dit-on, déjà ? « C'est une belle chose que d'être honnête, mais il vaut mieux avoir raison. »

Trevor cligna des yeux, épaté. Indubitablement, James était l'artilleur du groupe. Toujours le doigt sur la détente.

Carl Dodilus qui, jusqu'à présent, n'avait pas émis le moindre son – la conversation ne paraissait pas l'intéresser le moins du monde –, retira de sa bouche le morceau de pain qu'il était en train de mâcher.

— Connaissez-vous le jeu de go ?

De sa serviette, Cassandra s'était essuyé le coin de la bouche ; elle jeta un coup d'œil au journaliste, qui crut y lire une manière de complicité gourmande.

— Carl ? s'étonna Kembell. Une contribution au débat ?

— C'est un ancien p-passe-temps, qui nous vient de Chine et que nous rangeons, à l'instar des échecs ou des dames, dans la c-catégorie des jeux de stratégie combinatoire abstraits. Il y a des pierres noires, et des p-pierres blanches. Le but est de construire des t-territoires, d'encercler l'adversaire. (Le vieil homme s'enhardissait ; tous les regards étaient rivés sur lui.) On distingue deux types de c-coups. Le coup *gote* n'appelle pas de r-réponse de l'adversaire. Le coup *sente*, au contraire, l'y oblige. Ce que l'on attend du j-joueur, c'est qu'il crée des… des connexions. Il s'agit de définir des c-composantes c-connexes, et même davantage, puisqu'il faut envisager les connexions réelles, les connexions t-tactiques encore non assurées mais qui p-pourraient l'être en cas de besoin, et les connexions moins solides susceptibles d'être rompues avec, disons, une certaine p-probabilité.

Un silence se fit. Fredeck Titusz toussota dans son poing.

— Fascinant.

Cassandra, assise à côté du vieil écrivain, pianota sur son épaule.

— Tout se passe à votre convenance ?

L'homme balaya l'assemblée du regard. Ses yeux débordaient de tristesse.

— Ne c-comprenez-vous pas ce qui se joue ? Se contenter des c-coups *gote*, c'est laisser l'adversaire imposer son rythme, déployer sa s-stratégie. Seule la défense permet l'attaque. J'ai écrit un courrier en ce sens au Premier ministre. Je ne l'ai pas encore envoyé.

— Excellente idée, lâcha James Balfour. Je veux dire : de ne pas avoir posté cette lettre. Peut-être surévaluez-vous quelque peu les plages de temps libre dont disposent nos gouvernants. Par ailleurs, ce sont des gens assez frustes, vous savez, des cavaliers du dimanche, des fripouilles en costume. Ils brillent surtout par accident.

Les domestiques débarrassaient les assiettes, changeaient les couverts. On allait passer au plat principal : un filet de porc poché, accompagné de légumes de saison.

Désorienté, le vieux Dodilus souriait craintivement à la cantonade. Cassandra lui servit de l'eau.

— Vous m'enseignerez les subtilités du go, Carl : ça a l'air inspirant. (Puis, sans transition, se tournant vers son voisin de droite.) M. Sinclair, nous ne vous avons pas entendu encore. Si vous nous parliez de votre travail ?

Le journaliste secoua la tête.

— Oh, rien d'exaltant.

— Ne jouez pas les modestes, intervint Fredeck Titusz. Trop d'écrivains autour de cette table, pas assez de critiques. Critique est bien votre fonction, n'est-ce pas ?

Trevor ne baissa pas les yeux.

— Entre autres. Je touche un peu à tout…

— Style 1, substance 0, intervint James Balfour, mains à plat sur la table : l'un des problèmes des journalistes. L'autre, c'est que leurs ruminations s'évaporent aussi vite que l'odeur de l'encre ; on en parle au déjeuner et le soir, c'est déjà fini.

— Oui, répondit Trevor, avec un large sourire. Nous aimons à penser que le monde ne nous survivra pas.

— Donc, reprit Titusz, vous travaillez au *London Clarion*. Curieux : j'en suis un lecteur assidu, et il ne me semble pas avoir jamais noté votre nom.

— Je suis détaché, expliqua l'interpellé. J'ai intégré la rédaction récemment.

— Et ils vous confient d'entrée un portrait de notre trésor national, s'étonna James Balfour, jetant un coup d'œil à son ami. Ma foi, c'est assez farce, mais saluons l'aplomb.

— On m'a demandé d'en faire preuve, répliqua Trevor.

Assis en face de lui, Albert le fixait avec insistance.

— De combien de temps estimez-vous avoir besoin ?

Trevor se tourna vers Kembell.

— Cela dépendra, j'imagine, des disponibilités de monsieur votre père. Mes questions sont prêtes.

— Je serais curieux d'en connaître la teneur, persifla James. Vous rappelez-vous de quelle sournoise manière maître Gradey avait accueilli les premières opinions discordantes émises sur *Evoleno*, lors de sa sortie ? (Le journaliste secoua la tête.) « Qu'importent les diatribes, pourvu que le lecteur verse sa larme. » Et les gens avaient pleuré, il me semble.

— Où voulez-vous en venir ? demanda Cassandra, sincèrement curieuse.

— À ceci, ma chère : les critiques ne servent qu'à remplir des pages et, le plus souvent, à profiter de la gloire de leur objet, établie sans eux, ou malgré. Le créateur authentique n'a pas à se soucier de cette agitation crépitante. Il *fait* ; les autres discourent. La postérité, reconnaissons-le, s'y trompe rarement…

Courir, bondir sous la nuit sans étoiles, cette tente de toile gonflée d'orage. Puis s'allonger : pluie sublime, bien serrée. [illegible] tirait la langue, étendu nu sur le gazon ; parfois, il arrivait qu'il *sente* une goutte, tandis qu'au-dessus de la mer, des éclairs lointains découpaient l'obscur.

Derrière les fenêtres, des flammèches tremblotaient. L'infini bavardage des mortels. Des mains comme des moineaux, des cœurs en émoi, et ces regards…

[illegible] était amoureux des humains. Appelez cela un vice. Sortez le fouet, ouvrez la cage, prononcez les fielleuses sentences.

Pendant ce temps, les intrigues de la Cour s'épaississaient. Toujours, les mêmes fables extravagantes épicées de désir et de colère, d'extase et de mort.

Le Roi, en secret, avait engrossé une mortelle. De cette sauvagerie, une fille était née, qui avait prestement grandi. La Reine jalouse, et comprenant que son époux désirait faire venir l'enfant, lui avait fermé les portes du Royaume en capturant un jeune humain à sa place. Sa Majesté, alors, avait mandé son fidèle serviteur. Prends cette poudre de lune, [illegible], jette-la aux yeux de la Reine. Qu'un fils d'homme s'éprenne d'elle, et lui fasse connaître les affres du mortifère amour ! Mais la souveraine, à qui ces desseins avaient été dévoilés, avait à son tour fait amener [illegible] devant elle. Je veux qu'une pauvresse se pâme pour le Roi, m'entends-tu ? Lance trois poignées de fumée bleu nuit à la face de quelque innocente paysanne, et montre-lui cette crapule au faciès d'écorce ! Que l'imbécile passion, en retour, ravage le cœur de mon époux, et me le laisse exsangue.

Tout cela, bien entendu, était effroyablement embrouillé et n'avait de sens qu'au sein du Delirium, cette contrée mouvante où les fées, à leurs heures perdues, se montrent aux hommes et feignent de jouer selon leurs règles. Théâtre de frontière…

íc,b, assis au bord de l'étang au pied d'une statue de lapin ruisselante aussi haute qu'un homme. íc,b, le poing crispé sur la bourse fatale, cendres d'étoiles, secouant la tête, non, je ne rentrerai pas.

Il s'était trouvé là, le jour où son monarque avait ravi la malheureuse mortelle. Dans un jardin d'Édimbourg, sur ce banc où, imprudente, elle s'était livrée au sommeil. Il avait vu l'envol et l'étreinte, entendu les suppliques et les râles, il avait regardé les cuisses s'ouvrir en pétales et les serres noires tracer sur la chair leurs sillons vermeils. Le cri de la jeune femme, fondu dans l'or du crépuscule, avait résonné en échos jusqu'aux collines. Pauvre petit íc,b émerveillé, au chevet de la pantelante couturière, de ses frusques lacérées, toute pleine encore de l'odeur de son Roi, de sa substance.

Le lendemain, tourneboulé, le messager s'en était allé vers les campagnes, jetant à son tour son dévolu sur des créatures vierges et rustiques, des paysannes ébouriffées à qui il s'était montré sous les atours d'un personnage chaque fois différent ; mais, toujours, ce regard d'émeraude qui les arrachait au morne, toujours, les muscles d'airain et le poitrail fumant… Les besognant avec brusquerie, il les laissait éperdues au creux de leur lit de paille et s'en allait, volant à tire d'ailes vers des clochers voisins, d'autres bouches avides, d'autres intimités ardentes, secoué qu'il était de désirs effrénés. Parfois, un enfant naissait, qui s'évanouissait aussitôt au sein des limbes —— trois gouttes de sang dans la poussière d'une grange.

íc,b, ces temps derniers, avait commencé à revenir sur les lieux de ses crimes. Il regardait les jeunes filles devenir femmes, puis vieilles, puis pourriture, souvenirs, et l'eau de ses yeux brûlait la terre, aussi réelle, pensait-il, que pouvaient l'être des larmes humaines. Il était las du temps sans fin des fées ; il aspirait à d'autres grâces, d'autres douleurs. La vie des hommes, comprenait-il confusément, était enviable parce qu'elle courait invariablement vers un terme : joyau d'éternité enchâssé dans l'instant.

Il se redressa et, tête inclinée, observa le lapin de marbre qui, au bout des doigts, tenait son chapeau haut-de-forme. Lentement, la créature pierreuse levait la tête vers les nuées pour mieux se repaître de la nuit venteuse. Une pluie froide coulait le long de ses oreilles.

Ses pieds fourchus frôlant la pelouse détrempée, , plus léger que l'air, s'approcha du manoir. Dans la salle à manger lambrissée, sous les portraits des anciens propriétaires des lieux retournés depuis longtemps à l'oubli, les mortels palabraient. Cette passion des mots, du sens, quoi de plus burlesque, quoi de plus distrayant ?

D'un coup de talon, la jambe gauche repliée, les bras en croix sur la poitrine, le messager se propulsa vers le sommet de la première tour d'angle. Au cœur des ténèbres, recroquevillée dans sa cage, misérable, une jeune fée captive lui adressait un regard éperdu. Il secoua la tête et posa un index sur ses lèvres. Plus tard, ma belle. En cette heure, je ne peux rien pour toi.

Restaient les enfants.

Le petit rouquin à la peau de vanille à qui sa nurse, assise au bord de sa couche, lisait en baillant une histoire de dieux grecs et de bois enchantés.

La fillette aux cheveux de jais, qu'il lui était tellement plus difficile d'atteindre —— quoique, ces derniers temps…

Qu'en dis-tu, Esme ? Il flottait au-dessus d'elle, à présent, lui souriant comme seuls sourient les anges, et elle se redressa en se frottant les paupières, avant, effarouchée, de poser les pieds à terre, sa chemise de nuit à col brodé flattant ses chevilles délicates. Il l'attendait, assis sur le rebord de la fenêtre —— derrière lui, des chauve-souris folâtraient dans le bleu-noir. Il la prit par la main et, d'un bond, ils se lancèrent dans le vide, à peine le temps pour la petite de pousser un cri que déjà, ils s'envolaient, tourbillonnant, lui, cavalier en redingote, longs cheveux d'argent, tenant levé son fin poignet d'albâtre, valse d'été, susurrait-il à son oreille, tu connais les pas, laisse-toi aller.

Où suis-je ? Assise au sommet d'une tour, regardant la mer, vagues sous la lune, poudroiements —— il lui tendait un verre de vin sombre. Je ne bois pas, murmura-t-elle, et lui : ne dis pas de bêtises, bien sûr que si, tu bois, allez, à ta santé, à tes amours, et promets que tu me raconteras tout même si tu crèves.

Elle lui secoua le genou. Tu n'existes pas, lui dit-elle. Il porta son verre à ses lèvres. Bravo, très perspicace.

Des corbeaux avaient sautillé du muret à son épaule, l'un d'eux, brièvement, avait même pris place sur le sommet de son crâne, il l'avait chassé d'un geste impatient.

Qu'est-ce qu'on attend ? demanda la gamine. Pourquoi est-ce que j'ai 15 ans ?

Peut-être... répondit  en examinant les reflets moirés du capiteux breuvage qui dansaient dans son verre, peut-être que tu n'auras jamais 15 ans en vrai.

Elle but une gorgée. Une autre.

Est-ce que je vais mourir ?

Sûr.

Je n'arrive pas à savoir si je suis dans ton rêve ou si c'est toi qui es entré dans le mien. Il y a un passage comme ça, dans le roman de Fendor Penrith que je suis en train de lire.

Tu m'en diras tant.

Et tu ressembles au personnage principal. Sauf la cape. Où est ta cape ?

[illegible] fit tinter son verre contre le sien avant d'avaler une gorgée que, tête renversée, il laissa glouglouter dans son gosier.

Les grands prétendent qu'il va y avoir la guerre, lâcha la fillette, qui fixait l'horizon.

Ils doivent savoir de quoi ils parlent.

Pourquoi n'avons-nous pas de noms dans nos songes ?

Il reposa son verre, prit son visage entre ses mains, posa ses lèvres sur son front blanc et frais, les y laissa un long moment collées. Sur quoi il recula pour mieux la contempler.

Des turbulences sont annoncées. À ton réveil, tu oublieras que nous en avons parlé. Mais peut-être t'en restera-t-il une vague douleur, un pincement.

Il baissa les yeux vers ses poings serrés.

Va-t'en, grogna-t-elle.

Une lueur d'étonnement passa dans son regard.

C'est ce que tu souhaites ?

Elle hocha la tête avec conviction. Prit son verre, le jeta dans le vide —— y avait-il jamais eu un verre ?

Tu ne sers à rien, affirma-t-elle.

Il opina du chef.

De ça non plus, tu ne te souviendras pas.

Il se mit debout, ouvrit les bras pour accueillir la tempête. Il aurait pu agiter un mouchoir, claquer des doigts, monter les mains en prière devant sa figure. Au lieu de quoi, il leva une jambe, lâcha un vent sonore et partit en fusée vers la lande. Ah, cette gamine ! Quelle adorable petite peste.

Il se rapprocha de la terre ferme, roulant sur lui-même. Un mortel torse nu courait en zigzaguant vers les falaises. Ce jeune homme qui souffrait tant.

Il n'était plus question de rêve.

JOUR 2

LES MALHEUREUX

L'aube était neuve encore quand Trevor sortit du manoir pour aller voir la mer. En bras de chemise, son canotier à la main, il dévalait le sentier qui descendait vers les falaises, semé d'herbes sauvages, bordé ici de haies décoiffées par le vent, là d'amas rocheux saugrenus, têtus comme des énigmes.

Des mouettes flottaient dans le ciel mauve et rose, qui se laissaient bercer par les embruns. Il enviait leur insouciance. Il était clair qu'Albert flairait quelque chose, mais quoi ? Et puis il y avait Cassandra. Cassandra et ses regards appuyés, sous le velours de ses cils, ses questions indiscrètes, la façon qu'elle avait eue, au moment où ils étaient sortis de table, de lui glisser une main dans le dos – « il faut pardonner à ces vieux fous », avait-elle chuchoté, « leur gloire s'en est allée tel un train de nuit, ce n'est jamais agréable de rester à quai quand on a tant voyagé, ne pensez-vous pas ? »

Plus tard, le journaliste s'était avancé sur le perron pour regarder la pluie tomber en fumant une demi-cigarette, et elle s'était approchée avec une discrétion irréelle tandis qu'aux confins, un tonnerre charbonneux faisait gronder sa colère.

— Vous avez pris la mesure ? lui avait-elle demandé.

Il avait tapoté sa Grisandole, dispersant sur ses souliers une neige infime.

— La quoi ?

Elle avait ramené son châle sur ses épaules.

— Ils se rassemblent parce qu'ils sont finis, avait-elle lâché. Ils pensent que le malheur est moins cruel quand il se partage.

Un vieux cheval à la robe gris souris piétinait au milieu des champs en secouant la tête d'un air navré. Tu perds ton temps. Rentre chez toi, oublie ce butor.

Le sentier contournait un tumulus, à présent remontait un peu. Trevor s'arrêta, posa son chapeau sur sa tête. Une petite cabane de berger se dressait là-bas, au bord de la falaise. Au-dessus d'un abreuvoir, nu, un jeune homme procédait à ses ablutions. À la vue du visiteur, il ouvrit la porte et disparut à l'intérieur.

Le journaliste hésita. Des nuages d'aurore se délitaient dans l'air. La campagne s'arrondissait dans le matin, une belle journée s'annonçait. Pourquoi la compliquer ?

Il traversa la prairie, aussi tranquillement que possible. Fais demi-tour, gazouillait une voix. Fais. Demi. Tour. (Oh, la ferme.)

Il toqua à la porte.

— Tout va bien, là-dedans ?

— Allez-vous-en.

Il se figurait le garçon apeuré, recroquevillé – pieds nus dans la paille souillée.

— Je veux seulement discuter.

— Je n'ai rien à raconter.

— Serais-tu le protégé de James Balfour ?

Un hoquet étranglé lui répondit. La porte en bois vermoulu n'avait pas de loquet. Sans trop savoir ce qu'il espérait, il entra. Emmitouflé dans une vieille couverture de laine, assis sur une chaise, le jeune homme se releva d'un bond. Des cheveux blonds mouillés mi-longs, des lèvres charnues et tremblantes, un regard bleu noyé de confusion.

— Laissez... Laissez-moi... bafouillait-il, collé à la fenêtre, dont un seul volet était ouvert, je ne peux pas...

Trevor baissa les yeux. Une chemise de flanelle et un pantalon roulés en boule gisaient au sol près d'une casquette à rabats.

Le journaliste montra ses mains.

— Je ne te veux aucun mal. Quelqu'un sait-il que tu es là ?

Le jeune homme secoua la tête, les larmes aux yeux.

— Je n'ai nulle part où aller.

Trevor avait pris soin de laisser la porte entrouverte. La veille au soir, James Balfour leur avait parlé des fugues à répétition de son « neveu ». Il ne va jamais bien loin, notez. Un garçon sans ressources, sans ressort.

— Tu ne peux pas quoi ?

Toujours méfiant, le jeune homme cligna des yeux.

— Hein ?

— Quand je suis entré, tu as dit : « je ne peux pas ».

L'adolescent passa sa langue sur ses lèvres. Ses traits émaciés, son nez en bec d'aigle, conféraient à sa physionomie une beauté étrangement sinistre.

Trevor avait noté des ecchymoses sur ses avant-bras, sur ses épaules – des zébrures sur ses cuisses, aussi.

— Je ne peux pas retourner avec lui, lâcha le jeune homme. Je ne *veux* plus.

— D'accord, fit le journaliste en ouvrant la porte en grand. Tu t'appelles Henok, n'est-ce pas ? (Le garçon ne répondit pas. Trevor se retourna dans la direction du manoir.) Sache que je ne suis pas l'ami de ces gens.

— Vous parlez avec eux : je vous ai vu arriver, hier.

Que faire, sinon acquiescer ?

— J'ai un article à écrire. Ensuite, je m'en irai.

— Vous avez de l'argent ?

Le journaliste sourit. Tâta sa veste.

— Pas sur moi, j'en ai peur. Mais écoute : je ne crois pas que tu doives t'enfuir ainsi. Et si j'en discutais avec James ?

Le jeune homme se détourna ; rictus mauvais au coin des lèvres.

— Vous ne le connaissez pas. Vous ne savez pas de quoi il est capable.

Trevor ôta son chapeau, et s'avança à la fenêtre. La mer commençait à se teinter de miel. Le dénommé Henok, qui s'était écarté, ramassa ses vêtements et enfila son pantalon sans le quitter des yeux.

— Tu pourrais te cacher, en attendant…

— En attendant quoi ?

Le journaliste cherchait encore la réponse lorsqu'un appel retentit. « Henok ! »

Trevor s'avança sur le seuil. Des hommes approchaient, à bicyclette, tanguant sur le sentier caillouteux. Kembell et Casaubon.

— Sors par la fenêtre, fit le journaliste sans se retourner.

Mais Henok, qui achevait de boutonner sa chemise, l'écarta sans ménagement et s'avança hors de la cabane.

Les deux hommes, qui avaient lâché leur bicyclette au bord de la prairie, approchaient à pas décidés.

— Allez-vous nous expliquer ce qui se passe ? lança Kembell à Trevor.

Henok, vit le journaliste, était resté pieds nus. Tombé à genoux devant le maître des lieux, il attrapa sa main et s'administra à lui-même une gifle.

L'INNOCENCE EST UN ÂGE

« Ne bougez pas d'ici », avait recommandé Ninette, prise d'une envie pressante. Merlyn opina. À peine avait-elle quitté la pièce qu'il se leva au milieu de la baignoire en fer blanchi et, se tenant au rebord, sauta sur le tapis de bain en tissu éponge. Attrapant une serviette, il s'ébroua comme un chiot, se frictionna, enfila pyjama et pantoufles. Par l'entrebâillement de la porte, il glissa la tête ; la voie était libre.

Aux aguets, filant à pas de loup, il s'attendait à tout instant à entendre sa nurse crier. Mais la chance, cette fois, semblait de son côté. Ravalant une glaire, au pied de l'escalier, il jeta un œil méfiant au portrait de l'amiral-je-ne-sais-plus-qui, ce géant à barbe noire dont son grand-père lui avait si souvent rebattu les oreilles, et gravit les marches deux par deux. La chambre de ses parents se trouvait juste en face, mais sa mère avait aussi ses appartements à elle, à côté – que faire ?

Il choisit sa porte à elle. Gagné, une fois encore ! Il ouvrit, un peu, un peu – se glissa sans bruit. Fenêtre ouverte, rideaux gonflés par la brise, couleurs fraîches et douces ; sous les boiseries gris perle, le lit à baldaquin était resté en désordre et une subtile odeur de lavande embaumait les lieux. Merlyn mourait d'envie d'enfouir son visage dans l'oreiller pour se repaître du parfum de sa mère. Il se tourna vers l'autre porte. Ça discutait, dans la chambre des parents. Avec mille précautions, il abaissa la poignée.

Assis contre son oreiller remonté, en pyjama encore, son père trempait un toast à la cannelle dans son café en lisant le journal. Devant la glace pivotante de sa coiffeuse, sa mère, qui lui tournait le dos, mettait de l'ordre dans ses crèmes. Merlyn s'aplatit sur le tapis moquette, le nez dans un amas de fleurs et libellules en points serrés et, du talon, repoussa la porte sans la faire claquer. Son père avait posé son plateau de petit déjeuner plus loin et faisait claquer bruyamment les pages de son journal.

— Et ce Ramsey Castle ? Un ami, lui aussi ? Franchement, ses dernières critiques étaient à se tordre.

Merlyn ne pouvait pas la voir, mais sa mère, qui s'était retournée, avait déjà ombré ses paupières et, avec une petite houppe en laine, se tamponnait à présent les joues de poudre de riz.

— Si le ridicule tuait, je serais veuve.

Le père roula son journal en tube ; un accessoire de scène comme un autre.

— On m'a dit qu'il était venu dans ta loge.

— On m'a dit que des gens habitaient sur la lune.

— Il t'a apporté des fleurs.

— “Fait apporter”, nuance. C'est une pratique relativement courante, à Londres. Peut-être le saurais-tu si tu venais m'écouter parfois.

— Pour m'infliger ce genre de guignolade ? Non merci.

— La vérité, Albert, c'est que tu ne connais rien à l'opéra. Ni à la musique tout court, d'ailleurs.

— C'est moins blessant que grotesque.

— Ah oui ? Cite-moi trois compositeurs russes.

Tout ça n'allait pas les mener bien loin, comprit Merlyn, qui hésitait à sortir de sa cachette. Et cette pauvre Ninette… Perdue dans les dédales du manoir, frappant à toutes les portes, jusqu'à ce que –

— Tu contournes la question.

— Depuis quand te dois-je des comptes ? J'ai du succès, Albert. Je suis une cantatrice de talent. Il serait temps de l'accepter.

— Qui parle d'art, ici ? J'ai simplement le sentiment que tout cela te dépasse, et figure-toi que je ne suis pas le seul. Mon père…

— Oh. De mieux en mieux.

— Mon père est d'accord avec moi. Tes prétendus admirateurs se pressent en cohortes. Des prédateurs, voilà ce qu'ils sont : la bave aux lèvres, prêts aux dernières extrémités. Le jour où le bruit courra que tu couches avec tout Londres…

— … tu répondras que la ville est petite.

— Parce que tu trouves qu'il y a de quoi rire ? Amity m'a confié que vos loges prenaient des allures de serres tropicales, que vous ne saviez plus où entreposer les bouteilles de champagne. Et ce baryton à grosse bedaine, là – Saint-Moreau ou que sais-je…

— Marseau.

— Saint-Marseau, oui. Avec ses airs de fatuité replète…

— Il y a deux semaines, tu le traitais d'inverti.

— Depuis quand l'un empêcherait l'autre ! Où vas-tu ?

— L'ennui m'étouffe. J'ai besoin de prendre l'air.

— Crois bien que je t'interdis de…

Froissement nerveux, claquement de porte. Merlyn sursauta. Rebrousser chemin ? C'était courir le risque de tomber sur sa mère. Mais avait-il le choix ? Et puis, elle avait parlé de « prendre l'air ». On prend l'air dehors, non ? À quatre pattes, le garçonnet entama les manœuvres de repli.

Déjà, fulminant, son père s'était levé, avait raflé sa robe de chambre à la patère.

PORTRAIT DE LA JEUNE FILLE

Trevor Sinclair s'apprêtait à retrouver ses appartements lorsqu'un Albert Gradey furibond surgit dans le couloir, resserrant la cordelière d'une robe en molleton beige.

— Bonjour, fit le journaliste. Tout va bien ?

— Très pertinente question, grogna l'autre en le poussant sans douceur dans sa chambre, pour s'enfermer avec lui.

Il tira une chaise, se laissa tomber dessus et se prit la tête entre les mains, comme pour l'empêcher d'exploser. Le journaliste sentit l'air lui manquer.

— Vous n'avez pas l'air dans votre assiette.

Les épaules d'Albert retombèrent. Son regard errait du lit à la fenêtre. Un sourire amer parut sur ses lèvres.

— Dois-je faire appeler la rédaction du *London Clarion* ?

Trevor s'était assis à sa gauche. Il aurait donné dix ans de sa vie pour une cigarette.

— Que suis-je censé comprendre ?

Albert le regarda dans le blanc des yeux.

— Vous n'êtes pas journaliste.

Un long silence se fit. Sans trembler, Trevor posa ses mains sur les joues de son visiteur, approcha son visage et, avec une infinie délicatesse, glissa sa langue entre ses lèvres.

L'espace d'une seconde, il lui sembla qu'un trouble immense renaissait dans le cœur de cet homme.

Puis, comme si cela arrivait à un autre, il se sentit violemment repoussé en arrière, et manqua tomber de sa chaise. Albert s'était relevé, hors de lui. D'un revers de manche, il s'essuya la bouche.

— Qu'est-ce qui vous prend ? Vous avez perdu la tête ?

— Oh, bon sang… lâcha Trevor, arrachant sa moustache d'un coup sec puis ôtant sa perruque, libérant une floraison de boucles brunes.

Main sur le cœur, au bord de l'apoplexie, Albert retomba comme un sac.

— Beatrix ?

Je me frottai les joues.

— Tu le savais, dis-je. Tu le savais depuis le début.

Il secoua la tête, affolé.

— Qu'est-ce que tu fabriques ici ? Il faut que tu partes. Tout… Tout de suite, tu m'entends ! Quitte immédiatement les lieux avant que mon père… ou Cassandra…

Il bafouillait, en proie à un authentique accès de panique. L'aimable petite garce en moi ne pouvait s'empêcher de savourer. N'était-ce pas ainsi qu'il m'aimait, ne me l'avait-il pas mille fois répété ? Insolente, imprévisible et, quoi, déjà ? Incontrôlable ?

J'avais rêvé ce moment. J'avais prévu la stupeur, imaginé l'inévitable baiser et plus encore… Seulement, tout ce qu'il faisait, en cet instant, c'était crever de trouille et, soudain, cela le rendait infiniment moins désirable.

— Aucune raison de perdre ton calme, dis-je. Personne ne me connaît. Ta femme ne m'a jamais vue. Ton père si, mais il ne s'en souviendra pas.

Albert secoua la tête, sonné.

— Tu me mets dans une situation inextricable, Beatrix. Jamais je n'aurais pensé... Il faut que tu comprennes...

Je voulus prendre ses mains dans les miennes, il recula brusquement sur sa chaise : on aurait dit qu'il craignait l'électrocution.

— D'accord, concédai-je, d'accord, je suis allée un peu loin, c'était une idée douteuse. Mais qui a menti le premier ?

Il secouait la tête, hagard.

— Quoi ?

Je pontai sur lui un doigt accusateur.

— Tu m'avais certifié que tu passerais tes vacances seul ici : sans femme ni enfant. Tu étais censé, comment avais-tu dit ? te ressourcer ? réfléchir à nous ?

— Jamais je ne t'ai demandé de venir !

— Et je comprends mieux pourquoi.

— Va-t'en, lâcha-t-il, désemparé – absent.

Il n'osait plus me regarder.

— Cela fait trois mois que tu me promets une discussion, Albert. Tu ne peux plus exiger de moi que je patiente. Je veux juste y voir clair.

Une main se leva, retomba sur sa cuisse.

— Nous allons discuter. Mais pas ici. À Londres, plus tard...

Je souris.

— Penses-tu sérieusement être en mesure de m'imposer tes conditions ? Je suis sur le point de trouver ça attendrissant, tu sais.

Il allait répliquer lorsqu'on frappa à la porte – trois coups rapides. « Albert ? » C'était sa femme. Il me dévisagea, terrifié. Mon sourire ne me quittait pas. Ma meilleure armure.

— Pourquoi ne vas-tu pas ouvrir ?

Il se leva, manquant vaciller – me broya l'épaule.

— Reste tranquille. Je t'en conjure. Nous allons parler, nous allons parler, mais pour l'amour du ciel...

Je voulus l'embrasser au passage. Il esquiva, tapota sa robe de chambre, remit ses cheveux en place, et gagna la porte. Je décidai de rester assise.

— Quoi ?

— Qu'est-ce que tu fabriques ici ? s'enquit son épouse, qui se hissait sur la pointe des pieds.

Il ouvrit la porte en grand, me désigna d'un coup de menton.

— J'essaie de régler un *casus belli*. Figure-toi que notre ami journaliste est en réalité une dame.

Rire incrédule.

— Redis-moi ça ?

— Nous venons d'avoir une petite discussion tout à fait instructive, poursuivit Albert. Sur la misogynie proverbiale de mon père et l'intérêt qu'il y aurait...

Elle lui pressa le bras.

— Notre fils a disparu.

— Quoi ?

— Ninette est en pleurs. Il a suffi qu'elle les laisse cinq minutes...

— Il ne doit pas être bien loin. Le parc ?

— Les domestiques ont déjà été alertés. Ils patrouillent les bords de l'étang. J'aimerais que tu descendes aussi.

Je me levai.

— Je peux aider, si vous voulez. (Albert me fusilla du regard.) Pour les recherches.

— Pourquoi pas ? (Cassandra, qui me détaillait de la tête au pied, m'adressa un sourire indéchiffrable.) Joli déguisement.

Non loin de là, au cœur de l'antique sous-bois peuplé de hêtres moussus et de chênes jouxtant les écuries, un  hirsute, accroupi au bord d'un ruisseau, raflait des araignées d'eau et les laissait tomber toutes gigotantes dans sa bouche.

À quoi tu joues ? lui demanda Merlyn, assis sur une pierre plate.

Jouer ? Mon jeune ami, j'apporte ma contribution au cycle sacré de la nature.

Il lui tira la langue. Oh, il ne mastiquait que pour de rire (après ce simulacre de festin, on pouvait voir les arachnides s'enfuir, éberluées), mais il n'aimait rien tant, depuis les commencements, que mentir, tricher et se dérober d'un saut.

Tout à l'heure, tout étonné de sa propre audace, il s'était introduit pour la première fois dans la demeure des mortels et, quand il avait vu le petit garçon sortir de la chambre et descendre les marches, il n'avait pas résisté. Suis-moi, avait-il soufflé à son oreille, je connais un endroit.

Délicieuse confusion de l'enfant. Et merveilleuse, aussi, sa peur, quoique… était-ce bien cela ? de la peur ?

Il lui avait montré une porte dérobée, allez hop, plus vite ! ils s'étaient cachés dans la remise, au milieu des seaux, des balais et des serpillières, puis ils avaient guetté les voix, et il avait entendu le tambour de la poitrine, tandis qu'il épiait, son œil énorme collé au trou de la serrure, *boum-boum*, la musique des jungles humaines, la peur, évidemment, quoi d'autre ? un régal, le privilège absolu des hommes !

Tu en veux ? (Une grosse vrillette se débattait entre ses doigts crochus. L'enfant secoua la tête avec une moue de dégoût.) D'accord, je n'insiste pas.

Le regard du petit se brouillait. Pourquoi tu es comme moi ?

Je ne vois pas de quoi tu parles.

Tu as changé de forme.

Ah ? Peut-être.

 produisit un sac, en sortit un miroir, se mira dedans en s'humectant les lèvres, puis le tendit au moutard, qui ouvrit de grands yeux.

Son reflet était celui d'une créature au faciès simiesque, au sourire hérissé de crocs luisants et aux grands yeux pailletés d'or.

Mais… Ce n'est pas moi, ça ! C'est toi !

Vraiment ? fit  en reprenant le miroir. Ouh-ah, va comprendre.

Il fourra l'ustensile au fond de son sac. Le gamin, perdu, se mordait un ongle. 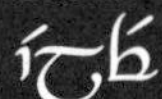 émit un rot sonore —— lourde exhalaison de terre et d'humus.

Ils nous cherchent, déclara-t-il, mâchonnant une branche morte.

Il disait vrai. Dehors, patrouillant, les mains en portevoix : les parents soucieux, le grand-père cafouilleur, l'écrivain maupiteux retenant son jeune acolyte au moyen d'une sorte de… laisse ? et l'homme à la cigarette du matin précédent qui était devenu, eh bien, une femme.

Je devrais sortir, proposa l'enfant. Me montrer.

Libérée par les domestiques, qui en avaient la charge, la chienne Bonnie se mit à aboyer, courant d'un mortel à l'autre comme pour galvaniser les troupes.

Le sourire de 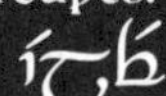 s'élargit. La brigade canine. J'adore Quatre-Pattes. Attendons encore un peu, non ? c'est marrant.

L'enfant le contemplait, indécis.

Ma sœur dit que tu n'existes pas.

Ouaf-ouaf. Tu aurais dû nous voir hier soir.

Quoi ?

Rien. Tu veux que je joue de la flûte ?

Il avait sorti son instrument de roseau. L'ami du vent et des oreilles attentives. Indécis, le petit garçon se grattait la nuque. Mille pensées se bousculaient sous son crâne.

Quel plaisir que cette cacophonie ! jubila . Loués soient le tumulte et la débâcle. Qui engendrent poèmes, galants *pouêt-pouêt* et mélodies trébuchantes.

Bientôt, une musique s'éleva de son instrument, des notes discordantes qui semblaient s'accrocher les unes aux autres comme des passagers dans la tempête tandis qu'il improvisait une danse lascive, parfaitement désynchronisée.

Merlyn plaqua ses mains sur ses oreilles. Arrête !

Dehors, les adultes se rapprochaient, leurs voix vibraient d'angoisse, et la chienne Bonnie lançait des ululements de détresse.

Le gamin s'était mis à pleurer. En trois bonds,  fut près de lui, recueillant des larmes du bout de son index, puis les lâchant dans sa main poilue.

Tiens. C'est pour toi.

Le jeune garçon ouvrit de grands yeux. Des perles rouge feu, cyan, vert chartreuse. Brillantes comme des étoiles.

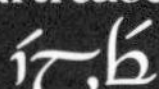 referma ses doigts sur le trésor.

Nous nous retrouverons, grobébé.

Quoi ?

Le lutin claqua des doigts, et une vesse-de-loup explosa à ses pieds, libérant un nuage de fumée noirâtre. Quand Merlyn releva la tête, son ami avait disparu, et son sac aussi, sa flûte —— tout.

Le petit regarda autour de lui puis sortit du sous-bois en titubant.

Avec de grands cris, sa mère accourait, mais il ne l'entendait pas.

Au milieu de la pelouse, il rouvrit la main et poussa une petite exclamation. Les perles de tristesse étaient devenues de vulgaires cailloux. Là-bas, dans les frondaisons, il lui semblait qu'un rire féroce s'éteignait.

Une fauvette jaillit —— *liroo-liroo* ! Longtemps, il la suivit des yeux. Il avait l'impression d'avoir vieilli de dix ans.

LOIN DE LA FOULE EN LIESSE

Raclements de gorge, regards gênés : le déjeuner fut pour moi une déplaisante affaire. Comment aurait-il pu en être autrement ? Déjà, la fugue de Merlyn était de l'histoire ancienne. Partie dans la mauvaise direction, je n'avais joué aucun rôle dans la conclusion du feuilleton et quand j'étais revenue, aussi souriante et légère que possible, « ah, je vois que tout est bien qui finit bien ! », l'ensemble des regards s'étaient tournés vers moi. J'étais devenue l'attraction du jour, la visiteuse travestie, la peut-être journaliste – ou peut-être pas – aux visées nébuleuses, notoirement inavouables.

Albert avait fait son possible pour convaincre son père de ne pas me renvoyer. Tels étaient les termes de notre marché : laisse-moi rester si tu veux que je me taise. Naturellement, il était fou de rage, et le cachait assez mal. Mais il n'avait pas le choix. Un mot de trop, un seul, et notre liaison de presque deux ans serait révélée au grand jour.

De tous les convives présents (Fredeck Titusz parti en hâte « pour affaires », nous avions été disposés de la même façon que la veille – évidemment, le pauvre Henok manquait encore à l'appel, qu'allais-je pouvoir faire pour lui, maintenant ? bah, chaque chose en son temps), de tous les convives, donc, Cassandra était de loin celle qui me témoignait la plus sincère sympathie.

Kembell, c'était bien compréhensible, se cantonnait à une défiance de principe, me dévisageant à la dérobée, retenant ses piques, sans doute ; James Balfour, lui, ne prenait plus la peine de dissimuler le dédain que lui inspirait mon engeance (« vous autres, les femmes, mentez tellement que l'on ne peut même pas croire le contraire de ce que vous racontez. ») ; quant à Carl et à sa servante, que dire ? On nous avait servi des pommes de terre farcies au haddock, et tous deux s'empiffraient, intensément concentrés, sans prêter la moindre attention au reste de la tablée.

La petite domestique aux taches de rousseur qui nous avait servis hier soir avait du mal, elle, à dissimuler sa curiosité.

Dans ma splendide imprévoyance, je n'avais emporté qu'un vêtement – une robe-tailleur cintrée, dotée d'un col en V qui, je m'en rendais compte, attirait immodérément les regards. Mes cheveux bouclés, coiffés en chignon haut, laissaient mon cou dénudé. Chaque fois que je croisais le regard d'Albert, une scène, en particulier, me revenait en mémoire – pourquoi celle-ci et pas une autre ? Première dans les loges hautes de l'Aldwych Theatre : ma robe sur mes hanches, retroussée, ses ongles striant ma chair, et sa bouche ! ce souffle sur ma nuque, ce halètement de mâle rustaud… Et toi, amour ? À quoi penses-tu ?

— Flin Boyce est censé arriver d'un jour à l'autre, lâcha Kembell en humant le bouquet du vin noir qu'on venait de lui servir.

— Notre cher assassin, lâcha James Balfour avec une mimique sournoise.

— Rien que ça ! reprit Cassandra. Et qui donc a-t-il « assassiné » ?

— Votre beau-père se fera un plaisir de vous affranchir…

— Mon bon James, l'interrompit le maître des lieux en caressant sa moustache, vous savez pourquoi je nous ai réunis, et n'ignorez pas en quelle estime je vous tiens. Vos allégations, toutefois, me paraissent déplacées, voire, dans l'état actuel des choses, quelque peu malvenues. Flin est des nôtres, le fait n'est pas à discuter.

— *Était*, en ce qui me concerne.

Albert Gradey, qui avait à peine touché à son plat, serrait son couteau à s'en faire blanchir les jointures. La représentation était de qualité. Pour un temps, au moins, on avait cessé de s'intéresser à mon petit cas personnel.

— Que lui reprochez-vous objectivement ? demanda Cassandra à James. Je ne vous suis pas.

— Personne ne me suit, ma chère, sinon du rivage, là est précisément mon drame. Par où commencer ? (Balfour s'étira, puis croisa les mains sur son ventre et se renversa sur sa chaise.) Flin Boyce s'adonne à de bien désolantes passions. Il a délaissé les mots au profit de l'image.

— Le cinématographe ?

— Si fait.

Kembell se passa une main sur le visage.

— James est convaincu que ce procédé signera notre fin. Raison pour laquelle il répugne à le ranger au rang des arts nobles.

— Des arts tout court, appuya l'intéressé. Nous avons été réunis sous ces ors pour parler *création*, et voilà que l'argent dévore le monde.

Albert se tourna vers lui.

— Mais vous-même, James, n'êtes-vous pas immensément riche ?

— Bien moins que votre père, mon grand. Et il me semble que ni lui ni moi ne l'avons cherché.

Les pommes de terre étaient savoureuses. Peau croustillante, farce goûteuse. À la dérobée, j'observais les silencieux – Carl, Sybille, Henok. Au fond, j'étais de leur bord : le camp des "riens".

— Et vous, madame la journaliste ?

James tripatouillait sa serviette ; ses yeux dardaient des flèches mauvaises.

— Beatrix, dis-je.

— Pour ça, il faudra nous laisser le temps. Ma question portait sur la littérature. Comment jugez-vous son évolution actuelle ?

Il n'existait pas, je le sentais bien, de bonne réponse à cette question. Je me rappelais les mots de Cassandra. « Ils se rassemblent parce qu'ils sont finis. »

Je les étudiais, tour à tour. Riches, ils l'étaient tous les trois, mais la littérature qu'ils défendaient était un art d'inspiration poétique, charnelle, bien éloigné des préoccupations naturalistes de l'époque. Le public voulait du vrai. L'heure des enfantillages était passée.

— Je suis une nostalgique, dis-je (et c'était un mensonge si grossier que je n'aurais pas été surprise de le voir salué par un éclat de rire collégial). Je me nourris de fresques et de paysages anciens, plus vastes que nature. Mes terres de prédilection sont celles du rêve.

James applaudit – de plus en plus lentement.

— Bravo. Votre rédacteur en chef, s'il existe, doit être fier de vous. « Ne dit rien, n'en pense pas davantage. »

Fallait-il relever ? La discussion, assez vite, revint à Flin Boyce, l'auteur de *Fun Fair* – formidable succès de la littérature américaine dite « populaire » paru en 1905, qui mettait en scène un automate au rebut, un homme-arbre dépenaillé, le fantôme du fils d'Abraham Lincoln, et un gorille du zoo de New York.

J'appris que l'homme avait 58 ans, qu'en sa prime jeunesse il avait été serveur, cireur, gardien de vaches, chasseur d'alligators, etc., et qu'il avait fait construire une villa à colonnades d'un mauvais goût très sûr sur les hauteurs de San Francisco.

Cassandra, qui m'avait semblé au début s'intéresser à ce qui se racontait, s'était apparemment retranchée dans ses pensées. Concentrée sur le fond de son verre, elle surveillait son époux du coin de l'œil. Tout cela n'augurait rien de bon. On débarrassa nos assiettes et je songeais que, peut-être, je pourrais revendre la Mercurio V8 et embarquer pour San Francisco, moi aussi, avant que la guerre n'éclate, et puis on verrait bien.

Mais il y avait Albert. Albert et ses épaules de terrassier, ses mâchoires taillées à la serpe, ses mines de petit garçon coupable. J'étais à deux doigts de me lever, de le tirer par le poignet et de le traîner dans ma chambre.

Beatrix Ardeen. Orpheline patentée, boussole sans aiguille, mûre pour la maison de repos – laissez-moi juste finir mon dessert.

UN AMI POUR DEUX

La sieste était terminée. Quand est-ce que mère et Carl vont venir ? geignait Merlyn en faisant les cent pas dans sa chambre. Lippe trémulante, Ninette, qui regardait par la fenêtre, gardait un silence boudeur. Sans surprise, elle était encore en colère contre lui – son escapade matinale lui avait valu, de la part de Madame, de sévères réprimandes. « C'est la quatrième fois depuis le début des vacances (mensonge : la troisième tout au plus), donnez-moi une bonne raison, une seule ! de ne pas me débarrasser de vous sur-le-champ ! »

L'enfant était resté bras croisés, les yeux rivés sur ses souliers et puis, comme toujours, l'orage était passé. L'était-il ? Merlyn trouvait sa mère changée, depuis ce matin, mais il savait qu'il était inutile de le lui faire remarquer, elle nierait, comme toujours – elle n'avait pas son pareil pour feindre le bonheur.

Ils levèrent le camp à trois heures. L'après-midi était chaude, le soleil jouait des cymbales, les collines étaient tachetées d'ombres, on pouvait s'amuser à donner des noms aux nuages. Carl, qui s'appuyait sur sa canne à pommeau d'or (une tête d'oie effrontée offerte par un chapelier d'Oxford, en hommage à son grand œuvre), claudiquait au côté de la mère de l'enfant, qui s'efforçait de maîtriser Bonnie, laquelle tirait sans relâche sur sa laisse en cuir tressé. Armé d'un bâton droit, Merlyn gambadait derrière eux en courbant les ajoncs. Esme, elle, était restée avec son grand-père et les chats d'Égypte, et avec James Balfour peut-être, qui lui donnait du sirop pour la toux alors qu'elle ne toussait pas. Ce midi, privilège ! elle avait fait défiler devant son frère, caché sous la table de la cuisine, le carnet où elle notait ses rêves, un fascinant galimatias peuplé de corneilles géantes et de rivières de sang vermeil. Est-ce que tu crois que tu es folle ? lui avait demandé, son frère, chafouin. Et la facétieuse de hocher la tête...

Tout le monde est fou, lui avait révélé le gardien des sous-bois. Tout le monde a mal, tout le monde aimerait fuir – tout le monde, tout le temps.

Merlyn hâta le pas pour rejoindre les deux grands. « Je peux tenir la laisse ? » demanda-t-il à sa mère. Elle ne répondit pas. Bonnie sautait après les papillons.

Gradey-dernier-du-nom tendit sa main à Carl Dodilus, qui la prit dans la sienne, le gratifiant de son éternel sourire fatigué.

— Cette jeune... fille qui est arrivée avec vous, demandait sa mère au vieil homme. Pourquoi ne la montrez-vous pas ? À croire que chaque habitant de Dandelion Manor cache quelque chose ou quelqu'un.

Carl gardait les yeux fixés sur ses bottines.

— Elle ne peut pas v-vivre parmi les hommes. J'ai essayé, pour votre g-gouverne. Mais elle hurlait. Jour et nuit, elle hurlait.

— Vous pensez qu'elle est mieux dans une cage ? Au sommet d'une tour ?

— *Nous* sommes mieux. Je m'efforce de la t-traiter avec toute la douceur et la bienveillance dont je suis capable. Je lui rends visite à l'aube, et après la souper. Parfois, je lui lis des histoires. Elle n'y entend rien, mais le son de ma voix l'apaise.

Merlyn regarda sa mère hocher pensivement la tête.

— Et Sybille ? Vous et elle, elle et vous, plongés dans cet énigmatique carnet...

Carl tourna son regard vers le large. Falaises sous les embruns – devant le soleil, des cumulus duveteux traînassaient en rêvassant.

— C'est ainsi qu'elle communique. Les chiffres. Des centaines de milliers de chiffres ! Elle a quelque chose à dire, et nous ignorons q-quoi. Alors je cherche. Un motif, une itération. Le nombre de Negomi, ça vous dit quelque chose ? « Imogen », à l'envers, allusion à la fiancée de son d-découvreur (Cassandra lui sourit.) Il s'agit d'un entier naturel qui ne peut former de p-palindrome lorsqu'il est soumis au processus consistant à l'additionner au nombre formé de l'inversion de ses chiffres en base 10.

— J'avoue ne pas être très versée...

— Longtemps, j'ai cherché dans cette direction. Dans celle de la conjecture de Palerme, aussi, du chiffre de Polybe... Des hypothèses s-surgissent, qui m'envoûtent un temps mais, hélas ! ne résistent jamais à un examen poussé. De t-temps à autre, la pauvrette trace un mot, "hiver", "malade" et, croyez-moi, le jour en est comme transfiguré, on dirait qu'elle essaie de m'aider, de *nous* aider.

La mère du garçon avait glissé son bras sous celui du vieil écrivain.

— Vous aider à quoi ?

Carl Dodilus passa une main dans ses cheveux blancs.

— Je l'ai rencontrée en Écosse, du temps où je logeais chez votre beau-père – il avait eu la bonté de m'allouer une dépendance, enfin, vous c-connaissez l'histoire. Deux fois par semaine, je me rendais au pavillon des aliénés de l'Hôpital royal d'Édimbourg pour lire des p-poèmes aux pensionnaires. Et puis, un jour, je l'ai vue. Elle était là, assise sur un banc en bois, mains à plat sur les cuisses, ignorant la pluie qui noyait le paysage. Moi, je me tenais dans l'entrée, foudroyé ; le chef du service des admissions soliloquait en tirant sur sa pipe. Quand il s'est rendu compte que je la regardais, il m'a flanqué un coup de coude. « N'y pensez même pas, mon vieux ». Sybille venait de fêter son vingt-cinquième anniversaire et, à l'en croire, elle était incurablement idiote. Quelques années plus tôt, elle avait subi une opération du cerveau. Une trépanation, en bonne et due forme.

— Vous ne bégayez plus, Carl.

Merlyn vit le vieil homme presser la main de sa mère.

— Je me suis avancé sous la pluie. Je me suis assis à son côté et – j'ignore comment le dire autrement – nous nous sommes reconnus. En dépit de son silence, de son regard inhabité... ou à cause de cela, peut-être ? Quand j'ai proposé de la prendre à mon service, le directeur m'a demandé si je ne préférais pas être interné quelque temps, moi aussi, histoire d'être sûr, ahah. Tous les médecins pensaient son cas sans espoir. Par ailleurs, il fallait que j'emmène sa fille aussi. Sybille avait accouché quelques mois auparavant. En discutant avec des infirmières, j'ai fini par comprendre que ce n'était pas l'opération qui l'avait rendue muette, mais bien sa rencontre avec celui qui l'avait engrossée.

— Vous savez donc qui était le père.

Carl Dodilus s'octroya une halte. Ils approchaient du bord de la falaise. Le cognement sourd de la mer.

— Personne ne devrait se figurer ces choses, mon enfant. Personne ne devrait ne serait-ce que *songer* au nom que je m'efforce de taire. Oubliez cette histoire. Ses implications sont tout à fait hors de portée.

Sous le vent d'été, les vagues faisaient le gros dos. Attendrie, Cassandra laissa tomber sa tête sur l'épaule du vieil homme.

— Vous travaillez trop.

— P-Parlons d'autre chose. Comment va votre m-mari ?

FIERTÉ ET PRÉJUDICE

La bibliothèque du deuxième étage où, sur les conseils d'Albert, j'avais trouvé refuge, et où il avait promis de venir me retrouver, était l'une des pièces les plus vastes et les plus extravagantes du manoir.

Les livres n'étaient pas seuls. Sur de longs rayonnages de bois sombre, équipés d'échelles coulissantes, des assiettes avaient été alignées, porcelaines et autres chinoiseries ; plus haut, des toiles grandioses figuraient des plaines fumantes, des palais athéniens – ici désertés, là peuplés de divinités ou de pâtres alanguis. Sur les tapis persans et les fourrures, une bonne dizaine de sofas rembourrés (l'un d'eux couvert d'une peau de tigre) avaient été agencés, comme disposés par la main d'un géant féru de hasard, tandis que des fauteuils XVIIe et XVIIIe, chamarrés de soie ou de velours de laine, étaient disposés autour des tables basses. Fixés aux corniches, des lampadaires cuivrés devaient, le soir venu, offrir leur lumière mordorée aux lecteurs cernés de plantes grasses. Dans un coin, une spectaculaire maison de poupée au toit ouvert paraissait attendre mon inspection. Accroupie, je me mis à ouvrir une fenêtre, une deuxième…

— En principe, moqua une voix dans mon dos, on vient plutôt ici pour s'instruire.

Défroissant ma robe, je me relevai. Une large baie vitrée festonnée de tentures ouvrait sur le parc.

— Je voulais te dire…

Albert s'avança, paumes dressées.

— Il faut que tu t'en ailles, Beatrix. Sans délai. Cassandra ne croit pas un mot de cette histoire de journalisme et d'interview. Soyons honnêtes, qui s'y laisserait prendre ?

— Ton père ?

Il se laissa tomber dans un fauteuil capitonné avec un sourire attristé. Du bout des doigts, il taquinait un palmier nain en pot.

— Mon père est fatigué. Plus rien ne lui importe véritablement, et je le soupçonne de s'adonner au laudanum – cette crapule de James en a rapporté une mallette complète. Un vrai journaliste n'en aurait pas tiré grand-chose.

Avec précaution, je m'installai en face de lui, sur un canapé tendu de velours. Une statue d'Artémis – copie de musée –, me tenait compagnie : prête à tirer une flèche de son carquois, elle avait posé sa main sur la tête d'une jeune biche.

— Où est ton épouse ?

— En promenade. Avec Carl. Mais ne parlons pas des autres. En venant ici, Beatrix, tu me portes préjudice : gravement. Tu mets ma vie familiale en péril, tu te comportes comme une petite fille capricieuse. Je ne t'ai jamais promis quoi que ce soit, que je sache.

Je souris.

— Le *Landmark* ? Marylebone Road ? 6 février 1914 ? Le *Russel* ? 18 mars, même année – il y a quatre mois, en fait. Tu as ôté ma culotte dans le couloir du troisième étage, Albert. Tu n'as même pas attendu que nous entrions dans la chambre.

— S'il te plaît… fit-il, chassant une mouche imaginaire.

— Le lendemain, chez Liberty, tu me rachetais un pantalon fendu, un corset à jarretière et des bas de dentelle parce que, disons-le clairement, tu avais saccagé tout ce qui m'appartenait, les vêtements de *ma* boutique. Boutique, soit-dit en passant, dans laquelle tu avais promis d'investir. Oh, préfères-tu que je te parle de mon cœur ? Massacré, lui aussi – zut, j'aurais dû demander à Wilona ma vendeuse d'aller m'en trouver un de rechange.

— Oh, par pitié...

— Dans le fiacre qui nous ramenait à l'hôtel, tu m'as annoncé que tu allais demander le divorce. Un petit trou de mémoire, peut-être ?

Il se passa une main sur la figure.

— On dit des choses...

— On en dit, oui. (Je défis mon chignon, libérant la foule rebelle de mes cheveux – comme c'était bon, d'être redevenue moi !) Mais tu as raison. Je n'ai rien à attendre d'un type de ton acabit. Quelle cruche j'ai été.

— Qu'est-ce que tu fabriques ?

En un tournemain, j'avais délacé mes bottines. Comme c'était joyeux, aussi, de lire l'affolement dans ses yeux. Ce garçon était né avec la peur au ventre.

— Je vais partir, Albert : c'est mieux. Mais d'abord, et avant tout, tu vas me baiser. Tu vas me baiser comme tu l'as fait avec une si belle ardeur pendant ces dix-huit mois – pardon, dix-neuf – où tu nous as menti, à ta femme et à moi.

— Serais-tu folle ?

Je lui offris une moue de petite fille. J'avais commencé à faire glisser un de mes bas.

— Mince ! J'avais oublié de te prévenir ?

Il se leva, apeuré, se mit à faire les cent pas en se frottant les joues, le menton. Soudain, il se retourna vers moi.

— Arrête. Arrête ! Je te demande pardon, d'accord ? Pour tous ces mensonges, toutes ces... tragédies ! Je suis un misérable, crois-tu que je n'ai pas conscience ? Je ne dors plus, Beatrix !

— Tu n'as jamais beaucoup dormi, dans mon souvenir. Et ce que tu appelles "tragédies", moi, je l'appelle "promesses".

Il grimaça, se tordant les mains.

— Mes enfants sont ici... Mon père... Je ne suis pas... Nous ne pouvons pas continuer ainsi, tu le sais.

J'avais interrompu mon opération effeuillage.

— Je ne parlais pas de continuer : je parlais de conclure. Une dernière fête, une riante apothéose. (J'ouvris de grands yeux innocents.) Je ne te plais plus ? Ma bouche ne te plaît plus ?

Il était prêt à tomber à genoux.

— Tu peux tout exiger de moi, Beatrix. Tout ce que tu veux, mais pas ça.

Je ramassai une bottine. En caressai le cuir. Relevai les yeux vers lui.

— Tout ?

Il ouvrit les bras en grand.

— Je vais m'efforcer... de réparer mes torts, affirma-t-il. C'est vrai, je me suis comporté avec toi et Cassandra comme le dernier des malotrus. Je te dois des excuses, et plus encore. Mais il doit bien y avoir un moyen de ne pas tout fiche en l'air.

Mon regard se perdit. Une idée venait d'éclore.

— *Le Bataillon sacré*, murmurai-je.

Il cligna des yeux.

— Pardon ?

— N'est-ce pas le titre que ton père a donné à ses mémoires ?

Il secoua la tête, ébahi.

— Mémoires secrets. Il ne les publiera jamais. Mais qui...

— Toi, fis-je, plantant mon regard dans le sien. C'est toi qui m'as parlé de ce texte, Albert Gradey. J'imagine que cela fait partie des innombrables épisodes que tu as tenté de rayer de ta mémoire.

À son tour, genou à terre, il s'intéressait à la maison de poupées. Inclinait la tête, examinait la cuisine. Formidablement absent.

— Nous l'avions offerte à Esme, c'est drôle. Aujourd'hui, c'est Merlyn qui y joue. (Il se tourna vers moi.) *Le Bataillon sacré*, très bien, admettons. Peux-tu m'expliquer ce que ce texte vient faire dans la conversation ?

J'empoignais ma bottine.

— Je veux le lire.

— Impossible.

Je suspendis mon geste.

— Répète ?

Mains sur les hanches, tel un vieillard souffrant d'arthrite, il s'était redressé et, posté devant la baie vitrée, taquinait les draperies du bout des doigts.

— Je vois : du chantage.

— Une petite faveur – rien de plus.

Je me reconnaissais à peine. Tiens, oui, pourquoi tenais-je tant à mettre la main sur ces confessions ? Une chose était sûre : la cupidité n'avait rien à voir là-dedans ; du reste, j'étais tout sauf journaliste. Sans aucun doute, je voulais malmener cet homme. Faire naître en lui la crainte de ne pouvoir accéder aux désirs d'une amante éconduite. Mais il entrait aussi un brin de curiosité, dans cette idée soudaine. Un besoin intime et inattendu – la vie d'un autre, transmutée par les mots…

Albert tendit ses mains devant lui ; elles n'étaient pas stables.

— Peut-être mon père a-t-il détruit ses écrits, tu sais. Au vrai, il ne m'en a parlé qu'une fois – un soir qu'il était ivre.

— Tu me l'as déjà raconté.

— Alors qu'attends-tu de moi ?

— Que tu remues ciel et terre. Si ce manuscrit se trouve quelque part, ce doit être ici ? Dans son bureau, dans sa chambre.

— Beatrix...

Sans un regard pour lui, j'enfilai ma bottine.

— J'ai envie que nous repartions sur des bases neuves, Albert. Je ne suis pas folle. Je ne te veux aucun mal, ni à ta famille. Nous avons vécu ce que nous avons vécu et je sais que notre histoire est arrivée à son terme. Mais les choses ont un coût, ta maman ne te l'a pas appris ?

— Ma mère est partie en Amérique il y a deux ans avec le directeur d'une compagnie pétrolière.

— Oui, oui. Et ton père a découvert que les messieurs existaient aussi.

Il me fusilla du regard.

— Mon frère s'est suicidé. Ça vous ébranle un homme, non ? (Il tapota les poches de son gilet. L'angoisse l'avait quitté pour un temps.) Ah, aucune idée de l'heure.

— Trois heures trente, dis-je, montrant une horloge de bronze garnie de marbre blanc. Tu es pressé ?

Il vint se rasseoir en face de moi.

— Tu devines ce que ce texte renferme, n'est-ce pas ? Le cœur de mon père. La part sombre de son âme.

À présent, c'était l'autre bottine qui m'occupait. Bon sang ! Nettement moins simple à remettre qu'à ôter...

— Les choses cachées me fascinent, Albert. Ça ne se commande pas. Je ne ferai jamais rien qui puisse lui nuire, si c'est ta question.

Un gloussement lui échappa.

— Tu me demandes de lui voler ses Mémoires ? Où il révèle son attrait nouveau pour le sexe fort. À ton avis, quels sentiments lui inspirerait sa disparition ? L'imagines-tu serein ? Pataugeant dans le bonheur ?

— Pour ce que nous en savons, ces feuillets – si, comme tu le dis, ils n'ont pas été détruits – pourrissent aujourd'hui au fond d'un tiroir. Je doute qu'il y jette un œil chaque matin. Je me débrouillerai pour te les rendre.

— Une copie ?

Bottine enfilée, je me renfonçai dans le canapé.

— Trouve-moi juste ce texte, Albert. Et je te promets que tu n'entendras plus jamais parler de moi.

Il gonfla sa poitrine – secoua la tête.

— Tu me tues.

— Si j'avais touché un penny chaque fois que tu m'as servi cette excuse…

Les dîners des mortels ! Le faste et les souillures, la chair des bêtes sans vie, les rejetons dodus des arbres, les graines plantées en terre —— rose aux joues, visages bouffis, doigts luisants, bouches maculées. Il y avait des regards pénétrés, autour de la table, des mastications recueillies, de délicats claquements de langue. Des couverts argentés étaient brandis, tranchaient, perçaient —— et, tout autour, la chorégraphie feutrée des domestiques compassés, le tintement léger des verres où dansait cette admirable potion carmin qui, peu à peu, les faisait parler plus fort et que [illegible] s'était promis de goûter un jour, s'il parvenait à acquérir une densité suffisante de ce côté-ci du Delirium.

Ailleurs, il le savait, le cérémonial pouvait être réduit à sa plus simple expression : des ombres soupaient sans l'aide de personne, en silence, avalaient des assiettes de gruau ou de potage clair. Mais ici... Ces choses que les humains enfournaient, ces matières visqueuses, ces substances brûlantes et parfumées, épluchées, ficelées, mises au feu, éventrées, écrasées ou confites, qui leur procuraient tant de plaisir...

Assis sur le manteau de la cheminée, une pipe de bruyère aux lèvres, un [illegible] de la taille d'un œuf de poule observait les convives, essayant, parmi les rares bribes qu'il saisissait, de cerner le sens général de la conversation. Les hommes, remarquait-il, étaient les seuls ou presque à parler. Deux femmes hochaient la tête, souriant, s'esclaffant parfois sans motif. Il aurait voulu s'asseoir sur leur épaule, lécher le lobe de leur oreille, se lover dans leurs pensées comme on s'enveloppe d'un drap moelleux. La troisième dame, qu'il connaissait depuis longtemps — puisqu'elle était la mère de la fille de son Roi — était la seule à le voir. Regard de haine pure, oui. B'soir, madame.

D'un bond, íϛ,b́ se jucha sur le rebord du vase en céramique où avait été glissé un bouquet de fleurs séchées, et se tint là en équilibre, une jambe dans le vide, hilare, à son tour, sans raison.

On le cherchait, à la Cour, son nom était sur toutes les lèvres, des purs-sangs vibrant de tempêtes avaient été lancés à ses trousses, des golems d'argile se frayaient un chemin à travers la terre tiède du jardin (avant peu, ils ramperaient vers lui, labourant la pelouse de leurs ongles noirs), sans compter les fées de rosée aux ailes translucides, une pleine armée chatoyante —— íϛ,b́ se délectait de l'attention soudaine dont il était l'objet.

Partout, des chambellans s'activaient, des soldats aiguisaient leurs hallebardes, derrière les portes de la citadelle, des sorts fumeux étaient jetés —— sous le rictus de la mère-lune, des mains blanches crevaient les étangs, ramenez-le-moi ! tonnait le Roi à la chevelure de broussaille, faisant trembler les nuées, je veux le voir se traîner devant moi et me supplier pendant mille ans ! Oui, íϛ,b́, souris et danse et bois les larmes des mortels, cours, cours dans les plaines de leurs songes, sous la membrane de leurs paupières, déjà, les ponts se relèvent, les cygnes noirs prennent leur envol —— la Reine te cherche aussi, ô enfant de malheur, sa colère est un torrent, de ceux qui fendent la pierre et brisent les falaises, sans tarder, íϛ,b́, mon ami, il te faudra rendre des comptes.

Plus tard, songeait íϛ,b́, n'y pensons pas, plus. Arrêtez-moi mais pas tout de suite, jugez-moi iniquement, tuez-moi sans y penser, et relâchez-moi, *os gwelwch yn dda.* En attendant, il écoutait les hommes évoquer leurs mondes sculptés dans le grain du papier et des pages lourdes, ils parlaient des collines, des forêts et des lacs, des cieux empourprés et des cités populeuses, des créatures qui les hantaient et des intrigues qui se nouaient entre elles, des fables d'amour et de haine qui, disaient-ils, tiraient leur sève de terres sacrées, Álfheimr, Ys, Emain Ablach, la Cour des Elfes, Arcadia, l'Annwn, Tir Nan Og (« Tudieu, James, appelez-ça comme vous voudrez ! ») parées, à leurs yeux, des plus nobles bienfaits.

Le maître des lieux, celui à la grosse moustache et aux yeux inquiets, celui qui, la nuit venue, gémissait sous les assauts de son brutal majordome, avait, suite à la publication d'une histoire d'amour qui lui avait valu gloire et fortune, forgé des fables dédiées à des bêtes parlantes, bêtes qu'il aurait tant aimé voir prendre vie ici-bas, de ce côté-ci du voile, qu'il avait fait ériger, en leur honneur, quatre statues de marbre disséminées à travers le parc —— ainsi avaient pris place un bull-dog querelleur, un lapin mélancolique, un coq gonflé d'importance et une couleuvre solitaire (qui était qui, ce n'était pas très compliqué à deviner), allégories figées, solitudes minérales auxquelles, occasionnellement, 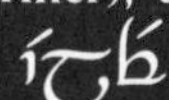 arrivait à faire ouvrir les paupières, voire péniblement tourner la tête.

L'ami de la muette, le vieil homme aux cheveux blancs, avait, lui, raconté l'histoire de deux sœurs siamoises séparées à la naissance, passagères d'un navire d'ossements voguant sur les éthers. Un roi pierreux les accompagnait, une poupée plus vivante que les ouvriers de l'usine, un crapaud atrabilaire, une oie aux rêves de grandeur, etc.

Et le troisième ? Celui qui, jusqu'au sang, fouettait son jeune acolyte dans l'espoir que ses cris implorants lui ouvriraient un passage dans un monde aux couleurs plus vives, aux mélodies plus enivrantes et aux vents plus doux ? Celui-là avait orchestré des fantaisies inspirées du monde "ancien" (les mortels chérissaient les idées de passé, de présent et de futur, avec une dévotion qui, attendu qu'ils les avaient eux-mêmes engendrées, laissait 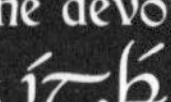 pensif), celui-là, donc, avait peuplé ses vallons baignés de miel de jeunes gens aux beautés invariables, vêtus de toges, de pagnes ou de rien, et commerçant avec les dieux.

Tous trois parlaient de leurs "personnages", et  avait bien du mal, pareillement, à comprendre en quoi des êtres, au prétexte qu'on ne les avait jamais rencontrés, touchés, baisés, boxés, pouvaient se trouver si impitoyablement, et sans autre forme de procès, relégués au rang de figures imaginaires alors que le peuple du passé, justement, que l'on ne verrait jamais plus, ou les habitants de l'autre côté du monde, à qui l'on ne parlerait pas davantage, se voyaient octroyer, par on ne sait quelle grâce, le statut d'êtres « réels » —— un autre mot que les vieux hommes affectionnaient exagérément.

Mes amis, levons nos verres..., et le nectar capiteux coulait entre leurs lèvres et roulait sur leur langue, réchauffait leurs entrailles, et leurs gestes gagnaient en ampleur, et leurs voix devenaient plus sonores, et leurs mots plus importants, ces adorables mortels fuyant avec la dernière énergie la seule chose au monde à laquelle ils ne pourraient échapper sans comprendre qu'elle palpitait déjà en eux.

JOUR 3

LES PETITES FEMMES

Dieu appela le continent "terre" et la masse des eaux "mers", et Dieu vit que cela n'était pas si mauvais et moi, moi qui, de la fenêtre de ma chambre, essuyais des larmes idiotes en regardant des vagues aux crinières grises rouler sous un ciel plus sombre encore, je crus bon de décréter, poings serrés, que ce troisième jour serait celui de l'action et des décisions énergiques.

Je refermai la fenêtre. La pluie était allée voir ailleurs, mais les cils de l'aube étaient humides encore, et des parfums d'herbe mouillée embaumaient la prairie.

Je m'habillai (ma gentille domestique aux taches de rousseur m'avait confié quelques robes « jamais mises », me certifia-t-elle, qui avaient appartenu à l'ex-épouse de Kembell mais dont ce dernier, à l'en croire, ne soupçonnait même pas l'existence : une blouse à col officier, une jaquette serrée à manches gigot, des jupes à pans et une veste cintrée, vieilleries froufroutantes qui, par miracle, s'ajustaient à ma taille et feraient l'affaire en attendant), et je descendis. Pas âme qui vive en cette heure, ni dans la galerie ni dans le grand hall ni ailleurs, je n'en étais pas fâchée – et je mis le cap sur la cuisine où, déjà, Patience et ses deux aides de camp s'affairaient muettement.

— Bonjour.

La cuisinière hocha la tête et replongea ses mains dans la farine. Il était clair qu'elle ne m'appréciait guère : la duplicité incarnée que cette Beatrix Ardeen, la parfaite semeuse de discorde…

— Personne d'autre n'est levé ?

Une domestique venait de partir faire une course, celle qui restait – ma favorite, ma si timide aux joues tachées de son –, battait des œufs dans un bol en terre cuite. Patience étant venue souffler trois mots à son oreille, elle s'éclipsa à son tour.

— Notre jeune maître est parti, annonça la cuisinière en déposant une enveloppe près de mon bol de café. Il a laissé cela pour vous – remettez-la lui quand vous serez seules, m'a-t-il demandé. Alors voilà : nous sommes seules.

Assise, tripotant l'offrande, je la dévisageais avec un sourire incrédule.

— Parti… où ?

— Pour cela, il ne m'en a rien dit. Il a pris la voiture il y a deux heures. Madame est au courant.

— Je vois.

Je refusais de baisser les yeux ; elle aussi.

— Vous devriez les laisser en paix, finit-elle par lâcher en dénouant son tablier.

— Je vous demande pardon ?

— Madame et monsieur. Ils forment un beau couple, avec de beaux enfants, et ils connaissent du beau monde à Londres.

— Tout est beau, je n'en doute pas. Et je ne sais pas qui vous a raconté quoi, mais croyez bien que je n'ai pas la moindre intention de nuire à ces personnes, en aucune façon.

Elle repartit vers ses casseroles.

— On s'en moque, de ce que je crois. Une tasse de café ?

— Non merci, fis-je, humant l'enveloppe, le regard déjà brouillé.

Longuement, dans le parc, errant d'une statue à l'autre (celle du lapin, avec ses oreilles pendantes, me paraissait la plus triste. Dans le dernier volume des *Contes de Dandelion Manor*, Peter – c'était son nom – disparaissait lui aussi au sortir d'une aube d'hiver, sans demander son reste), je différais le moment d'ouvrir l'enveloppe. Quand je m'y résignai finalement, prenant place sur un banc encore mouillé face au lac – j'avais pris soin, tout de même, de déplier la page sport du journal du matin, une dizaine d'exemplaires jetés sur le perron par une main invisible –, je me rendis compte que l'un des cygnes noirs avait disparu.

La lettre, papier coquille d'œuf au format écu, ne consistait qu'en quelques lignes, mais mon cœur manqua un battement en découvrant la première, sa calligraphie souple, ses boucles hautes dont le caractère presque féminin jurait de façon tragi-comique avec l'opinion que son auteur semblait se faire de lui-même.

Albert partait, en effet, il ne me disait pas où, il ne me disait pas combien de temps, il avait besoin de réfléchir, de « faire le point ». Cassandra était au courant (de quoi ?), mais il me demandait de ne pas en parler avec elle, de ne pas en parler avec qui que ce soit, d'ailleurs, en un mot comme en cent, il m'enjoignait gentiment de m'abstenir de toute initiative sans quoi, promettait-il, il transformerait ma vie « en enfer ».

Cet accès d'hostilité inattendu m'arracha un sourire. Ma vie avait été un enfer bien avant lui et, si j'y consentais, elle le serait aussi après – ce garçon, comme nombre de ses congénères, présumait quelque peu de ses forces.

Neuf heures venaient de sonner à la pendule en noyer clair de la galerie lorsque, mon carnet de notes en toile à la main, je retrouvai la bibliothèque. Carl Dodilus m'y attendait, appuyé sur sa canne, perdu dans l'examen d'un rayonnage intermédiaire.

— B... Bonjour, murmura-t-il sans me regarder. Quel fouillis, non ? Les œuvres complètes de Copperfield côtoyant *Les Idylliques* de Decimus Epiphane... Vous savez, ajouta-t-il en se tournant vers moi avec un air de fausse candeur, par moments, je me demande s'il en a ouvert un seul.

Je haussai les épaules ; nous échangeâmes quelques banalités puis, le laissant à sa recension, je m'installai dans mon canapé favori.

Ouvrant mon porte-plume, et sans bien comprendre ce qui me prenait, je me mis à écrire. Les mots coulaient avec naturel, ils m'emportaient, c'était l'été, une Mercurio V8 traversait la campagne, le soleil triomphait et des nuées de passereaux sortis de ma seule imagination traçaient dans l'azur des figures éminemment *romanesques*. Une heure passa, qui me parut une minute à peine quand, tout à coup, une ligne s'assécha, pâlit – les mots attendaient, piaffant, mon réservoir était vide.

Je relevai la tête. Carl Dodilus, sans que je m'en rende compte, avait pris place en face de moi – exactement comme Albert la veille – et était plongé dans le deuxième volume d'une biographie en trois parties du prince Guillaume de France qui, de temps à autres, lui arrachait de petits rires étouffés. Je le fixais depuis trente bonnes secondes quand il consentit à relever la tête. Oh, ce sourire d'enfant...

— Vous êtes b-belle, vous savez ? Je vous préfère en f-femme.

Au bout de mes doigts, je fis tourner mon porte-plume.

— Je suis à sec. Vous ne savez pas où je pourrais trouver de l'encre ?

Ses yeux tombèrent sur mon carnet refermé.

— Vous p-préparez votre interview ?

— Pas précisément.

De la poche de son veston en velours, il sortit un stylographe.

— Tenez. (J'accueillis l'offrande avec perplexité.) Corps ébonite, p-pointe platine, il se remplit comme un p-porte-plume, mais c'est l'avenir, mon enfant.

— Merci, je vous le rends dès que...

— Non. Il est à vous.

— Vous n'êtes pas sérieux !

— C'est un Golden Age. Vous s-savez ce que m'a dit le v-vendeur ? « L'encre s'épuise, pas les larmes du lecteur. » J'ignore si c'est leur slogan de réclame, mais j'espère que vous ferez couler beaucoup de l-larmes.

— Je suis touchée – et plus encore.

— Il ne f-faut pas.

Je rouvris mon carnet ; mais Carl me regardait, désormais, et j'avais, pour un temps, perdu l'envie de raconter des choses.

— Albert est parti, lançai-je comme un hameçon.

— Je sais.

— Vous êtes si imperturbable. (Je lui souriais.) Ces gens – Kembell, Albert, James... –, vous les connaissez depuis toujours, n'est-ce pas ?

Il croisa les bras, ses mains coincées sous ses aisselles.

— Albert ? Son père a écrit un g-grand livre, et ne s'en est jamais totalement remis. James est un impos... – un imposteur. Génial mais tout de même. (Il bâilla, se tapota la bouche.) Pardon, ce n'étaient peut-être pas les m-mots que vous attendiez.

Je laisser filer les pages de mon carnet.

— Au contraire, au contraire : votre avis m'intéresse au plus haut point. Je me pose beaucoup de questions sur ce jeune Henok.

— C'est son esclave.

— Quoi ?

— J'aime James, vous savez. Il m'a t-tellement aidé, à une époque, lui et Kembell – ma dette envers eux est incommensurable, les trois d'Édimbourg, mais lui surtout... – savez-vous que nous avons v-vécu longtemps côte à côte (il s'animait, pianotait dans l'éther), deux vieux garçons et leurs inacceptables manies, entourés de perroquets et de servantes taiseuses, ah !

— Je suppose qu'il y a un « mais »...

Ses paupières s'étrécirent.

— Henok est un enfant très m-malheureux. Qui s-souffre – qui souffre, je le crains, pour une idée e-erronée. James est convaincu que son problème, et le nôtre par ex-extension, réside dans un aveuglement c-caractérisé, dont nous ne pouvons g-guérir qu'en annihilant ce qui fait de nous des... hommes.

— Je ne suis pas sûre de comprendre.

— Il le torture.

Ma main était retombée sous la couverture de mon carnet. Des images me venaient à l'esprit, que j'essayais de chasser avant qu'elles ne deviennent trop brûlantes.

— Il...

— Fouets. P-pinces. Cire, à l'occasion. Et, non, fit-il, secouant la tête avec tristesse, aucun de nous ne peut y faire grand-chose. J'ai déjà parlé avec Henok. C'est un garçon d-détruit, ma foi. Il ne désire pas être sauvé.

J'avalai ma salive.

— Vous croyez sincèrement à ce que vous dites ?

Mains au repos, il laissait son regard flotter au petit bonheur. Dehors, le soleil commençait à percer ; un rayon oblique tombait sur une peau de mouton, où dansaient des particules de poussière.

— Ce que je c-crois, c'est que nous ne devrions pas nous en mêler. Il est, hélas, des choses auxquelles nous ne p-pouvons rien changer.

Je le regardai fixement, mais il refusait le combat. La mimique contrite qui flottait sur ses lèvres ressemblait à un leurre.

— Hier soir, au dîner, je vous ai entendu parler de la fille de Sybille.

Aussitôt, ses yeux recouvrirent leur éclat attentif.

— Ah oui ?

— Vous disiez qu'elle était enfermée : dans une cage.

— C'est la v-vérité.

Je secouai la tête, dubitative.

— Ne pensez-vous pas qu'elle est maltraitée, elle aussi ? Ne pensez-vous pas qu'elle mériterait un sort plus... plus humain ?

Ses mains tremblaient un peu ; il écarta une mèche blanc d'argent.

— Mon enfant, c'est tout à fait différent. Cette c-créature dont nous parlons est en v-vérité très peu humaine.

— Pardonnez-moi, mais la signification de vos propos m'échappe.

— Je le vois bien. Et je serais bien en p-peine de vous en faire le reproche, car v-vous ne savez rien de cette histoire.

— Que devrais-je savoir ?

Il se leva, péniblement, attrapa sa canne, vacilla une seconde, puis me tendit la main.

— Voulez-vous venir avec moi ? J'aimerais vous montrer quelque chose.

— Eh bien...

J'étais prête à le suivre, quand un cri s'éleva au-dehors. Intriguée, je gagnai la baie vitrée. Les enfants – Esme et Merlyn – arpentaient le parc. Leur mère et une domestique les suivaient, les mains en porte-voix. J'ouvris la fenêtre. Bonnie, la chienne cocker, s'était apparemment enfuie. De toute évidence, ce parc n'avait été conçu que pour que l'on s'y perde.

Je fis volte-face. Les deux mains serrées sur le pommeau à tête d'oie de sa canne, Carl me dévisageait avec mansuétude.

— Vous allez les aider, n'est-ce pas ?

J'acquiesçai, gênée, raflai mes affaires sur le canapé. Le vieil homme me suivait des yeux.

— J'espère vraiment que nous pourrons reprendre cette conversation plus tard, fis-je en lui pressant le bras. Merci pour le stylographe.

Il leva un index sentencieux.

— Golden Age !

Dix minutes plus tard, je sortais du manoir. J'avais oublié mon carnet auparavant – affolée, j'étais remontée en hâte et Carl était là, au milieu de la galerie, qui m'attendait, il m'avait tendu l'objet, « vous savez, mon enfant… » mais je lui avais fait comprendre que plus tard, merci, on avait besoin de moi en bas.

Et c'était vrai. Seule sur le perron, poing plaqué sur sa bouche, Esme contemplait l'étang avec une sorte de désarroi furieux. Sa mère et son frère étaient partis faire le tour du manoir, m'expliqua-t-elle. Bonnie s'était enfuie – « catastrophe, c'est ma faute ».

Je voulus la prendre par l'épaule ; elle se dégagea sans aménité.

— Les chats lui couraient après. Stupides pharaons timbrés ! J'aurais dû les retenir. Et si les domestiques avaient pensé à fermer la porte…

— Il y a plus urgent que de répartir les torts, non ? Veux-tu que nous allions voir du côté de l'étang ?

Elle inclina la tête ; se baissa pour cueillir une fleur de pissenlit. Pourquoi pas ? disait son silence.

Nous partîmes donc côte à côte. Bien vite, elle me tendit la petite boule duveteuse.

— Tiens. Souffle.

Je reçus l'offrande entre deux doigts.

— Pourquoi moi ?

— Parce que ça porte malheur.

— Engageant.

Imperturbable, elle regardait droit devant elle.

— C'est ma grand-mère qui disait ça. « Celui qui sème s'attache à la terre. »

— Et puis elle s'en est allée.

Méfiante, elle scrutait mon regard.

— Comment tu le sais ?

— Je suis une grande personne, dis-je, levant ma fleur bien haut pour que la brise se charge, d'une suave rafale, d'offrir les soies à l'été.

J'abandonnai la tige au vent. Esme prit ma main dans la sienne.

— Mère dit que je dois te surveiller.

— Ah oui ?

Elle hocha la tête, déterminée.

— Qu'est-ce que tu penses de mon père ?

Nous arrivions au bord de l'étang. À l'endroit où nous nous trouvions, il était couvert de nénuphars ; circonspecte, une grenouille avait brusquement cessé de chanter.

— Pas grand-chose. Je le connais mal.

— Tu le trouves beau ?

Je baissai les yeux sur elle.

— On ne devrait pas appeler la chienne ?

Esme ôta le nœud qu'elle avait dans les cheveux et secoua la tête pour libérer ses boucles.

— Tu veux bien me faire une tresse ?

— Plus tard.

Une fois, deux fois, j'essayai de crier le nom de Bonnie. Mais ma voix ne portait pas assez – ou bien je manquais de conviction.

Nous regagnâmes le chemin. Soudain, par une trouée, nous aperçûmes Cassandra. De l'autre côté du plan d'eau, elle nous faisait des signes. La chienne était avec elle, qui tirait sur sa laisse comme une forcenée.

Sans un mot, Esme entreprit de faire le tour de l'étang pour les retrouver. J'avais choisi de sourire. À l'ombre des frênes, des paillettes de soleil illuminaient la pelouse. L'été était de retour.

J'étais sur le point de m'éloigner quand –

— Attends !

C'était Esme, de retour – pimpante comme jamais, bondissant sur l'allée gravillonnée.

— Déjà ? fis-je, étonnée.

Arrivée à ma hauteur, elle me tendit une paire de lunettes de soleil à monture d'écaille, teintées vert chlorophylle.

— C'est à mère, mais elle te les prête. Tu viens ?

Elle me reprit la main, s'élança.

— Où va-t-on ?

— Loin.

Les croix effondrées d'un cimetière à flanc de colline assoupi dans l'oubli ; le vol frénétique d'un souci aux ailes jaunes d'or, venu se poser sur l'épaule de la fillette ; le *ssississississi* insistant d'un roitelet à triple bandeau au creux d'un chemin d'ombre ; fugace éclaircie ; des gouttes de lumière perlant au bord de nos cils. Ne manquait plus que le chant d'une cornemuse derrière les futaies. Malheureux sont ceux qui ont besoin de dieux, songeai-je, laissant mes doigts courir sur les pierres réchauffées.

Esme devisait avec une gaité coutumière. La conversation tournait autour de Fendor Penrith, son idole, nabot génial et fantasque aux doigts déformés par la goutte, mort dans la déchéance la plus radicale avant d'avoir pu achever *Les Esprits du soir*, son dernier roman – l'histoire, à Baltimore, d'un négociant en vin confronté aux exactions de son double meurtrier.

— Et ton grand-père ? Tu as déjà ouvert ses livres ?

Elle secoua la tête.

— Pour *Evoleno*, Mère dit que je suis trop petite. Quant aux *Contes*…, père prétend que je suis trop grande, alors…

— Tu n'es pas obligée de les croire.

— Mais j'ai lu *Edith et Lorina sur le St Job* ! s'exclama-t-elle, s'arrêtant devant une colonie de mauves à feuilles rondes. Il est fou, Carl, mais il est très gentil.

— C'est également mon sentiment.

Bientôt, le hasard de nos pérégrinations nous amena devant une voie de chemin de fer. Tels des Indiens d'Amérique, nous étions prêtes à nous aplatir, à coller notre oreille sur le métal brûlant – et puis l'idée nous parut douteuse.

Des morceaux de charbon scintillaient entre les rails. Esme en ramassa un, le considéra avec curiosité, le rejeta dans les herbes. Menaçante et très fière, elle exhiba sa paume noire de suite.

— Et si on y allait ? fis-je.

— Ne t'inquiète pas. Je connais les trains, par ici. Ils font toujours beaucoup de bruit quand ils passent.

— Tu en sais, des choses.

Au loin, elle pointa le pont d'acier aux arches fines qui enjambait un vallon tapissé de verdure.

— C'est là qu'oncle Holli est mort.

J'abaissai mes lunettes de soleil.

— Rentrons. Nous ne voudrions pas que ta mère lance une armée de domestiques à notre recherche, n'est-ce pas ?

Ma main dans la sienne, serrée.

— Tu as entendu ce que j'ai dit ?

— Oui. Ton oncle.

Elle approuva, l'air grave.

— Je n'étais pas là, mais on m'a tout raconté.

— Qui ça, « on » ?

— James.

— Allez, viens, fis-je, la tirant en avant – et, pendant quelque temps, tandis que nous cheminions toutes deux en silence, je crus que le sujet, par quelque prodige de la miséricorde, avait été oublié.

Je me réjouissais un peu trop vite.

— Grand-père voulait monter une pièce de théâtre, reprit la fillette. Acteurs déguisés et tout le tralala.

— Tu ne préfères pas que nous parlions d'autre chose ?

Le fait est que je connaissais déjà cette histoire. Sur le bord du chemin, Esme qui, une fois encore, avait lâché ma main, ramassa un bâton et se mit à fendre l'air avec véhémence.

— Oncle Holli devait jouer dans la pièce. C'est Hollister, son vrai nom. Enfin, il avait envie, mais grand-père n'était plus d'accord. Oncle Holli avait des problèmes, tu comprends. On en a tous, mais les siens étaient du genre à l'empêcher de trouver le sommeil.

— Pauvre oncle Holli, dis-je, serrant sa main plus fort.

— Il avait prévu de jouer Peter. Le lapin.

— Pourquoi celui-là ?

— Comme je disais, moi, je n'ai pas lu les *Contes*..., mais mon frère, si – *olibrius maleficus*... Bref. Peter, c'est le personnage le plus triste. Il est amoureux d'une couleuvre qui rêve d'être une vipère pour pouvoir le mordre.

— Ce n'est pas tout à fait exact.

Ébahie, elle leva les yeux sur moi.

— Tu as lu le livre ? (Du plat de la main, elle se frappa le front.) Mais oui, je suis bête, tu l'as lu, puisque tu as décidé d'écrire un article sur mon grand-père ! Alors, tu ne t'es pas ennuyée ? Tu n'as pas trouvé ça complètement crétin ?

— Plutôt poétique, au contraire.

— Pff, fit-elle, décapitant une reine-des-prés qui paressait au bord d'un ruisseau. Fendor Penrith dit que la poésie, c'est la prose qui s'oublie.

— Intéressant. Et que penses-tu de la proposition inverse ?

Elle balaya l'hypothèse.

— Un matin, très tôt, oncle Holli a revêtu le costume de Peter, il est parti sur le pont et il s'est étendu sur les rails. Comme c'était l'hiver, il faisait encore nuit, le conducteur de train a essayé de freiner. Trop tard.

Je m'arrêtai. « Esme », ai-je murmuré pour moi-même. Elle continuait à marcher en jacassant toute seule.

MIRAGE

Derrière le potager, au croisement de deux allées que Klemens, le jardinier à barbe rousse, venait de finir de ratisser, Carl Dodilus avait fait dresser une table d'enfant. Les nuages menaçants du matin étant partis guerroyer ailleurs ; à présent, le parc prenait un bain de soleil.

Sept chaises avaient été disposées, prélevées dans la nurserie, le royaume oublié des jouets d'antan.

Ramassé sur lui-même, le vieil homme trônait à une extrémité. Melvyn était assis à sa gauche et Sybille, la servante, à sa droite – mais en tailleur, à même le sol. Le menton au niveau de la table, elle semblait indifférente à ce qui se tramait. Devant eux, des assiettes et des plats vides, des couverts en acier doré, des verres d'eau tiède.

Carl en prit un et le leva, portant un toast devant l'invisible assemblée.

— Mes amis, je voulais vous exprimer tout le plaisir que j'ai à me trouver parmi vous en cette charmante soirée d'hiver. Avant de vous parler du menu, je voulais présenter à maître Melvyn Gradey, qui est aujourd'hui notre hôte, et dont la présence nous honore au plus haut point, mes remercitudes les plus sincères. (Très concentré, l'enfant hocha la tête.) Maître Gradey, poursuivit le vieil écrivain en faisant tourner son verre d'eau, permettez-moi en pré et en bulles d'attirer votre attention sur la nature particulière de cette décoction. Il s'agit d'un breuvage qui nous arrive d'Alaska – cadeau du duc du même métal. Portez-le à vos lèvres, et vous constaterez qu'il ne se passe strictement rien. C'est un plaisir rare. J'espère que vous l'apprécierez à sa juste valeur boursière.

Il but une gorgée, se rinça la bouche et se pencha pour cracher.

— Ça a l'air fort, commenta Merlyn.

— Très fort, Hector. (Il remua un saladier vide.) En ce qui concerne le dîner lui-même, nous commencerons par une salade de salade, avec sa vinaigrette de salade. Les plus téméraires l'accompagneront de salade mais à titre personnel, je trouve cela bien assez riche comme ça. (Il montra ensuite un plat à gratin.) Ceci est un rôti de buckdjeuve, mijoté dans sa sauce texane. Savez-vous ce qu'est un buckdjeuve, maître Gradey ?

— J'ai oublié.

— Cela arrive aux plus doctes. Moi-même, j'ai oublié quelque chose, en 1695, mais je serais bien en peine de vous dire ce que c'était. Quoi qu'il en soit, le buckdjeuve est un sympathique lapin à cornes des plaines américaines du Far-West. Un animal fondamentalement sanguinaire. En règle générale, il faut être quatre pour jouer à la belote coinchée.

Le garçonnet fronça les sourcils.

— Quel rapport ?

Carl surveillait les environs avec méfiance. Il parlait entre ses dents.

— Je vous en parlerai plus tard, lors de notre 25e ou de notre 26e heure, vous vous souvenez de ce dont nous sommes convenus à ce sujet, n'est-ce pas ?

— Non, fit Merlyn, inquiet.

— Alors, l'honneur est sauf. (Le vieil homme, qui n'avait pas bégayé une seule fois, décocha une chiquenaude au troisième plat en céramique.) Quant à ceci, je ne vous apprends rien : fricassée de lézartichaut.

— Délicieux, je parie.

— Et plus si affinités. Mais si vous ne récitez pas la prière intangible avant, ça n'a pas le même goût.

— La prière intan-quoi ?

— Imploration dense en l'honneur de tous les lézartichauts tombés pour les terres vertes et plaisantes de l'Angleterre.

— Ils ont fait la guerre ?

Carl poussa un soupir de pouf dégonflé.

— Ils ont été massacrés par effeuillage, maître Merlyn. Un carnage indescriptible, rigoureusement, au sujet duquel j'ai composé une ode. Par égard pour les oreilles de cette chaste assemblée, fit-il, englobant l'invisible aréopage, je préfère vous en épargner les sept premières strophes.

L'enfant répondit d'un salut militaire

— Et en dessert ?

Le vieil écrivain désigna des coupelles.

— Glaces à la voie lactée, au bon lait d'étoiles de nos campagnes. Rien que de très classique. Nous disposons évidemment de plusieurs parfums, mais je vous conseille celle à la constellation d'Orion, et notre inimitable sorbet Grande Ourse. Des questions, cher maître ?

Déjà, Merlyn avait attrapé ses couverts.

— On peut commencer ?

— Une minute. Le temps de vous présenter nos convives, fit-il en indiquant les chaises vides. À votre gauche, ce grand ébouriffé au chapeau vert : monsieur 42.

— Enchanté.

— Ne le soyez pas trop. Monsieur 42 n'est pas un gentleman outrageusement divertissant, (Carl chuchotait derrière sa main.) Et il traverse ces jours-ci une grave crise d'identité.

— Ah bon ?

— Comme je vous le souffle. Il s'est livré à des recherches approfondies sur son arbre généalogique, et il semblerait qu'une énigme ait été mise au jour. En ce qui concerne sa mère, l'accorte madame 6, tout va bien, merci : il y a papi 3 et mamie 2, nous sommes en règle. Mais du côté du père…

— Monsieur 7 ?

— Hum, j'entends que vous avez eu vent de cette affaire. Eh bien, chez cet indécent monsieur 7, tout se révèle… comment dire ? Désagréablement mystérieux. D'où vient-il ? Monte-t-il à cheval ? Aime-t-il les infusions de yack ?

— Trop de questions ! fit Merlyn, joues gonflées, mimant l'explosion d'une bombe.

— *Glory Alleluia* – heureux de voir que nous sommes d'accord. Mon conseil ? L'ignorer quand il pleure. Et ne surtout, surtout pas lui parler de monsieur 36.

Pouce et index collés, l'enfant fit mine de se coudre les lèvres.

— Mm, mm, mm.

— Parfait, applaudit Carl. À la gauche de ce triste sire : Celui-qui-bâille. Attention ! Sa bouche est un monde dont les portes s'ouvrent, en moyenne, deux fois par dîner. On peut en franchir le seuil, cela va sans rire, mais il faut mesurer moins de trois pouces et répondre d'abord à une énigme.

— Quelle énigme ?

— Exactement. (Il ouvrit la main vers une nouvelle chaise vide.) Au côté de Sybille, un hôte de marque, qui nous fait rarement l'honneur de sa présence : le loie.

— L'oie ?

L'air sévère, le vieil homme secoua la tête.

— Ne l'appelez surtout pas ainsi : vous pourriez la vexer. C'est une créature somptueusement irascible.

— Elle ne nous entend pas, là ?

— Elle pense à autre chose. Regardez-moi ça. Ce charmant bonnet bleu, ce triple postérieur moelleux. Et quel bec ! À la cour de Russie, ils sont toqués de sa mignonne petite personne. Vous parlez russe ? (Merlyn eut une moue désolée.) Dommage-tant-pis-mon-Dieu-pas-grave. D'autant que le loie a d'autres tours dans son sac. Si elle vous propose de jouer à pierre-feuille-ciseaux, acceptez, mais sachez que vous perdrez.

— Pourquoi ?

— Parce qu'*elle* gagnera.

— Compris.

— Autre chose : son fameux jeu de loie. Il s'agit de savoir qui ressemblera le plus à une oie. Gonflez le jabot comme ça (il rentra son cou dans ses épaules), émettez de secs claquements de bec – clac-clac-clac –, éventuellement, fit-il en agitant les bras, faites mine de voler, mais ne vous attendez pas à des miracles. Là aussi, c'est la défaite qui vous guette.

— Ce n'est pas juste !

Carl posa un doigt sur sa bouche.

— À votre place, maître Melvyn, j'éviterais d'abuser de ce mot.

L'enfant acquiesça.

— Et la dernière chaise ?

— L'invité surprise.

— Qui est ?

L'écrivain présenta ses paumes vides.

— Qui est ? répéta-t-il.

Sous la table d'enfant, les mains de Sybille se tordaient comme des créatures mariées l'une à l'autre contre leur gré – chacune malheureuse, chacune essayant sans conviction de prendre le dessus.

Chaque fois que le vieil homme montrait une chaise vide, son regard se faisait plus perçant et son cœur battait plus fort.

Car elle les voyait, elle, elle les voyait *assurément* : ce pauvre monsieur 42, perdu dans ses questions sans réponses, avec ce grand "?" tatoué au-dessus du nez. Le très réservé Celui-qui-bâille, aux cheveux d'argent et aux doigts grouillant comme des lombrics, qui n'avait pas encore ouvert la bouche et ménageait si visiblement ses effets. L'impossible le loie, surtout, qui pérorait si fort, et d'une voix si perçante, qu'elle rendait toute autre conversation inaudible – « jamais ! » s'écriait-elle, sans qu'on sache très bien à quelle allégation cet adverbe répondait. Et puis le pauvre Peter, bien sûr, avec ses oreilles pendantes et sa fourrure poissée de sang qui lui décochait des regards éperdus, s'il vous plaît, madame, pouvez-vous m'expliquer ce que je fabrique ici ?

— Grand-père, annonça Merlyn en faisant tourner son verre d'eau à hauteur de ses yeux, m'a recommandé de vous soumettre une question. (Il trempa ses lèvres.) Nom d'un topinambour, s'exclama-t-il en le reposant, qu'est-ce que c'est amer !

Carl eut un geste navré.

— Je vous avais prévenu. Quelle question ?

— Je lui ai demandé ce qu'était une fée. Il m'a dit : va voir ça avec le vieux Carl. Le vieux Carl, c'est vous.

L'intéressé posa ses paumes jointes sur sa bouche.

— Voici bien la devinette la plus simple qui m'ait jamais été soumise après celle du rabbin grincheux.

— Le rabbin grincheux ?

— Ne l'énervez pas davantage. Voyons donc. Croyez-vous que le mouvement existe, maître Merlyn ?

Le petit garçon fit avancer sa main en vague.

— Il me semble.

— Partons, s'il vous plaît, de ce postulat. Sommes-nous d'accord pour avancer qu'un corps en mouvement est censé se déplacer sur une certaine distance en un temps limité ?

— Oui-da.

— Seulement, avant d'avoir parcouru cette distance, il doit d'abord en avoir parcouru la moitié.

— Je suppose.

— Et avant d'avoir parcouru cette moitié, il lui faut d'abord parcourir la moitié de cette moitié.

— Ça se complique.

— Puisque toute distance, par définition, peut se diviser en moitiés, encore, encore, jusqu'à l'infini, et puisqu'il est, il me semble, impossible de parcourir un nombre infini de positions en un temps fini, nous pouvons en conclure que le mouvement n'existe pas. Vous êtes immobile, mon cher, désolé de vous l'apprendre de façon aussi abrupte. Je le suis également. (Il leva les yeux au ciel.) Cette pauvre lune glacée ? Bloquée. (Un bourdon tanguait, tout alourdi de pollen.) Sans parler de cette misérable chauve-souris albinos.

Le front de Merlyn s'était plissé.

— Je ne vois pas le rapport, avoua-t-il.

Carl détacha ses mains et lui adressa un sourire ennuyé.

— Vous, moi, et tous ceux que nous connaissons, sommes condamnés à une paralysie de principe. Une fée, mon cher, c'est ce qui bouge quand même.

LA FOIRE AUX QUATRE VENTS

Midi approchait lorsque nous retrouvâmes les chênes du parc et Dandelion Manor. Peut-être nous étions-nous égarées, c'était difficile à dire. Main dans la main, nous avions traversé des bois bleuis, longé un verger constellé de fruits gâtés, les ruines d'un moulin où paissaient des moutons indolents.

Esme s'était écorché le genou dans un fossé en suivant – quoi, un loriot ? Au pied d'un vieux muret tout craquelé de soleil, j'avais nettoyé sa blessure en trempant un mouchoir dans les remous d'un ruisseau.

Soudain, un ronronnement inhabituel nous fit lever la tête.

— Pas possible… murmura Esme.

Un avion !

Sur le coup, je lui pressai la main plus fort. Cercueil barbare, disait mon père. La guerre, déjà ? Nous clignions des yeux, médusées. Mais non, petite sotte. C'était un appareil gris et solitaire, un monoplan volant en rase-mottes. Je songeai aux animaux des champs et des fermes, figés – interdits, aux oiseaux suspendant leurs trilles. Nul, ici, n'était habitué à pareil vacarme.

— Il va atterrir, dis-je.

Il perdait de l'altitude, oui, mais la descente était parfaitement maîtrisée. Esme sautillait sur place.

— Flin ! s'exclamait-elle. (Elle m'avait lâché, battait des mains.) C'est Flin !

Elle se mit à courir ; quel autre choix que de m'élancer à sa suite ?

— Attends !

L'avion avait mis le cap sur une pâture voisine, apparemment tondue, et qui offrait l'avantage, peu commun en cette région, d'être quasiment plate. Bientôt, il disparut à notre vue.

Une piste, compris-je lorsque nous parvînmes au sommet de la colline. Je ne m'étais pas encore aventurée de ce côté-là.

Esme, qui avait chuté dans les hautes herbes, s'était relevée et brossai ses habits. Je la rattrapai. « Ne va pas te briser les os ! »

Elle m'écoutait à peine. « Flin, Flin, Flin ! »

Que pouvait bien valoir à cet homme un tel élan d'enthousiasme ? Je n'avais pas demandé à Esme si elle avait lu *Fun Fair*, le grand succès de l'Américain. Dans ma mémoire, le roman et ses suites comportaient quelques scènes de violence savoureuse susceptibles de la séduire. Comment s'appelait ce gorille bilieux, déjà ?

Nous arrivions aux abords du champ. L'avion s'était posé – son moteur ronronnait encore.

Vêtu d'une épaisse combinaison, un homme s'extirpa du cockpit ; il sortit une échelle. Esme galopait de plus belle.

De l'autre côté du champ en friche, Kembell Gradey était apparu à son tour, arrivant à grands pas, flanqué de son majordome. Sa bru suivait non loin, qui tirait Merlyn par le poignet. Canne à la main, le vieux Carl, lui, cheminait à son rythme, suivi, à distance respectable, de sa servante.

Ignorant le dernier barreau, le pilote mit pied à terre et ôta sa casquette en gabardine kaki. Des cheveux blonds respirèrent, libres. Le moins que l'on puisse dire, c'est que ce garçon ne faisait pas ses presque 60 ans. Il détacha ses lunettes à coque. Mâchoire solide, fin trait de moustache, le teint d'un homme habitué à vivre au grand air. Flin le cow-boy, oui !

Il s'accroupit, bras grands ouverts. Esme se jeta sur lui en poussant des cris perçants et il se releva aussitôt, l'emportant dans une danse endiablée.

Dix secondes plus tard, il la reposait, me considérant avec curiosité.

— Beatrix Ardeen, dis-je. Journaliste.

Il ôta un gant – pas l'autre –, prit ma main entre ses doigts, l'effleura de ses lèvres.

— Désolé, poupée. Jamais entendu parler de vous.

Dans le vert de ses yeux brillait un défi.

Kembell, que son clan avait rejoint, arriva à son tour – le temps, pour ma part, d'un long sourire gêné.

Les deux hommes s'étreignirent.

— Nous ne vous attendions pas si tôt, fit le maître des lieux, le tenant à bout de bras pour mieux l'examiner. Alors, mon bon, toujours aussi fougueusement libre ?

— Et vous ? Toujours aussi incurablement cinglé ?

— Comme un Écossais.

Ils se flanquaient des tapes viriles, se jaugeaient, comblés, déjà complices. Merlyn fut happé à son tour, sa mère dûment complimentée – apparemment, il ne l'avait vue qu'une fois, lors de la noce, et il en gardait un souvenir « ébloui », quoi d'autre ?

— C'est un Adrastus-DC2, commenta Esme, qui avait repris place à mon côté.

Flin ôta enfin son autre gant et baissa les yeux sur elle.

— Affirmatif, soldat. Neuf cylindres radial, moteur DragonFly 230 chevaux. Je ne savais pas que tu t'intéressais aux avions.

— On pourra monter dedans ? demanda Merlyn.

Le « certainement pas » de Cassandra fut étouffé par le « et comment ! » du pilote.

Il attrapa Kembell par l'épaule.

— Joli bestiau, non ? Je suis parti de Birmingham ce matin, j'avais rendez-vous avec mes producteurs, deux frères banquiers, un poème de première bourre, mais le machin nous a été livré plus tôt que prévu, alors je me suis dit, devançons l'appel ! (Il se tourna vers nous, hilare.) Les amis, ça fait bigrement plaisir de vous voir. (Main levée, sourire éclatant.) Hé ! Carl ! Ne vous pressez pas, surtout ! Je ne bouge pas. (Puis, se tournant vers son hôte.) Et cette vieille saucisse de James ? Dites-moi qu'il est mort. Chute de falaise ? Plus probable qu'une congestion cérébrale, s'pas ?

Kembell lui offrit un sourire forcé.

— Il prend du repos. Pour ne rien vous cacher, sa santé n'est pas au beau fixe. Je vais vous demander de le ménager, Flin.

L'intéressé se redressa et, de l'index, décrivit un cercle au-dessus de sa tête.

— Vous voyez, ça ? Cette auréole 22 carats ?

— Merlyn !

Le garnement avait commencé à grimper sur l'échelle ; sa mère, qui se ruait déjà, fut retenue par le pilote.

— Laissez-le donc. Il ne risque rien, parole. (Puis, levant les yeux vers l'enfant, qui s'était déjà glissé dans le cockpit.) J'ai laissé un grand sac noir en tissu caoutchouté au pied de la banquette arrière. Tu pourras le descendre, *gringo* ?

Sans réfléchir, je saisis les barreaux à mon tour. Rien de pratique, avec ma robe, mais j'avais envie de voir aussi.

— Gaffe à vous… prévint Flin, saisissant brièvement mes chevilles, les relâchant presque aussitôt.

Agenouillé sur le fauteuil, l'apprenti pilote tapotait déjà les instruments de contrôle. Je relevai mes jupons, m'affalai à son côté.

— Merlyn ! grondait sa mère au bas de l'appareil. Pas de sottises, s'il te plaît !

Au sommet de l'échelle, la tête hirsute de Flin apparut.

— Désolé, les amis, mais il ne reste que 300 litres dans le réservoir, vous n'allez pas pouvoir décoller ce midi. Où est ton père, champion ?

L'enfant désigna un cadran.

— C'est quoi, ça ?

En équilibre sur l'échelle, le pilote déboutonna le haut de sa combinaison. Il transpirait légèrement.

— Compas magnétique, fit-il en pointant un miroir. Là, tu as l'altimètre, ici l'indicateur vitesse, 200 km/h, tu vois ce que c'est ?

— Plus vite qu'un cheval ?

— Plus vite qu'un serpent volant, oui ! Ici, c'est l'indicateur du réservoir d'essence, là, l'inclinomètre, et les contrôles d'huile. Pas de radio, pas de chauffage non plus, sans quoi on s'endort, parce que c'est trop beau, là-haut, au-dessus des nuages.

Concentré sur les leviers, Merlyn tirait la langue.

— Y a presque plus de nuages.

— Tu m'as compris. (Puis, me souriant.) Je plains sa nounou. Ce n'est pas vous, au moins ? (…) Oh non, pardon. Journaliste, c'est ça ?

Je soutins son regard.

— Apparemment, vous avez du mal à vous y faire.

— Comment dit le Livre, déjà ? Heureux ceux qui croient sans voir. Vous avez trouvé mon sac ?

Je me juchai à mon tour, me penchai sur la banquette arrière – un ensemble en osier deux places où des cartes de lignes aériennes gisaient, dépliées, ainsi qu'un couteau de poche type "aventure", et ce qui ressemblait à un radeau gonflable.

Le sac en question était coincé sous le siège. J'allais être obligée de passer derrière pour le déloger. Accoudé à la structure, Flin attendait tel un client au pub en pianotant sur la carlingue.

— Vous ne pouvez pas nous aider ?

Il tendit une main à Merlyn.

— Viens, mon garçon. Allons retrouver le plancher des vaches, et laissons faire la dame.

L'enfant opina ; je me retrouvai seule. « Formidable », marmonnai-je. J'avais beau tirer sur la poignée, ce fichu sac ne voulait pas sortir.

— Y sommes-nous ? criait Kembell.

Entre mes dents, acéré, prêt à l'emploi : un juron mauvais. Finalement, soulevant le fauteuil du pilote à l'aide de mon genou, je parvins à déloger le goujat. Tête renversée, respirant fort, je m'octroyai quelques secondes de répit.

Quand je réapparus, sac en main, tous les terriens me dévisageaient.

— Attention, prévint Flin, c'est frag –

Je le lui jetai. Surpris, il le rattrapa *in extremis*. Je descendis en préparant ma réplique mais, déjà, je n'intéressais plus personne. Le pilote était en train d'ouvrir son coffre au trésor.

— J'ai dépensé comme un magnat en cavale, prévint-il, accroupi, écartant les pans du sac. Normalement, il y en aura pour tout le monde. Kembell ? (Il lui tendit un petit objet emballé dans du papier journal.) Vous m'aviez dit que vos taupes s'en donnaient à cœur joie, vrai ? Ce truc vicelard est un piège à dentition double. Gros succès en Californie, tout le monde a le sien !

— Horrible, commenta Esme. Comment ça fonctionne ?

Le maître des lieux confia l'offrande à son majordome. Flin tendit une petite boîte à la petite fille.

— Sifflet de manœuvre, métal nickelé, produit de l'armée. Si tu trouves que les domestiques n'accourent pas assez vite… (Il releva la tête ; personne ne souriait vraiment.) *Jeez*, les gars – je plaisantais.

Merlyn, lui, reçut un arc démontable en chêne vert, avec des flèches en pointe de corne, ainsi qu'un sous-marin en tôle à ressort et hélice « garanti 100 % étanche », destiné à l'étang.

Visiblement, notre visiteur avait séjourné ici l'année dernière, et il avait passé du temps avec les enfants – sans leur mère.

— Carl, annonça-t-il, posant une boîte cartonnée dans l'herbe, j'ai vu « gyroscope », j'ai pensé à vous, ne me demandez pas pourquoi.

— P-pourquoi ? fit le vieil homme, qui avait pris le bras de sa servante sous le sien.

Le paquet suivant était plus gros. Flin sourit à Cassandra.

— Hamac en filet de chanvre. Je vous imaginais, tournant les pages d'un recueil de poésie pastorale.

— Mais vous avez oublié le recueil, minauda la jeune femme.

— Le désert manque de bonnes librairies. Pleurez pas, je vous composerai un madrigal. Le temps de prendre un bain chaud et d'avaler un bon *T-bone*. (Il exhiba une autre boîte – en fer-blanc, celle-ci.) Couteau quatre pièces, extracteur, tire-bouchon, *tutti quanti*. Ne me dites pas que votre crapule de mari est parti au front ?

Kembell se racla la gorge.

— Il n'y a bien qu'un vieil Américain millionnaire pour trouver à rire de cette situation. Avez-vous lu le journal dans lequel vous avez emballé votre satané piège, Flin ? La guerre : *gross* rigolade !

Son irritation était-elle sincère ? Il était clair, en tout cas, que les simagrées de l'Américain ne l'amusaient pas autant que ce dernier l'aurait souhaité.

Flin, qui s'était relevé, se massa les reins en se penchant en arrière, et laissa le soleil cuire son visage.

— D'accord, dit-il. Pas de blagues. (Il se redressa, au garde-à-vous, deux doigts sur la tempe.) Mes excuses, mon colonel. Serai-je mis aux arrêts ?

Kembell secoua la tête. Flin lui sourit, puis entreprit d'ôter sa combinaison. De ce que j'en savais – de ce que j'en avais compris –, il avait fait la guerre, lui, bien des années auparavant. Il était parti au Texas se battre contre l'armée mexicaine et avait été décoré pour « actes de bravoure ». Ce qui se préparait en Europe ne devait pas l'impressionner outre mesure. À ses yeux, m'avait confié Carl, le recours aux armes était un processus naturel, inévitable – appelé à se perpétuer chroniquement.

— Que diriez-vous d'un bon déjeuner ? proposa Kembell qui, l'air absent, s'était penché pour inspecter la terre du champ. Nous nous apprêtions à passer à table. Pour la côte de bœuf, il faudra patienter.

La combinaison de Flin gisait au sol. Au-dessus de son pantalon de lin beige, il portait une chemise légère à col évasé, dont il avait déjà retroussé les manches.

— Je ne sais plus à quand remonte mon dernier vrai repas. Mais ne changez rien pour moi – faites comme si je n'étais pas là.

— Ne nous en demandez pas trop. (Le maître des lieux lui serra l'épaule.) Je suis ravi que vous soyez arrivé plus tôt, Flin. Je comptais les jours.

L'intéressé se remit à farfouiller dans son sac.

— Mon empire pour un cigare. Dix dollars que votre collection s'est encore agrandie depuis la dernière fois ! (Kembell se contenta de sourire. Fouillant dans son bagage, Flin en extirpa un vase à fleurs en faïence, qu'il tendit à Carl et à Sybille.) J'ai songé que vous trouveriez ce genre de fantaisies orientalisantes à votre goût.

Le vieil homme s'approcha et accueillit le cadeau avec déférence.

— Encore une t-touchante attention..

Flin acquiesça. Il restait un dernier présent, dans le sac. Une grande boîte en fer blanc. Il la prit entre ses bras comme un enfant.

Esme et Merlyn, comprenant qu'elle leur était destinée, s'étaient approchés. Flin jouait les monsieur Loyal.

— Instant solennel, mesdames et messieurs. Naissance d'une ère nouvelle. En provenance directe des États-Unis d'Amérique.

Il posa la boîte dans l'herbe et en fit coulisser le couvercle. Les enfants se penchèrent. Esme porta une main à sa bouche.

— Impossible.

Genou à terre, l'Américain lui adressa un clin d'œil en attrapant l'objet.

— Le mot « impossible », déclara-t-il avec emphase, ne fait pas partie du vocabulaire de Flin Boyce.

Il débarrassa l'objet de son emballage en papier crépon, et le présenta à l'assemblée comme l'aurait fait un bonimenteur. Un boîtier parallélépipédique à revêtement de cuir brun, muni d'un objectif et d'une molette de réglage.

— Est-ce que c'est ce que je crois que c'est ? demanda Cassandra.

— Si vous croyez qu'il s'agit d'une caméra Neuville- B4 16 mm, alors concédons. Cette merveille nous arrive directement des studio Weinberg. Produite à 500 exemplaires dans le monde. (Il promenait ses doigts sur les différentes pièces.) Débiteur denté, moteur à ressort – fini, les manivelles. Compteur de pieds, viseur clair à lentilles et pointeur. Elle pèse 8 livres, fonctionne avec une cassette pré-remplie contenant 100 pieds de pellicule, et est livrée avec un écran portatif. On peut la régler à 8, 16, 24 ou 64 images par seconde. Je vous recommande 16.

Il déposa la machine dans les bras d'Esme. Qui nous regardait, sidérée.

— Elle est pour nous ?

— Pour qui d'autre ? Votre grand-père déteste ça.

— Ce n'est pas l'objet en soi, marmonna le maître des lieux : plutôt l'usage qui en est fait. Les mots remplacés par l'image...

Merlyn, qui s'était coulé au côté de sa sœur, caressait la machine comme s'il s'était agi d'un être vivant.

— On va pouvoir faire des films ?

— J'espère bien ! tonna Flin, tendant les bras vers le ciel. Dès aujourd'hui, même !

Du coin de l'œil, je guettai les réactions des adultes. Kembell, qui tortillait le bout de sa moustache, ne se donnait pas la peine de cacher son mécontentement. Cassandra, elle, paraissait inquiète de voir ses enfants s'approprier si aisément l'engin. (Déjà, Melvyn avait collé sa prunelle à l'oculaire.) Carl, de son côté, observait le ciel, les mains collées sur le pommeau de sa canne. Au loin, les derniers nuages s'effilochaient ; un couple de guillemots à miroir dansait dans l'air tiède.

Émerveillés, le frère et la sœur ne cessaient de se passer l'appareil. Venu se placer entre eux, Flin frotta la nuque de l'enfant.

— Je vous montrerai comment vous en servir. Vous verrez : ce n'est pas très compliqué.

Kembell, qui avait sorti un cigare d'un petit étui en cuir, le glissa au coin de ses lèvres.

— Ne sont-ils pas trop jeunes ?

Flin lui adressa un sourire désarmant.

— Ne sommes-nous pas trop vieux ? (En trois enjambées lestes – presque des bonds –, il le rejoignit, l'agrippa par les revers de son veston.) Kembell, fieffé gredin, accordez-moi tout de suite l'un de vos fameux barreaux de chaise ou je ne réponds plus de rien !

Nous avancions à travers champs ; venue du large, une brise salée cajolait les chaumes. Flin, qui cheminait à mon côté, la lanière d'un sac désormais vide passée à son épaule, s'arrêta à la vue des tourelles. Les autres, déjà, avaient gagné le parc – s'égaillaient.

— Pas de cigare, *alas* ! mais cette chouette impression d'être revenu à la maison.

— Vous n'habitez pas en Californie ? hasardai-je.

Il secoua la tête.

— J'ai une villa à San Francisco, vrai : porche à colonnades, cactées en pagaille, perroquet gris et tout le tintouin. Mais ça fait bien six mois que je n'y ai pas posé mes guêtres. On n'imagine pas combien la vie de producteur cinématographique peut être – je cherche un terme poli.

— Pénible ?

— Depuis la mort de ma femme, mes amis là-bas m'appellent "*el desdichado*", comme dans le roman de Wilbur Small. Est-ce censé me consoler ? (Nous nous remîmes en route.) À propos, navré : vous êtes la seule, ici, à laquelle je n'ai rien offert. Pour ma défense, j'ignorais jusqu'à votre existence. Quand êtes-vous arrivée à Dandelion Manor ?

Les blés étaient mouchetés de fleurs rouge vif. Je fis un pas de côté pour en cueillir une.

— Avant-hier.

Il fronça un sourcil.

— Les coquelicots n'ont pas d'odeur.

— Et ils se fanent dès qu'on les cueille, dis-je, laissant la tige pendre au bout de mes doigts. Je sais : c'est plus fort que moi.

Le chemin du manoir contournait une colline douce.

— Allez-vous tous nous interviewer ? demanda Flin, rajustant sa lanière.

Je souris.

— Tous qui ?

Il fit craquer ses phalanges.

— Nous : les pondeurs de copie. Les écrivains, quoi.

— Vous aimeriez ?

Il secoua la tête.

— Je crois que j'en ai fini avec les romans. L'envie est partie, pfuit. Je suis passé à autre chose.

— C'est ce qu'il m'a semblé.

— J'ai vexé le vieux, non ? Avec cette histoire de caméra. Mais les mioches vont adorer. Les enfants entretiennent avec l'avenir un lien d'affection particulièrement intense. (Il m'adressa un clin d'œil.) Pardonnez mes babillages. C'est notre côté entier, à nous, les gardiens de vache. Le charme suranné de la sophistication britannique nous est définitivement étranger.

— Au moins, dis-je, vous essayez d'être drôle. Vos coreligionnaires sont sans doute bardés d'innombrables vertus, mais ils suscitent rarement l'hilarité. Volontairement, veux-je dire.

Main en pare-soleil, Flin suivait des yeux le vol en piqué d'un cormoran.

— James peut être très amusant, lui aussi. Je lui cherche d'autres qualités mais, au débotté, comme ça, ça ne me vient pas.

— Vous ne l'appréciez pas énormément, dis-je.

— Vous si ?

— Je ne le connais pas.

— Ceci expliquant cela. Sans rire, cette fois : où est passé ce poltron d'Albert ?

— Poltron ?

— Vous ne le connaissez pas, lui non plus ?

Je haussai une épaule.

— Laissez-moi le temps de réfléchir.

Comment disaient les mortels, déjà ? Noyer ses chagrins dans l'alcool ? Mais même les chagrins savent nager, songea íτ̨b́. Ces grosses baudruches gonflées de rien-du-tout.

Albert demanda l'heure. L'heure ! Quelle marrade. Le temps n'existe que parce que tu y penses, mon coco.

Vous voyez, ce machin, là-bas ? lui répondit l'ouvrier installé à la table voisine, qui venait de terminer sa tourte à la viande et se suçotait les doigts. On appelle ça une pendule.

Albert Gradey hocha tristement la tête. Il faisait de la peine, au fond de ce pub miteux d'Aldwyn Street, à Bristol, devant sa friture de poisson, son petit pot de mayonnaise et sa pauvre tranche de citron suçotée jusqu'à l'écorce. Chemise à col empesé, nœud papillon, chaussures cirées à l'excès. Hé, Albert ! À poil !

À ses lèvres, l'homme porta un verre de bière sombre décoré aux armes de quelque marque plus obscure encore. Il n'en n'appréciait pas spécialement la saveur, comprit íτ̨b́ à sa grimace, mais il se forçait à boire quand même, à cause des autres, sans doute, à cause de ceux qui, imaginait-il, le regardaient et le jugeaient.

Lové sur une banquette, clignant des paupières, le petit être aux oreilles en pointe avait décidé de suivre le fils Gradey. Depuis quelque temps – depuis que sa résolution avait été prise –, il s'ingéniait à parfaire sa connaissance des mortels, et Albert offrait un échantillon tout à fait représentatif. Cette amicale filature était contraire à toutes les règles de son peuple, à tous les décrets et les édits, mais il n'était plus à cela près. La traque, de toute façon, était lancée.

Des agents doubles fouillaient le Delirium à sa recherche. Des espions du Roi, qui pouvaient se trouver ici ou ailleurs, portés par le vent, cachés dans le repli d'une draperie —— n'importe-où-n'importe-comment. Pour leur échapper, le facétieux messager convoquait les joyeuses ressources de sa nature, changeant de forme et d'apparence au gré de ses inspirations. Cela ne suffisait certes pas à le rendre complètement invisible : où qu'il se rende, il le savait, il laissait des traces ; mais il savait aussi que sa capture n'avait rien d'une absolue priorité. Les fées jouaient, s'amusaient ; en ces temps troublés, il leur restait au moins ça.

Car la guerre des hommes approchait : le Haut Peuple allait partir, les grands feux s'éteindre, les navires quitter le port. Longtemps, l'Exil n'avait été qu'une rumeur, un projet indistinct pour le jour où les hommes cesseraient de croire en la Terre, en la Lune et aux puissances de l'invisible. À présent, on y était : le Grand Départ, l'inexorable retraite vers les terres de l'oubli.  ? marmottait le Roi de sa bouche feuillue, quand il parvenait à penser à autre chose qu'à sa Reine. Cet incompétent pusillanime – ou ce traître patenté, c'était selon. Bah, que cette graine d'avorton reste sur Terre si ça lui chante ! Et puis il se souvenait. *Elle.* La furie, la diablesse, l'empêcheuse de forniquer en rond, la tisseuse impudique de nuiteux sortilèges ! Elle qui lui livrait un combat acharné – parfaitement dérisoire et donc fondamental –, à propos d'une enfant enfermée dans une cage. Alors, les cris de Sa Majesté faisaient trembler les murs, et bouillir les eaux claires, et s'envoler les aigles apeurés.  ! Maudit mercure, laquais de mes quatre ! Qu'on me ramène ce faquin ! Enchaîné, lapidé pour l'exemple, fouetté de frais et sa culotte dans la bouche !

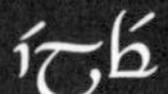 secoua la tête. Ah, n'y pensons plus. Albert Gradey, plutôt. « Cher Albert. » Déjà, cette manie des mortels de se donner des noms. *Un* nom pour *une* personne, toujours le même, quelle étroitesse de vue !

Ce matin, à l'aube, il l'avait accompagné dès le saut du lit, l'avait regardé enfiler ses vêtements dans le calme, descendre les marches, échanger trois mots avec la cuisinière, lui glisser une enveloppe et rejoindre le majordome sur le perron.

Ils avaient gagné la voiture sous un astre blanc voilé de nuages. Le messager ensommeillé leur avait emboîté le pas, long et courbé comme un roseau, sourire d'onyx et bras traînant au sol, bien plus de bras qu'il n'en avait besoin. Il avalait de pleines goulées de vent, saluait les étoiles (innomées pour la plupart, elles : quelle absurdité !) tandis que, perchée sur une branche, une chouette hulotte aux grands yeux foncés le surveillait.

Le majordome s'installa au volant, enfila ses gants et fit ronronner le moteur. Déjà en place, Albert pressait contre lui une sacoche de cuir.

Quel monde.

Les mains noires de la nuit dérangeaient un fouillis de ramures ; frissons dans les haies ; au ras de la pelouse, des escouades de lutins microscopiques se dispersaient en vapeurs sucrées. Les hommes, naturellement, ne voyaient rien.

Que dois-je raconter à Madame ? demanda le majordome en faisant tourner lentement son volant.

J'ai dit à mon épouse tout ce que j'avais à lui dire.

Assis sur la banquette arrière, cravaté de frais, 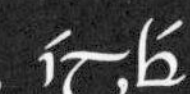 suçotait pensivement le rebord d'une flûte à champagne. Autour de son cou : un boa à plumes. Lunettes à verres fumées, mitaines d'hiver, béret canaille : il aimait à se vêtir comme les mortels les plus extravagants, empilant les couches, mariant styles, couleurs et textures. Dans le rétroviseur cerclé de cuivre, il pouvait mirer son reflet rigolard. Il était le seul.

Monsieur sait-il quand il reviendra ?

Le majordome prenait les virages sans douceur, de sorte que le fils Gradey était forcé de maintenir, d'une main, son melon en place.

Bon Dieu, Eliott, ne pouvez-vous conduire plus gracieusement ?

Nous ne sommes pas en avance, Monsieur.

Par la fenêtre, íc,b́, qui avait trempé deux fois ses lèvres, jeta la flûte d'un geste dédaigneux ; elle se dissipa en une pluie de poussière dorée. Oh, que n'aurait-il donné pour faire *l'expérience* des choses, ne serait-ce qu'une seconde ! Dans le Delirium, les seuls sens accessibles aux fées étaient l'ouïe et la vue. Du toucher, du goûter, de l'odorat, elles étaient irrévocablement privées, et les substituts d'activités humaines auquel les membres du Haut Peuple – qui par envie, qui par simple pulsion mimétique – en étaient réduits à se livrer, lui paraissaient sans saveur et sans charme.

Cramponné à sa sacoche, Albert l'opiniâtre, Albert le-risque-tout, le-laissez-moi-rire, endurait désormais dans un silence stoïque les tressautements de la vieille Mayfield *vanguard*, tandis que les rayons jumeaux des phares fouillaient les ébauches de l'aube.

À mi-chemin, il se tourna vers le majordome, et lui demanda comment allait son père.

Casaubon s'efforça de le rassurer. Monsieur était fatigué ; Monsieur traversait une phase à tout le moins « particulière ». Le projet d'adaptation théâtrale des *Contes de Dandelion Manor* était passé de vie à trépas le jour où Hollister, à qui le rôle du lapin Peter avait été plus ou moins promis, puis officieusement retiré, s'était allongé sur la voie de chemin de fer. Depuis, « Monsieur » errait – l'hiver à Édimbourg, l'été ici, dans le Dorset –, partout traînant sa misère infertile.

La petite gare de Muckletown était en vue. Allongé, jambes croisées, contre le sac de voyage du passager, íc,b́ regardait Albert branler du chef sans conviction et se redressa en sursaut. Mains dans les poches, cape à motifs fleuris claquant sur ses épaules, il suivit le fils Gradey jusqu'à la gare, le regarda acheter un billet pour Liverpool – brève correspondance à Bristol, il allait falloir faire vite – et s'avancer sur le quai de la gare en attendant que son train arrive.

Il avait un billet pour la voiture 7, et c'est la voiture 7 qui s'arrêta devant lui. Goûte la magie des petits riens, souffla  à son oreille. Soulevant son sac et sa sacoche, l'homme grimpa en ahanant, poussa la porte du wagon d'un coup d'épaule et se fraya un chemin jusqu'au quatrième compartiment, où une place lui était réservée.

Il n'y avait là qu'un seul passager : un monsieur aux mains de pianiste et aux cheveux précocement blanchis, en gilet et cravate rayée, qui lisait en français un roman de Germain Ferrau et tirait sur une pipe en écume de mer avec de petits *puf-puf* dogmatiques.

Albert attendit que le chef de gare siffle le départ pour ouvrir sa boîte à tabac. Il se mit à priser en jetant des coups d'œil au dehors. L'aube s'étirait vers l'ouest, teintant les nuages d'un rose d'enfant. De village en village, des cloches se répondaient, que seul  pouvait entendre. Déguisé en bourrasque, l'esprit fusait au-dessus du train filant à travers la campagne, se mêlait aux brumes, effiloché, hurlant sa joie entre deux mondes.

Puis, fatigué, il retourna à l'intérieur et, passant par tous les orifices à sa disposition, se fraya un chemin vers le cœur du passager d'en face, avant de se déployer à nouveau, de respirer par sa bouche, de l'habiter tout entier. Quelle sensation étrange ! Sentir le sang pulser, battre aux tempes, les poumons se remplir d'oxygène —— secoué d'un spasme inexplicable, l'homme avait posé son livre sur la banquette et retiré la pipe de ses lèvres.

Tout va bien ? demanda Albert.

Bouche ouverte, son vis-à-vis se passa une main sur le visage. On aurait dit qu'il sortait des décombres d'un palais bombardé. Bientôt, tandis que  se répandait en lui telle une tache d'huile, habitant sa chair, ses muscles, ses os, ses tendons, devenant son sang, devenant l'air et les fluides qui, à chaque seconde, jouaient en son sein leur délicate symphonie organique, le passager recouvra ses esprits. Il était le même, il était habité, différent et semblable mais incapable, évidemment, de comprendre ce qui lui arrivait.

Il reprit sa pipe, l'alluma, inspira avec ostentation et laissa la fumée descendre dans ses poumons. Il aurait voulu parler, il avait tant de choses à dire, mais comment les exprimer, comment ordonner le flot qui bouillonnait à ses lèvres ? Son esprit était devenu un monde : il découvrait des collines bleutées, des incendies de montagnes, des cathédrales sous la mer —— des dragons noirs s'accouplaient en plein ciel, des centaures dansaient sous des pluies de pétales, des ours en armes descendaient des contreforts, je... je... répétait le pauvre homme, pris de fous rires incoercibles, essuyant les larmes qui perlaient. Soudain, il ferma les paupières. Il continuait de tirer sur sa pipe et la fumée, qui commençait d'envahir le compartiment, répondait à la poudre imprégnant les muqueuses nasales d'Albert Gradey, la nourrissant en retour, et des bribes de pensées s'agrégeaient aux particules de tabac, en sorte qu'à leur insu, les deux hommes — l'extatique et l'affligé — entretenaient une conversation ineffablement riche et confuse.

Pour , l'occasion de pénétrer par un autre l'esprit d'Albert était unique, c'était comme plonger sa tête dans un étang huileux, agité de formes troubles. Il y avait le désir farouche qu'il ressentait pour cette femme qui s'était déguisée en homme, Beatrix ; les sentiments ardents mais menacés, empreints d'une constante frustration aussi, qu'il éprouvait à l'endroit de son épouse Cassandra Flordelis ; la terreur qui l'inondait à l'idée de voir son monde voler en éclats, comme si la peur de la perte intime pouvait répondre à l'angoisse plus globale de la guerre ; les fondations de son esprit tremblaient. Ne pouvait-il choisir, au fond, la façon dont il voulait être anéanti, réduit en poussière ?

Messieurs ?

La portière du compartiment s'ouvrit en grand. Un contrôleur vérifiait les réglages de sa machine à composter. Deux regards ahuris, un nuage de fumée dissipé —— íτ,ɓ quitta son hôte dans un souffle.

Albert se présenta au comptoir, fouillant sa poche à la recherche d'un billet froissé. Occupé à commenter les gros titres d'un quotidien qu'un habitué avait déplié devant lui, le patron ne lui prêtait aucune attention. Assis en parfait équilibre sur un verre à bière fraîchement rempli, íτ,ɓ, lui, trempa un pied fourchu dans le liquide ambré.

S'il vous plaît… implora le mortel.

Ça allait être la guerre, répétaient les voix dans les rues, la guerre (affiches placardées sur les murs, étreintes sous les mansardes, rêves sanglants, réveils en larmes) ! la guerre, chantait le chœur affligé des âmes, cependant que des soldats à peine sortis de l'enfance rejoignaient leurs bases de cantonnement, que des trains bondés quittaient les gares, peuplés d'au revoir, gorgés d'adieux, vibrants d'angoisse…

La guerre, le tumulte, le saccage des sens. Albert sortit dans la rue. En habits du dimanche, un íτ,ɓ aux sabots dégoulinants de bière s'étirait, perché sur son épaule, tandis qu'un trolleybus passait devant eux en tintinnabulant. Abattu, Albert devait se dire qu'il était seul au monde, et tu sais quoi ? tu as raison !, chantonnait íτ,ɓ en s'éventant avec son haut-de-forme —— les mots, avait-il compris, pouvaient se révéler des présents chatoyants ou des armes létales, chacun libre d'en refuser la morsure ou d'en accueillir la grâce, il n'était pas sûr que le mortel percevait quoi que soit, mais il allait prononcer des paroles divinement cruelles lorsque, devant la devanture d'un théâtre, un soldat spartiate à la peau d'ébène, caché derrière l'édition du jour du *Daily Swordfish* (quoi ? eut le temps de s'exclamer le messager), envoya valser dans l'air gris son exemplaire et, tirant le glaive pendu à sa ceinture, traversa l'avenue sans prêter attention à la circulation alors même que, de l'autre côté, un aigle de marbre, lâchant pareillement le rouleau de parchemin qu'il tenait sous sa serre, déplia ses immenses ailes pierreuses et, avec un cri de bataille – les oreilles des passants qui se trouvaient à proximité avaient toutes sifflé en même temps mais chacun, se croyant l'unique victime de cette contrariété passagère, était retourné bien vite prendre sa place dans le ballet de la cité –, avec un cri de triomphe, battit brièvement des ailes et s'arrêta juste en face de , lequel, ayant recouvré sa taille initiale, l'évita d'un saut leste et s'élança à toutes jambes le long de la chaussée, jusqu'à ce que —— « pas si vite », mimèrent les lèvres du guerrier pseudo-hellène qui, un sourire carnassier aux lèvres, pointait sa lame sur le fugitif.

CONVICTION

— Je porte un toast au noble Hélios ! clama pompeusement James Balfour, levant vers les nuées un verre de Château d'Esclans glacé. À sa beauté rayonnante, et, euh, à ses nobles coursiers soufflant au loin la flamme.

Il se rassit ; Carl applaudit – il était le seul. Installée à son côté, Cassandra offrait de petits morceaux de saumon à Bonnie qui, entre chaque bouchée, attendait sagement.

C'était l'une de ces heures où l'été paraît éternel. Paupières mi-closes, je laissais le soleil me bénir. Londres n'était plus qu'un souvenir, la guerre un mirage. Une table avait été dressée au beau milieu de la roseraie, ombragée par des parasols en toile de Jouy. Sur une épaisse nappe blanc crème, des domestiques disposaient de nouveaux verres, de larges plats et d'amples saladiers – mousse d'œufs au caviar, gougères fourrées à l'emmental, toasts de cèpes et de sardines, poivrons farcis, méli-mélo de chicorée à l'orange, carottes Vichy, salade aux haricots, au bacon et aux oignons, sans oublier l'inévitable soufflé au topinambour – l'une des spécialités de Patience. Fixé à une extrémité de la table, un seau à vin accueillait un magnum bombé, dont James Balfour faisait un usage régulier. Assise de l'autre côté, offerte à la chaleur, je terminai mon deuxième verre de chardonnay en écoutant Flin Boyce vanter avec grandiloquence les mérites de l'industrie cinématographique. Inspectant ses doigts, Kembell fronçait les sourcils. De toute évidence, il n'aimait pas ce qu'il entendait.

— James ? Vous êtes avec nous ?

Le petit homme lui tira la langue. Une fois de plus, Henok n'était pas descendu. Pas plus que Sybille, aujourd'hui. Fallait-il s'en inquiéter ?

— Notre bon Balfour s'est résolument placé à l'écart du siècle, lâcha Flin Boyce en dépliant sa serviette. *Gosh*, serait-ce un pudding de pois cassés, que je vois là-bas ?

Cassandra se pencha pour le lui tendre, et il la remercia d'un sourire. Carl, lui, picorait des carottes et vidait des verres d'eau à la chaîne.

— Quel siècle ? s'enquit James. Celui de la guerre imbécile et des illusions fracassées ? De la vulgarité crasse et des journaux à scandale ?

Flin opina en souriant.

— Et vous regrettez quoi, mon vieux ? La peste ? Les enluminures ? Les puits d'eau croupie et les tribus bariolées ?

Se servant une impressionnante portion de pudding, il m'adressa un clin d'œil. Trois mois plus tôt, nous avait-il expliqué, les studios Weinberg avaient racheté les droits de *Fun Fair* pour deux cent cinquante mille dollars. Sa fortune était assurée, mais il prétendait s'en moquer. Ce qui l'intéressait, c'était la façon dont son histoire allait vivre.

À Los Angeles, nous raconta-t-il, il avait visité les premiers décors – la cité des singes et les buildings de Gotham –, et participé à deux réunions de casting. Lily-Beth Frontino, l'une des jeunes actrices les plus en vue de Bois Sacré, était fortement pressentie pour jouer le rôle d'Ailis Arregaithel, la princesse de l'Oregon dont le castel rutilant hissait ses tours au-dessus de la Vallée d'Argent.

— Aidez-moi à comprendre une chose, l'interrompit James au moment où il commençait à détailler par le menu la technologie qui devait permettre d'animer l'automate. Tout cela est faux, n'est-ce pas ? Factice, fabriqué, artificiel ?

Flin reposa sa cuillère sur le bord de son assiette.

— La fiction *est* balivernes.

James secoua la tête avec condescendance.

— Je sais que vous le pensez. Et j'ai déjà essayé de vous faire comprendre à quel point vous vous trompiez. Allons, voyons – un film est tissé de tricheries ! Le décor ? Une illusion. L'acteur ? Le soir, il rentre chez lui. Et quand les spectateurs le découvrent, il n'est déjà plus là, à supposer qu'il l'ait jamais été. Les vedettes lisent leur texte, touchent leur cachet – trois petits tours et puis s'en vont.

— Je ne vois pas où vous voulez nous mener.

Nouvelle gorgée de rosé. Depuis deux minutes, je faisais signe à un domestique – peine perdue.

— Au roman, reprit James. À la pureté de la chose romanesque. (Du poing, il se frappa la poitrine.) Tout se passe ici. Les personnages existent. Les décors sont réels.

— Réels parce qu'ils… viennent de vous ?

— Réels parce qu'ils ne nous appartiennent pas, au contraire. Parce qu'ils respirent à notre insu. Réels parce qu'indestructibles et sans fin.

— Et immatériels.

— Justement ! s'exclama James, enivré. Oseriez-vous postuler que l'amour est une invention ? Que la mort n'existe pas parce que nous n'en avons pas fait l'expérience ? Non, mon cher, poursuivit-il en secouant la tête. Le cinéma est un produit, un artifice. Le roman n'est que la mise en mots du rêve que font pour nos beaux yeux les douces fées et les muses.

Enfin, on me resservit du vin. Imperturbable, Flin s'était remis à mastiquer.

— Les muses, hein.

— Les muses, parfaitement. Quelque chose vous dérange ?

L'Américain releva la tête.

— Vous. (Je le sentais lutter pour contenir le ton de sa voix.) Votre baratin. Votre mépris à mon encontre. Parce que je suis américain ? Donc bousier coprophage, chasseur d'alligators ? Ou, attendez : parce que je suis celui d'entre nous qui a le mieux réussi ? Parce que je me suis fait tout seul ?

James eut un geste agacé.

— Merci : vous avez déchargé Dieu d'une lourde responsabilité.

Mais l'autre était lancé.

— Vous savez ce qui me picote le plus, chez vous ? Votre incapacité à vous remettre en question, à ouvrir vos mirettes. Cette histoire de muses, de fées, qui ne parleraient que pour vous... (Il regarda autour de lui, curieux.) Où sont-elles, vos charmantes ? La guerre arrive, que décide le peuple des fées ? Possible qu'il ait les chocottes, en fait. (Il se leva, tira un pan de chemise de son pantalon, exhiba une cicatrice à son abdomen.) Vous voyez ça ? Vous comprenez pourquoi les gens m'écoutent ?

James, qui avait détourné les yeux, faisait, du bout de l'index, le tour de son verre.

— Parce que vous parlez fort ?

Cassandra examinait ses ongles. Bon sang. Nous, les femmes, comptions vraiment pour du beurre. En bon boxeur, Flin repartit à l'attaque.

— Enlevez les œillères, Balfour. Ouvrez un journal qui ne parle pas de vous – je suis sûr qu'il en existe, et des sérieux, encore. Le peuple n'a plus besoin qu'on le prenne par la main. Le temps des contrées factices est révolu.

Il attrapa une bouteille de bourgogne, s'en servit une bonne rasade ; je l'imaginai sur un ring, torse nu, en sueur. Kembell lui tapotait la main.

Doucement, cow-boy. Avec un looong soupir, James consentit enfin à reposer les yeux sur son contempteur.

— Éloquente assertion, mon cher. Dois-je comprendre que vous avez rejeté loin de vous, et avec force, les fielleux démons de la fantaisie ? Les lecteurs de *Fun Fair* seront ravis de l'apprendre. À la niche, monsieur le gorille. Au rebut, triste automate ! Et vous autres, spectres douteux, lucioles et autres princesses : qu'attendez-vous pour disparaître ?

Cassandra, qui se concentrait sur son verre de vin, elle aussi, finit par se tourner vers son voisin.

— Tout va bien, Carl ? Vous ne manquez de rien ?

Le vieil homme taquinait de ses radis une petite montagne de sel marin.

— Ne vous occupez pas de m-moi, mon enfant.

Flin Boyce pointa sa fourchette sur James.

— Et si l'imagination ne venait pas des muses, mon vieux ? Et si elle n'était pas un présent réservé à deux-trois privilégiés, mais bien un don humain, reçu par tous en partage, et qu'il suffirait de *réveiller* ? Simple hypothèse, notez.

Nos regards se croisèrent ; un instant, je redoutai qu'il me prenne à partie. « Et vous, ma chère, qu'en pensez-vous ? » Moi ? Je m'en fous, Flin.

— Nous voilà bien avancés, fit James en bâillant.

— Ici et maintenant : certes, nous devisons, engoncés dans nos habits de petits châtelains bourrés aux as. Mais ailleurs, le peuple trime, lutte, gueule en silence. L'homme honnête, l'homme des usines et des champs, n'a pas le temps d'ouvrir un livre. Moi, je lui offre les histoires qu'il mérite. Je lui apporte du cousu main. Tout ce que je lui demande, c'est de s'asseoir dans un fauteuil et d'attendre que les lumières s'éteignent.

En face de moi, James Balfour se prit le front dans la main. Il buvait, mais n'avait pas encore touché à son assiette de friture.

— Ravi de constater, marmonna-t-il, ignorant une fois de plus son interlocuteur, que vous avez officiellement fait vôtres les désolantes privautés idéologiques de vos amis bolchéviques : nous avons failli attendre. (Il tourna son attention vers Gradey, assis près de moi.) Dites-lui donc, Kembell ! Dites-lui que ce dont nous parlons s'inscrit dans l'essence du vrai. Dites-lui que les fées sont parmi nous, partout, et que vous vous languissez ! D'où sont venus les *Contes de Dandelion Manor* ? (Se tenant à la table, comme s'il craignait que le roulis l'emporte, il regarda autour de lui.) Le dialogue des passereaux, la valse inouïe des papillons, le mordoré tournoiement des fils du soleil ! (À son verre levé une fois de plus, il souriait lugubrement.) Le silence des soirs d'été. Ouvrez votre âme, parbleu ! Le mystérieux frémissement qui, avec le crépuscule, se prend à agiter les sous-bois. Donnez donc à ces miracles le nom qu'il vous plaira, foutu *Yankee* mécréant !

L'intéressé allait répondre lorsque la chienne Bonnie, qui s'était couchée aux pieds de sa maîtresse, se releva d'un bond. Quoi ? Quoi ? Les enfants arrivaient, tout excités. Esme tenait sa caméra braquée sur la tablée.

— Attention ! Le film commence !

Levant les mains, Flin Boyce leur adressa un sourire radieux.

— Nous sommes prêts ! (Puis, à voix basse, mais assez fort pour que tout le monde l'entende.) L'avenir déboule à notre rencontre.

Il avait l'air d'y croire. James, lui, leva les yeux au ciel.

— Ce plaisant gadget n'enregistrera rien d'autre que ce que le plus obtus d'entre nous a déjà sous les yeux. Ce qui se passe de l'autre côté ? Elle l'ignorera. « Je vois tout, je ne sais rien. » Vos amis de chez Neuville ne cherchent pas un slogan ?

Flin se contenta de sourire.

— Peut-être que la caméra ne capture pas les fées parce que les fées n'existent pas. Ce serait, somme toute, l'explication la plus logique.

Cela ne vous a-t-il jamais traversé l'esprit, James ? Et si vous nous parliez, mon cher Kembell, de votre ami écossais – celui qui pond ces aimables romans d'enquête...

— Alan Coyle ? À peine une connaissance.

— Il a montré des clichés de fées à la presse, reprit James. Grossièrement contrefaits. Ce qui ne prouve strictement rien.

— Sinon sa volonté de croire, et sa douleur de ne pas y parvenir.

Dans sa serviette, James Balfour étouffa une quinte de toux assez affolante. Tout le monde, soudain, avait les yeux rivés sur lui. La main qu'il leva se voulait rassurante. Bientôt, avec un sourire énigmatique, il nous passa tous en revue. Pourquoi me mettait-il aussi mal à l'aise ? Que trahissait cette rage sourde qui semblait l'habiter ?

— Si vous êtes venu pour nous servir vos salades habituelles sur la prédominance du réel, Flin, vous pouvez remonter dans votre coucou. Le courrier de Kembell n'était-il pas explicite ? Nous sommes réunis en ce lieu pour trouver le moyen de nous reconnecter à un monde qui nous échappe, monde dont les portes, en ces temps troublés, semblent se refermer. Que peignent les jeunes artistes ? Des formes géométriques, des taches abstraites. Quelles symphonies composent nos musiciens dits "modernes" ? Des morceaux sans mélodie et sans allant, dont ils revendiquent eux-mêmes le caractère évanescent. Un jour, nos sculpteurs nous présenteront un fil de fer ou une pierre, et décréteront qu'ils ont servi les dieux nouveaux de l'art, avec un "a" minuscule. Divinités pâles et amorphes, si vous voulez mon avis.

Depuis le début de son discours, Carl hochait la tête avec insistance. Son humeur égale me rassérénait, ses douces manières de vieil homme.

— Flin, mon enfant, f-faites-nous au moins l'amitié d'espérer. Au f-fond, qu'est-ce que cela vous coûte ? Nous ne p-parvenons plus à écrire quoi que ce soit de sensé. L'idée même de... de r-réalité suscite-t-elle en vous le t-type de frisson salvateur qui, en nos j-jeunes années, nous tenait… nous tenait éveillés, fous et grisés, jusqu'aux p-premières défaillances de l'aube ?

— Il a raison, renchérit Kembell, qui, du coin de l'œil, surveillait ses petits-enfants, partis promener leur caméra du côté du jardin potager. À sa balbutiante et lyrique manière, il a raison. Je perçois une tristesse en vous, une forme suave de renoncement. L'argent ne change rien ; nous en possédons tous, largement plus qu'il ne nous en faut. Vous êtes venu nous rejoindre muni de votre science et d'un enthousiasme typiquement *yankee* – ainsi que d'une caméra, belle audace ! – parce qu'au fond, vous êtes des nôtres. Obstinément, vous aspirez à croire. N'est-ce pas ce que vous m'écriviez, il y a quelques mois encore ? Seize images par seconde, plus que l'œil humain n'en saurait percevoir. Et si, sur l'une d'elles, nous retrouvions imprimée la marque des fées ? Mais peut-être avez-vous tourné casaque…

Flin, pour la première fois, baissa la tête. Demandait-il une trêve ?

— *Alright*. Je ne vous apprendrai rien, messieurs, en évoquant les deux frères ennemis qui cohabitent en moi. L'enthousiaste du moment, le rêveur cabossé. Deux hérauts pour deux mondes contraires. Le passé n'a pas de fin, mais reste à jamais hors de notre portée. Le présent est éternel et cependant, à l'heure où nous l'envisageons, le coquin s'est déjà envolé.

Il leva son verre – vide. Cligna des yeux, regard désempli. « Je bois trop », murmura-t-il. Puis : « Tout le monde est si foutrement snob. »

Je ne sais pas trop qui l'entendit.

LE PARADIS LOINTAIN

Au milieu du petit pont menant au kiosque à colonnades, Esme, qui laissait sa main glisser sur la rambarde, se retourna vers son frère.

Caméra au poing, tentant maladroitement de faire la mise au point, Merlyn longeait la rive, l'œil gauche plissé à l'excès. Soudain, il se pencha, attiré par une pierre moussue où s'affairait un passereau.

Sa sœur ferma les yeux. Elle aurait voulu que l'écho de son soupir s'étende jusqu'aux saules blancs, là-bas, dont le reflet tremblait dans les eaux mercurielles.

— Pourquoi est-ce que tu filmes ça ? Ce que tu m'ennuies…

— Attends.

La volte-face de la fillette fit tournoyer la corolle blanche de sa robe. Main tendue, elle fondit sur son frère.

— Donne-moi ce machin !

Battant en retraite, le précieux artefact serré contre sa poitrine, son petit frère entêté secouait la tête.

— J'attends une histoire.

La petite leva les yeux au ciel.

— Il n'y a rien, ici. Une histoire, ce n'est pas une bestiole qu'on guette. Moi aussi, je peux faire semblant de voir des choses. (Il reculait encore, la fixant d'un regard inhabituellement hostile. Elle le pointa du doigt.) Flin me l'a donnée à moi. Tu me la rends, ou je vais le dire à Mère !

L'autre secouait la tête, obstiné.

— Tu ne crois en rien. Si tu ne crois pas, qu'est-ce que tu espères voir ?

Un sourire méchant se dessina sur les lèvres de sa sœur.

— Bravo : c'est bien la chose la plus stupide que j'aie jamais entendue. (Elle secoua la tête.) Je devrais te filer une bonne raclée mais tu sais quoi ? Reste donc tout seul, avec ta caméra pourrie. Filme les oiseaux et les grenouilles. Tu es un artiste de premier plan, Merlyn Gradey. Avant peu, le monde entier connaîtra ton nom.

Le petit garçon ne broncha pas. Il la regarda s'éloigner à grands pas et attendit qu'elle eut tout à fait disparu pour, à son tour, franchir le pont de pierre qui menait à ce qu'il avait décidé d'appeler « le sanctuaire ».

Lorsqu'il posa le pied sur le sol dallé du kiosque, il lui sembla, un peu, que le monde trépidait, que l'atmosphère s'était brusquement obscurcie. Ramenant ses bras contre lui, il leva les yeux. Le ciel était une mer grise que nul oiseau ne traversait. Les nuages ressemblaient à de la roche.

Une volée de marches se présentait à lui, un appel ; il commença à les gravir. L'endroit lui faisait penser à l'une des illustrations au fusain de son manuel d'histoire antique, un temple colossal dont il avait oublié le nom. Des odeurs de myrrhe lui flattaient les narines, mais il ne savait pas ce qu'était la myrrhe.

Ici, de gigantesques amphores se dressaient, gravées de scènes de bataille. Plus loin, des boucliers de bronze décorés de fins épisèmes reposaient sur des râteliers, au côté de lances, glaives et autres fendoirs.

Il traversait des temples solitaires que d'altières colonnes soutenaient, tressées de lierre ; il passait des portes d'airain, des seuils tendus de pourpre, de soies brodées d'or ; les murs, les voûtes, jusqu'aux parois des pilastres étaient ornés de bas-reliefs en stuc aux navrantes beautés. Où étaient passés les dieux, leurs cohortes extasiées ? Qu'était-il advenu de leurs trésors, des montagnes de pierreries et des étoffes chamarrées qui, si souvent, avaient resplendi en son sommeil ? Au loin, un cheval blanc caparaçonné d'or traversait une cour déserte. Merlyn tendit un bras. Le rêve était là, inaccessible et vrai.

Sur le sol de marbre, des serpents aux écailles de jade et de lapis-lazuli, dérangés dans leur sommeil, déployaient d'un coup leur étincelant plumage et s'enfuyaient à tire-d'aile par les ouvertures. L'enfant voulut appeler, mais aucun son ne sortait de sa bouche. Le silence, en ce lieu, ne procédait pas d'une absence ; il était une dimension en soi.

Au seuil d'une vaste terrasse cernée de remparts, l'enfant s'arrêta. Ici, enfin, l'on passait, l'on s'agitait – sans lui prêter aucune attention. Il s'avança, bravant la multitude. Hommes, femmes ? Des chevelures de jais cascadaient sur des peaux de cendre, des sourires brillaient, garnis de crocs luisants, des mantes religieuses grosses comme des chiens, harnachées d'armures ferreuses, défilaient en cliquetant ; couverts de fourrures tigrées, des soldats aux casques chevelus et aux lances interminables passaient en bataillon. Ailleurs, des anges tout en bouches cramoisies, équipés de frondes et de cimeterres, chevauchaient des autruches coiffées de bronze. Soudain, Merlyn vit quelque chose – il s'élança en direction de l'autel. Des soldats en cuirasse escortaient une silhouette familière, dont les chevilles étaient ceintes de chaînes lourdes. Pook ?

Le jour et la nuit, à présent, se succédaient indifféremment. À la suite de la procession, le petit garçon pénétra dans ce qui devait être la salle du trône. Le monarque était une forêt, rien de moins, un fouillis de ramures, un empire crépitant de pins et de frênes aux ravines parcourues de torrents, un roc massif nimbé d'une nuée de minuscules fées volages – parfois, d'un long bras d'écorce, il en attrapait une et la fourrait, toute gigotante, dans le gouffre noir de sa bouche, mâchant avec un air absent. Son visage n'était rien d'autre qu'un paysage aux hurlantes beautés, les yeux si profondément enfoncés qu'on n'en distinguait que l'éclat de braise, et c'était heureux, comprit l'enfant au plus profond de son être, car croiser ce regard aurait conduit sa pensée à un anéantissement irrémédiable.

De ce qui se tramait, il n'avait qu'une idée vague. Sa Majesté, tandis que les soldats amenaient devant lui le messager trébuchant, pleurait et riait en même temps parmi les effluves d'encens ; des coulées de lave argentée sourdaient des failles de sa figure ; chaque fois qu'il ouvrait la bouche, un bruissement de rocailles montait du tréfonds de sa gorge et pourtant, sa voix était claire, aussi pure et limpide qu'un ruisseau de montagne. Posant sa main noueuse sur le crâne du petit être, il le força à se courber devant lui, jusqu'à enfoncer sa tête dans le sol. Tu m'as désobéi, Pook.

Reniflant, l'elfe leva sa trogne maculée de terre. Un messager coiffé d'un extravagant casque à plume, qui tenait un parchemin à bout de bras, procédait à la récapitulation solennelle de ses torts. Le monarque (Aubéron, le Roi des Aulnes, l'Enchanteur) lui avait confié une poudre, une poudre et une mission : ensorceler un mortel, le rendre fou de sa reine – il était connu que les fées cédaient aisément au comique amour des hommes, si vibrant de fervente maladresse. L'ennui, c'est que la reine (Titania en son castel, ou Mab pour les humains, Uonaidh, Morgan, Sa Majesté d'Elphame) l'avait chargé d'un projet exactement symétrique, et qu'il avait failli là aussi, pensant (à tort, très visiblement), que trahir l'un était, d'une certaine manière, prêter allégeance à l'autre et, donc, s'abstenant de toute action décisive, embrassant la fuite et l'esquive comme on étreint deux courtisanes jumelles. Ses pauvres manigances avaient été éventées. Il avait été arrêté, ramené ici, imaginait Merlyn – ou l'entendait-il ? – dans un char ailé, hissé au-dessus des vallons par un couple de manticores aux flancs d'or, entre deux soldats aux barbes noires et au regard sévère. Il implorait le pardon du souverain, « vous dont la volonté dirige la terre et les cieux, vous qui commandez les vents déchaînés et la foudre aveugle », il plaidait la faiblesse, la médiocrité, la crasse inconséquence – le reste était trop embrouillé pour que le petit garçon comprenne ce qui se jouait.

Pook voulait rester sur Terre, voilà au moins qui était clair. Ses pardons sonnaient faux, sa contrition était un leurre. Abandonnez-moi, implorait-il, pas de quartier – délivrez-moi de ces charges qui par trop m'honorent, à moi les rivages stériles de l'oubli. Aux glorieuses félicitées de l'Exil, apparemment, il préférait l'incurable pesanteur des mortels, l'insigne fragilité de leur volonté, le charme sauvage de leurs refuges, les fleurs ténébreuses de leurs pensées.

Dans l'une des tours du palais, hissé sur la pointe des pieds, le petit garçon, qui s'était désintéressé de la plaidoirie, regardait, les larmes aux yeux, les nefs chargées de trésors glisser entre les rameaux laiteux de la lune, leurs rames d'obsidienne plongeant dans le bleu des nuées, leur proue fendant l'écume des vents.

L'Exil ! – avec un grand E, l'irréparable fuite. En la sombre quiétude des salles à jamais abandonnées du palais, un vent mauvais rosissait les braises des dernières fournaises, tandis que les échos des armées, alourdies de bronze et de fer, achevaient de s'évanouir et que les lourdes cloches d'or faisaient retentir leurs adieux définitifs au monde.

— À quoi tu joues ?

Pivotant sur lui-même, Merlyn braqua sa caméra sur sa sœur. Euh, quoi ? Il avait l'impression d'être tombé au bas de son lit.

— On ne devrait pas… On ne devrait pas être ici.

— Tu as pleuré ?

— Non.

Ébahie, elle avançait une main vers sa joue ; méfiant, il recula. Elle désigna sa caméra.

— Tu as filmé ?

Il baissa les yeux vers son engin. L'engin ronronnait doucement. Il poussa la molette en position stop.

JOUR 4

LA QUÊTE DU TEMPS PERDU

Il était 10 heures passées quand Flin et moi partîmes à bicyclette vers Knighton Mills. Cadre en acier chromé, guidon relevé de mon côté – demi-relevé pour lui –, pédalier à cuvette fixe, frein à serrage latéral arrière, et quatre vitesses interchangeables, « le must en la matière ! » avait claironné Casaubon à l'entrée du hangar, tout fier de nous présenter sa collection.

La route champêtre, malgré la pluie de la nuit, restait étonnamment égale, à condition de rester sur la piste médiane ; elle était ceinte d'ornières bleu roi, où se miraient les reflets des alisiers.

J'étais partie pour acheter des onguents que Carl m'avait demandés – ses rhumatismes le faisaient souffrir plus que de raison, ces derniers jours, et sa trousse à pharmacie n'était que partiellement remplie –, et l'Américain, qui rentrait de promenade, avait offert de m'accompagner. La veille au soir, tandis que deux tracteurs à chenille traînaient son avion à travers champs, j'avais été conviée par Kembell à le rejoindre dans son fumoir, à l'étage supérieur, où un entretien de plus d'une heure m'avait été accordé. « Manifestement », venais-je de glisser à Flin, « il avait besoin de parler. »

Perché en danseuse sur son engin, comme si la pente douce qui se présentait devant nous constituait un obstacle d'importance, mon compagnon de route rajusta sa casquette de tissu à fond brun.

— Alors ?

Les mains crispées sur mes poignées de celluloïd, les joues sans doute rosies par l'effort, je me fendis d'un demi-sourire.

— C'était... intéressant, dis-je – me revoyant, assise dans ce grand fauteuil capitonné, un bloc-notes posé sur mes genoux, mon stylographe Golden Age au bout des doigts. Inattendu, disons.

Je n'étais pas idiote au point de ne pas deviner à quoi je devais ce soudain retour de faveur : la discussion de la veille entre Flin Boyce et James Balfour devait l'avoir marqué plus qu'il n'était disposé à se l'avouer. Le soir venu, pour la première fois, le souper n'avait pas été servi dans la salle à manger. Prétextant une indisposition, James s'était retranché dans ses appartements ; de même que Carl, cloué au lit par une crise de douleurs articulaires. Flin, lui, s'était contenté de sandwiches au saumon préparés par Patience. Cassandra, m'avait annoncé son beau-père, se passerait elle aussi de dîner ; aucune allusion au départ de son fils, mais ce silence ressemblait à un aveu. Aussi rompue aux subtils exercices de dissimulation fût-elle, la jeune femme devait avoir ses limites. Le résultat, c'est que Kembell et moi avions dîné dans ses appartements, d'un consommé d'asperges tiédi et d'un filet de dinde à la sauce au thon. Ailleurs, le ballet des domestiques se poursuivait, discret, invisible. Et les enfants menaient une existence à part.

Pendant une demi-heure au moins, usant de sa préciosité coutumière, Kembell avait soliloqué presque sans s'arrêter, comme s'il avait oublié ma présence. Il m'avait parlé d'un certain discours, prononcé par lui à l'Institut royal des sciences d'Édimbourg. Il avait été invité là-bas par le secrétaire de l'Ordre écossais théosophique, m'avait-il expliqué, un cercle de réflexion regroupant savants, lettrés, artistes et autres dignitaires, qui se piquaient d'occulte et de parapsychologie. Des hommes familiers des théories les plus extravagantes, donc, des hommes pour qui la rationalité n'était qu'un outil parmi d'autres d'appréhension du monde. Ce qu'ils entendirent ce jour-là, néanmoins, les prit totalement de cours.

Kembell était monté à la tribune, avait éparpillé ses feuilles sur le pupitre de bronze, chaussé son lorgnon d'étain, toisé l'assistance : des gens d'influence, des hommes tout en costume, jumelles de poche et barbes en pointe, des femmes du monde aux cils démesurés, s'éventant avec le programme frappé de lettres d'argent. « L'honnêteté m'oblige à vous dire que j'avais pris du laudanum avant de venir ». Ce que personne, évidemment, ne pouvait soupçonner.

De même que personne ne savait que son fils avait essayé de se jeter par la fenêtre de l'hôpital trois jours plus tôt – de même que personne ne savait que son mariage tombait en ruines et que sa vie d'écrivain partait en lambeaux.

Plongé dans une torpeur d'été, Knighton Mills somnolait au bord de sa rivière. Ayant posé pied à terre, nous menions nos bicyclettes par le guidon.

— Formidable, avait applaudi Flin, après avoir gentiment tenté de me tirer les vers du nez. J'en sais beaucoup plus.

J'avais haussé les épaules. Le discours de Kembell m'avait ébranlée, ç'aurait été mentir que de prétendre le contraire. Mais quelle leçon en tirer, à quel point étais-je censée prendre ces élucubrations au sérieux ? Y croyait-il lui-même ?

Nous mîmes le cap sur la droguerie. “Fermé de midi à deux heures”, annonçait une pancarte pendue à la poignée. Il restait peu de temps. Confiant mon engin à Flin Boyce, je poussai la porte, faisant tinter une clochette. L'apothicaire était un homme au teint grisâtre, qui mordillait la chaîne de son lorgnon. Je lui donnai le nom de l'onguent ; il secoua la tête. Il n'avait pas cette marque. Étais-je la patiente ? Je lui répondis que non, jetant un coup d'œil par-dessus mon épaule. Flin m'adressa un salut. « Donnez-moi ce que vous avez de mieux, dis-je. C'est pour un ami. »

Voûté comme un moine, l'apothicaire retourna fouiller dans ses stocks. Sa boutique était sombre, un rien poussiéreuse. Sur une étagère, au-dessus du comptoir, un iguane empaillé paradait devant une rangée de bocaux aux étiquettes à peine lisibles, emplis de poudres colorées et de décoctions mystérieuses.

Deux minutes plus tard, je ressortais, un sachet de papier à la main, que je confiai aussitôt à mon accompagnateur – il avait une besace et moi, pas.

— Que diriez-vous d'un remontant ?

Il désignait l'enseigne du *Red Swann*, quelques maisons plus loin ; je souris.

— Il n'est pas midi.

Il rajusta sa casquette, guignant le soleil dont la lumière chaude, au bord de la rivière, baignait la placette.

— Rafraîchissement, alors.

Comment lui présenter la chose ? Je n'étais guère transportée à l'idée de franchir à nouveau le seuil de ce pub. Qui sait si les habitués ne me reconnaîtraient pas – et qui sait ce qu'ils penseraient alors ?

Flin, qui devait sentir mon hésitation sans pouvoir en saisir la nature, montra un talus au bord de la rivière.

— Vous allez m'attendre ici.

Dans la lumière, je clignai des yeux.

— Qu'avez-vous en tête ?

Sans répondre, il prit le chemin du *Red Swann*. Soulevant le bas de ma robe, je dévalai la pente à petits pas, et gagnai un banc de pierre, constellé de pétales violacées.

Deux minutes plus tard, l'Américain me rejoignait, un verre de limonade au gingembre dans chaque main. Il m'en tendit un, et je me poussai pour lui faire de la place. Le breuvage était frais, exquisément pétillant.

— Très aimable, le patron.

— Sérieusement ?

— Non.

Il m'expliqua qu'il avait dû négocier pour emporter les verres. « Deux minutes de plus, je mettais mon avion en gage. »

Un couple de libellules stationnait juste devant nous, qui se décalait par à-coups légers ; des taches de soleil glissaient dans l'onde. Pour quelque obscure raison, je réfléchissais à une conférence sur les songes, à laquelle j'avais assisté à Londres, au début du printemps. Les songes ne sont pas la mort, avait expliqué le professeur, triturant son nœud papillon. Nous savons que nous allons nous réveiller et, du reste…

— Beatrix ?

Flin avait surpris mon regard. Un homme approchait, assis dans un canot de promenade à fond plat. Il avait lâché ses rames, et se laissait dériver sans me quitter des yeux.

Leslie. Mon dépanneur à barbe blanche.

— Salutations, fit-il, les yeux plissés de méfiance.

Flin, qui s'était fendu d'un salut amical, paraissait prêt à engager la conversation. Je lui attrapai le bras.

— Flin, pouvez-vous nous laisser quelques instants ?

L'Américain me dévisageait, dubitatif.

— Vous vous connaissez ?

Hocher la tête suffisait. L'Américain se leva. Ayant vidé ma limonade d'un trait, je lui rendis le verre sans quitter Leslie des yeux.

Flin se pencha à mon oreille.

— Si vous avez besoin de quoi que ce soit…

Je le congédiai ; il gravit le talus en trois enjambées robustes. Dans sa barque, le vieil homme, qui avait planté sa gaffe, me considérait avec une expression indéchiffrable.

Il fallait qu'il me voie mieux. Je me levai.

— Bonjour, Leslie.

— Comment va votre voiture ?

Je me mordis les lèvres.

— Je sais ce que vous pensez.

Il ne cillait pas.

— Quelle chance.

— Mais je peux expliquer.

— Vous pouvez, ou vous voulez ?

Il se pencha, attrapa une boîte en fer sous son banc et me la présenta ouverte. Une dizaine de flapjacks croquants m'attendaient, éparpillés sur une serviette.

— Ils ont l'air succulents.

— Fabrication maison. Avoine, mélasse et raisins secs.

Je n'avais pas très faim, mais j'en pris un pour ne pas le vexer.

— Promenade matinale ? dis-je, avant de mordre dans la pâte molle, « oh, ils chont délichieux ! »

Refermant sa boîte, il m'expliqua qu'avec son ami, le capitaine Pellam, il allait relever des nasses, plus loin en amont – ils péchaient le goujon.

— Et Kembell Gradey ? s'enquit-il.

— Il vous donne le bonjour.

— Comment se passe la cohabitation ?

— Je m'emploie à briser la glace. (Il opina sans malice.) C'est un homme difficile à cerner. Un rêveur.

— J'ignore si ce pays a encore besoin de rêveurs. Et ce n'est peut-être pas le meilleur sujet à aborder, à Knighton Mills.

Ah non ? Pendant un temps, nous parlâmes de Flin et de son avion, que tout le monde ici avait vu arriver – le sujet du moment au *Red Swann*, la veille. De la guerre, aussi, dont le déclenchement paraissait inévitable. Les jeunes gens du village ralliaient leur garnison.

Me grattant le nez, je revins à Kembell. Qu'avait-il essayé de dire, à propos des rêveurs ?

— Ça vous a plu, apparemment.

En trois bouchées, j'avais fait un sort à mon flapjack.

— Un régal.

Il approuva, se caressa longuement la barbe.

— Delvin Gilmore, finit-il par lâcher d'une voix étonnamment basse. Je présume que vous n'avez jamais entendu ce nom.

— Pas une fois.

Il jeta un coup d'œil aux environs, puis s'avança sur son banc pour que je l'entende mieux.

— Delvin était un garçon du coin. Fils unique. Il aidait sa mère aux champs – ils habitaient là-haut ajouta-t-il en désignant une destination vague. Après la mort du paternel, leur vie est devenue difficile. Un jour, Delvin a disparu. Pas d'autre façon de le dire. Il avait eu des mots avec sa mère, comme ça arrive parfois, il était monté sur la colline, Brenna lui a couru après, jupons retroussés mais, quand elle est arrivée là-haut, il n'y avait plus personne : pfft, envolé.

Je plissai les yeux.

— « Envolé » ?

Il me regarda dans le blanc des yeux.

— Pas pour rejoindre une fille, ou pour partir en ville. Envolé, escamoté. Effacé, si vous préférez. Un moment, vous êtes ici, la seconde d'après : plus rien.

Je me rassis, m'essuyant la bouche du coin de l'index pour ramener une miette.

— Vous êtes conscient que c'est impossible, n'est-ce pas ?

Il sourit tristement.

— Vous devriez aller expliquer ça à la vieille Brenna.

— Est-elle…

— Toujours en vie ? Oui, elle est restée dans les Hauts. Mais elle n'a plus toute sa tête. Elle a cherché son fils pendant des mois – des années, même. Elle a tout revendu : ses champs, ses bêtes, il ne lui reste que de la paille… Aujourd'hui, elle assure le voir encore. Lorsqu'elle ferme les yeux, dit-elle, il se tient là, devant elle.

— Ma foi, c'est compréhensible, la douleur nous fait parfois élucubrer…

Il cracha dans l'eau.

— Nous ne parlons pas du fruit de son imagination ; ce n'est pas ce que vous et moi appelons des rêves. Ça se passe la nuit, oui, mais ça se passe *vraiment*. À l'en croire, Delvin est empêché de revenir. Elle prétend qu'il est devenu – eh bien – un arbre.

— D'accord.

— Je ne vous demande pas de me croire, lâcha-t-il, comme un homme accoutumé à la déception. Il faut être d'ici pour comprendre.

J'inclinai la tête.

— Pourquoi m'avez-vous raconté cette histoire ?

— Parce que nous parlions de Kembell.

— Quel rapport avec lui ?

— Posez-lui la question, à l'occasion. Je vous donne un indice : Delvin a disparu l'été où il s'est installé ici – où son vieil ami d'Oxford est venu lui rendre visite, vous savez ? Lui et sa servante muette.

Un faucon rasa les chaumes, puis partit vers les nuées. Longtemps, nous le suivîmes des yeux. Nous avions décidé de rentrer à pied, par un autre chemin, plus long et plus venteux. Bicyclette à la main – du moins pour les parties de montée –, nous laissions respirer le silence, tandis que des brumes de chaleur flottaient par-delà les champs. Au pied des collines, une masure effondrée, les restes d'un moulin. L'exode rural, m'avait expliqué Kembell, n'avait pas épargné le Dorset.

Perdu dans ses pensées, Flin s'était mis à fredonner. Un air enjoué et mélancolique, qui fleurait bon le Sud, la mer étale et les palmiers.

El día en que tú naciste
Nacieron todas las flores
En la pila del bautismo
Cantaron los ruiseñores

— C'est une chanson d'Espagne ?

— Du Mexique. Souvenir lointain – ne prêtez pas attention.

— Vous me traduisez ?

— Le jour où tu es née / toutes les fleurs sont nées.

— Chanson de baptême.

— Si l'on veut.

Hier au soir, tandis que les domestiques, avec mille précautions, faisaient rentrer son appareil dans le hangar, non loin des écuries, l'Américain avait passé un long moment avec Cassandra sous la tonnelle. Passant à leur côté, j'avais eu le sentiment très net qu'il n'était pas insensible à ses charmes. Je fis tinter ma sonnette.

— Des nouvelles d'Albert ?

Il renifla.

— J'allais vous poser la question. Vous êtes ici depuis plus longtemps que moi.

— Trois jours, dis-je. Son épouse ne paraît pas ravie.

— Ah bon.

— Vous lui avez parlé hier soir, non ?

Il me jeta un coup d'œil en coin.

— Vous menez une enquête ?

Moue candide.

— Il m'a semblé que… que vous la courtisiez.

Il arqua un sourcil.

— Ce n'est pas la pruderie qui vous étouffe.

Le sourire que je lui adressai se voulait désarmant, mais il en avait vu d'autres.

— Vous êtes américain.

— Et ?

— Je ne sais pas, confessais-je. Je ne pensais pas vous vexer.

Il remonta en selle. Certes, il ne manquait pas de charme, avec son regard clair, sa peau halée et ses allures de voyageur au long cours – je me demandais, par ailleurs, si je ne l'aurais pas préféré sans moustache – mais je ne pensais pas à lui de cette façon. Je pensais à lui *avec elle*. À Albert rentrant d'on ne sait où, et les découvrant enlacés au milieu des hautes herbes, au bord de la falaise.

Ma pauvre enfant, me tançai-je, le regardant, arc-bouté sur son engin, partir à l'assaut d'une côte austère, ma pauvre enfant, à quoi joues-tu ?

Peut-être ne voulais-je que me distraire. La guerre était à nos portes. Souvent, je levais les yeux vers le bleu cru du ciel, le grand silence. J'imaginais le feu, les cris. Un flash aveuglant, et plus rien…

Au sommet de la colline, assis au pied d'un chêne, Flin m'attendait en sifflant sur une herbe tenue entre ses pouces. Sa bicyclette gisait au travers du talus.

— Vous avez sans doute raison.

Je déposai mon engin et me laissai choir à mon tour. Soudain, je me sentais d'humeur inexplicablement badine.

— Vous m'en direz tant.

— Je ne parle pas de Cassandra. Je parle de ce fichu tempérament *yankee* que nous traînons derrière nous comme un boulet. Voyez-vous, j'ai eu ma part de prétendants bafoués et d'époux furibards. L'un d'eux avait même juré ma perte. Un pilote, dans l'armée de l'air. Un jour, en plein ciel…

Sa main retomba, inerte. Une ombre de tristesse voilait sa figure.

— J'ai été idiote, murmurai-je. Pardonnez-moi.

Sa poitrine se gonfla.

— Elle s'appelait Darlene, lâcha-t-il. (Puis, notant mon regard ahuri.) Ma femme.

— Oh.

Il grattait une petite croûte de boue séchée au bout de son brodequin à lacets.

— J'ai été un époux aussi aimant qu'impardonnable. Puis le cancer est arrivé – j'ai essayé de ne pas le prendre comme une punition personnelle car, après tout, c'est moi qui aurais dû être châtié.

— Je suis désolée, dis-je.

— Nous le sommes tous, fit-il en se relevant.

Il redressa sa bicyclette et l'enfourcha, le regard rivé sur l'horizon tremblant.

Vêtu d'une tunique brodée, d'une chemise de lin froncée sur le devant et aux poignets, d'une large culotte de cuir et, comme de juste, coiffé d'un large chapeau garni de plumes, [illegible] traversait les sous-bois en une course effrénée, ses bottines martelant l'humus. Il louvoyait entre les chênes, bondissait par-dessus les souches —— il était en passe de fausser compagnie aux deux laquais endimanchés que le monarque, faute de mieux, avait assignés à sa surveillance en attendant qu'il fasse ses preuves, quoi que cela puisse signifier (trouve un homme, lutin, cabriole, ensorcelle !).

Accrochée à sa large ceinture, une bourse brinquebalait, gonflée d'une poudre blanc de lait. Devant une trouée, la créature, brusquement, fit halte. Devant lui, les champs ouverts, le vent du large. Il avancerait à découvert. Avait-il le choix ? Le galop de ses poursuivants précieux enflait. Il rêvait d'ailleurs. Sur l'herbe assoupis, caressés par les ombres de l'aube, nous reposerons, ma mie —— ainsi s'écouleront les jours, passés à des jeux innocents, chaque heure plus vraie que la dernière.

Dans la plaine ouverte, [illegible] jaillit comme une bourrasque, se retourna une demi-seconde pour vérifier que les stupides garde-chiourmes avaient cessé de le —— hé !

Il bascula tête la première, se fendit d'une roulade, rebondit sur ses pieds. Il n'avait pas vu la mortelle aux cheveux d'or, et elle, au moment du choc, n'avait perçu qu'un souffle, une vague odeur de chèvrefeuille. Il se releva, s'épousseta avec vigueur, ramassa sa bourse tombée dans l'herbe, à moitié ouverte ; un peu de poudre s'était répandue.

Il resserra le cordon et considéra la jeune femme avec perplexité. Elle souriait, hébétée, des mèches libérées venaient fouetter son visage.

À reculons, la créature battit en retraite, surveillant la mortelle qui, sans raison apparente, s'était mise à glousser.

Dans son poing fermé, la bourse était devenue plus légère. Eux, nous, une équation à problème. Soudain, il repensait à Édimbourg.

Il nous faut distinguer trois mondes, avait commencé Kembell Gradey sans même jeter un œil à ses notes. Le Leur, le Nôtre, et celui du Milieu : le Delirium. Le premier que, faute de mieux, nous avons baptisé le monde des fées, est un lieu que la pensée humaine s'avère incapable d'appréhender en sa globalité. Aucune des règles que nous tenons pour acquises n'y prévaut. Le temps se substitue à l'espace et vice-versa, qui s'entremêlent et s'entredévorent ; au cœur de l'entrelacs, nulle pensée ne subsiste. Les principes de causalité ? Inopérants. La notion d'identité n'existe pas, non plus que celle de finitude. Je suis vous, vous êtes ici, ici n'est personne, personne est tout, tout est moi.

(Oh, les raclements de gorge qui avaient suivi, se rappelait [illegible], qui s'était niché entre les bras courbés d'un lustre en bronze et cristal de Bohème, ah ! les regards froncés, les têtes qu'on secouait, avant peu viendrait le temps des emportements et des huées, on se lèverait d'un bond, on montrerait le poing, balivernes !, absurde !, cet homme est dérangé, qu'on en finisse !, etc.)

Si un humain devait visiter durablement ce monde, avait repris Kembell, imperturbable, sa psyché serait irrémédiablement détruite, et il finirait ses jours dans un asile d'aliénés. Seuls les déments congénitaux ou les faibles d'esprit arpentent parfois ces terres : par à-coups, sursauts, ou plongées brèves. Et il ne s'agit nullement, à les entendre, d'un lieu enchanté : plutôt d'une contrée hurlante, d'un tourbillon. Ils braillent, possédés, ou se réfugient, à bout de terreur, dans quelque stase catatonique. Ainsi, pour tenter de nous faire une idée de ce monde, ne disposons-nous que de bribes de récit, extirpés à une boue pâteuse de crises délirantes… et ne pouvons-nous procéder que par extrapolation.

Ce qui nous intéresse, ce qui nous intéresse non seulement en tant que scientifiques ou en tant qu'artistes, mais aussi en tant qu'explorateurs de la pensée humaine, c'est cette zone intermédiaire — ce Delirium. Nul ne s'accorde, vous le savez, sur l'acception exacte du terme ; des points de convergence existent toutefois. Le Delirium est ce lieu où les fées se montrent sous la forme que notre esprit leur octroie. Le monde où leur apparence s'accorde à nos fantasmes et à nos rêves, dans une patiente et perpétuelle mécanique d'interpénétration. Nos poèmes et nos toiles, nos romans et nos symphonies témoignent, en creux, de l'existence de cette frange indécise. Ici, en Angleterre, nous nous figurons des paysages de Grèce antique, des criques solaires et des vallées d'oliviers, la terre des pâtres, des éphèbes, des oracles et des philosophes. Ailleurs, l'imagination des hommes forme des cours anciennes, grouillantes de bardes et d'intrigants, de reines aux tresses lourdes et de chasseurs ou, si nous remontons plus loin encore, de chevaliers en rutilante armure, de forteresses inexpugnables, de banquets fumants et de sanglantes batailles. C'est un froissement de capes et d'étoffes, la caresse d'une plume de paon ou l'ardente morsure d'un glaive, un cliquetis de hallebardes, un claquement de bannière, des lévriers blancs et des bois enchantés, des castels aux tours de cristal et d'impénétrables forêts arcadiennes, l'ombre des elfes et de leurs nefs augustes, le fourmillement invisible des sous-bois, kobolds, feux follets, farfadets — que sais-je encore ?

Avons-nous créé ce monde, ou existe-t-il hors notre perception ? La question n'est pas tranchée. Les plus chanceux d'entre nous, ou les plus braves ! ont eu accès par flashs à ces lieux singuliers. Ils ont pu constater que les règles de la logique n'y prévalaient guère. Que le temps s'y étirait, s'y distendait et s'y rétrécissait telle une vivante créature. Tout, de l'autre côté, est mouvement, potentialités. La neige tombe en été, la pluie monte au ciel. La nuit : une brume claire, deux lunes, trois s'il le faut. Le jour ? Le voici se rétractant, cédant aux nuées fuligineuses. Quant au langage des fées, parfois, nous le comprenons parce qu'il est le nôtre ; à d'autres moments, il nous est aussi inintelligible que le plus obscur des dialectes.

Grondements dans les rangs. Vite, un verre d'eau. Devant Kembell Gradey, le décor avait tangué. Il avait porté une main à son front. Quel chiqué, avait pensé , sur le point de tomber de sommeil.

Les rêves que nous faisons, avait poursuivi l'écrivain, sont dorénavant, dans leur vaste majorité, des rêves de départ et d'abandon. D'éminents confères, versés dans les soins de l'esprit, m'ont livré ce constat, dont j'ai pu faire l'expérience directe. Voici venir l'heure où l'on se quitte, dirait-on, le matin gris où les chemins se séparent. Un bateau lève l'ancre, un train laisse la gare derrière lui, un enfant clopine sur le sentier, vous l'appelez mais il ne répond pas. Une maison baignée d'une pénombre douce-amère. Un oiseau mort au pied d'un chêne, aile dépliée. La moisissure, l'heure bleue. Les signes se multiplient.

Je vois certains d'entre vous s'agiter, consulter leur montre, glisser un mot à leur voisin. Je suis Kembell Gradey. J'ai été la proie de songes funestes. La bibliothèque de mon imagination est désormais livrée aux flammes, et que ferai-je des braises ? Je voudrais… je…

Les mains crispées sur son pupitre, il avait courbé l'échine, comme ployant sous une charge invincible. Des hommes en redingote étaient montés sur l'estrade. L'avaient soutenu, retenu. Doucement, monsieur Kembell. Par ici.

Il avait quitté la scène, tandis qu'un brouhaha consterné envahissait les tribunes. Son regard se brouillait, il ne « savait plus trop », confierait-il le soir même à un médecin dépêché par les huiles de l'Institut.

Moins de trois semaines plus tard, vêtu d'un costume à longues oreilles, son fils cadet se coucherait sur les rails et attendrait la délivrance —— la révélation.

LES HASARDS JOYEUX DE L'AMOUR

Face au large – face à la mer finement ridée luisant sous les embruns –, Cassandra, qui s'était assise sur un banc de pierre, nous regarda approcher : Flin d'abord, moi ensuite. Nous avions laissé nos bicyclettes près du potager, contre le muret de pierre où, déjà, des lézards d'été prenaient le soleil.

— Elle fait une drôle de tête, dis-je.

L'Américain allait répondre lorsque quelqu'un cria son nom. Sur le perron, Kembell lui faisait de grands signes.

— J'en ai pour cinq minutes, me promit Flin, tournant les talons.

Je le regardai arpenter le parc à grandes enjambées. Cassandra – à demi levée, bouche frémissante, se retenait d'une main à son banc – le suivait aussi des yeux.

Je la rejoignis, la pris par les épaules.

— Tout va bien.

— Formule de circonstance, murmura-t-elle d'une voix tremblante en se rasseyant.

Un éternuement sonore la secoua.

— Vous avez peut-être attrapé quelque chose, dis-je.

Et elle, secouant la tête, comme si une toile d'araignée lui engluait le visage :

— Oui. Non. (Puis, reniflant, désignant un monticule herbeux avec des airs d'enfant accusateur.) Ce doit être les fleurs de pissenlit.

Elle riait – elle riait sans raison.

Je me levai, me penchai sur l'endroit indiqué. Les fleurs en question tremblotaient, choyées par la brise.

— Oh, gémit Cassandra qui, tombée à quatre pattes au pied de son banc, vomissait dans l'herbe un flot torrentueux. Oh !

Elle secouait la tête, essayant en vain de ramener une mèche derrière son oreille.

— Cassandra…

Elle parvint à me sourire – cela restait important pour elle. Le coin de ses lèvres était maculé d'une matière rosâtre.

— Flin va me… me montrer son bel avion, bredouilla-t-elle.

Je la redressai, de nouveau, m'assis avec elle. Les yeux embués, elle s'essuya la bouche d'un revers de main.

— Nous devrions rentrer, dis-je. Sans doute qu'un bon bain…

Elle approuva ; il y avait, dans la fixité de son expression, quelque chose d'effrayant. Elle semblait hors d'atteinte.

— James m'a fait boire du thé, vous savez, mais je le soupçonne de l'avoir assaisonné de laudanum.

— Pourquoi aurait-il commis un tel forfait ?

Un hoquet la saisit.

— Il sait que je suis malheureuse. Que je suis seule. Oui, oui : seule avec un mari formidââââble et deux enfants parfaits, seule avec une carrière et des billets doux et une loge envahie de glaïeuls. Auriez-vous un mouchoir ?

Je secouai la tête, lui passai une main dans le dos. Discrètement, j'avais humé son haleine ; au-delà de l'acidité, de l'âcre brûlure des renvois, je ne détectais nulle odeur d'alcool. Pas de fièvre non plus, pour autant que je pouvais en juger.

— Rentrons, dis-je encore.

Au loin, bercés par la houle, les minuscules triangles blancs des voiliers dansaient sous l'azur.

— Vous, au moins, vous me comprenez. Vous savez ce que c'est, d'être déchirée. Parce que vous êtes amoureuse.

Je ne répondis pas. Elle avait posé sa tête contre mon épaule, et fermé les paupières. Bientôt, je sentis le rythme de sa respiration s'apaiser.

— Comment va-t-elle ?

Contre mon flanc, je sentis Cassandra se redresser. J'ouvris les yeux à mon tour. Flin se tenait là, tordant sa casquette, une moitié de visage au soleil. La jeune femme s'étira.

— Vous... fit-elle, le dévisageant avec surprise.

Il pencha la tête.

— Moi ?

— Je rêvais de vous, reprit-elle, suave. Je rêvais de vous et de moi, montant à cheval. Un pur-sang fougueux, robe alezane, dans la poussière du désert californien. Un monde après le monde.

— Voilà qui est, euh... inattendu.

— Bien sûr que ça l'est, fit-elle en se levant. Faites donc semblant de ne pas comprendre. (D'autorité, elle lui attrapa le bras.) Aux écuries, allons. Les rêves doivent rester des rêves, mais je veux que vous m'appreniez à monter.

Flin m'adressa un regard affolé ; je ne pouvais rien pour lui. Déjà, elle l'entraînait – pouffait en trébuchant.

— Le déjeuner va être servi sous peu, hasarda-t-il.

— Si vous saviez comme je m'en moque.

Je les accompagnai un temps, jusqu'à l'endroit où, devant la statue du bull-dog, le chemin faisait une fourche. Cassandra m'adressa un sourire de tendresse émue.

— À tout à l'heure, ma douce. Je vous raconterai.

— Je pense que nous devrions différer… commença Flin, mais elle posa un doigt sur sa bouche.

Armé d'une fourche, un garçon d'écurie était sorti à leur rencontre pour s'enquérir. De loin, je regardais le trio parlementer. Pauvre Flin sans défense.

J'étais encore en train de méditer sur ce qui venait de se passer lorsqu'un bruit de moteur se fit entendre, de l'autre côté du parc.

L'instant d'après, Esme et Merlyn jaillissaient du manoir, courant à toutes jambes, poursuivis par leur nounou implorante.

Albert était de retour.

Des portières claquèrent, Casaubon sortit, tirant sur ses gants. Le fils Gradey, lui, avait posé son sac de voyage à terre, et ôté son chapeau.

Il accueillit sa progéniture à sa manière habituelle – toute en retenue – puis tourna son attention vers moi, qui patientais à l'ombre d'un orme. Du regard, il chercha ensuite son épouse. Finit par l'apercevoir.

Devant un vieux cheval noir, elle parlementait avec Flin, pressant ses mains, dansant d'un pied sur l'autre.

Je me tournai vers Albert. Déjà, il me rejoignait, les enfants étaient repartis.

— Qu'est-ce qui se passe, ici ?

J'aurais pu jurer qu'il allait prononcer ces mots : exactement ces mots. Une triste réplique de roman sentimental, de ceux où les jeunes femmes, l'espace de deux cents pages, se bercent d'illusions criardes avant, miracle ! de recouvrer *in extremis* le chemin de la raison.

Flin venait d'aider Cassandra à se jucher sur le cheval. À cru.

— Le voyage a-t-il été instructif ?

Il s'arrêta à ma hauteur, les yeux rivés sur elle. Peut-être ne m'avait-il même pas entendu. Il remit son chapeau.

— Je rêve ou c'est Flin Boyce ?

— En personne, dis-je. Arrivé hier matin.

Pour un peu, il aurait craché au sol.

— Jamais pu encadrer ce m'as-tu-vu.

Il se remit en route. Je trottinai à sa hauteur.

— Où étais-tu, Albert ?

Il me décocha un regard noir.

— Je ne joue plus, mademoiselle.

Là-bas, sur le seuil de l'écurie, Flin tenait le cheval de sa soupirante par la bride. Elle, bien droite, les rênes enroulées autour du poignet, toisait son époux comme une petite fille très fière regarde approcher son père. Mon amant hocha le menton.

— Allez-vous m'expliquer ?

Elle sourit.

— Flin va m'emmener.

L'intéressé, qui cherchait désespérément comment se dépêtrer de la situation, tenta un sourire amical.

— Ravi de vous retrouver ici, mon vieux…

Le mari ne le regardait même pas. Cassandra tira sur les rênes – sa monture avança de trois pas.

— Quelle surprise, chéri. Je te croyais parti à la guerre.

— Quoi ? Non, tu sais bien…

— Flin a été plusieurs fois décoré, lâcha-t-elle d'un ton égal sans quitter son époux des yeux. Pour actes de bravoure. Il a 58 ans.

— Descends de là.

— Et toi, combien, déjà ? Ah oui : 31. Et tu prends le train pour affaires, comme on dit. Et tu feuillettes le journal, tranquille – la page cricket, la Bourse, oh la la. Et tu demandes à Patience de préparer plus de *crumpets*, « surtout, mon petit, ne lésinez pas sur la marmelade d'orange ».

Albert secoua la tête.

— Serais-tu ivre ?

Il s'avança, conquérant, arracha la bride des mains de l'Américain. Sa femme paraissait amusée.

— Qu'est-ce que tu fabriques, mon pauvre ?

D'un signe de tête, je fis signe à Flin de me rejoindre. Cassandra considérait son époux avec un mépris nullement déguisé.

— Ils sont fous. Ils sont fous tous les deux, n'est-ce pas ?

Laissant le couple Gradey à sa scène, nous remontions le sentier qui menait vers les sous-bois – le banc de pierre, la falaise.

— Il s'est passé quelque chose, dis-je, banalement.

Flin gloussa.

— Ah, ça !

— Je les connais moins que vous, mentis-je – mais était-ce bien un mensonge ? En fait, je ne les connais pas.

Arrivée près du petit monticule herbeux, je me baissai, cueillis une fleur de pissenlit, la fit tourner dans la chaude lumière de l'été.

— *Les Malheureuses Fortunes du cœur*, soufflai-je rêveusement. L'un de ces inévitables classiques que personne ne lit jamais.

— Quoi ?

Flin souriait sans comprendre. Une bourrasque décoiffa ma fleur, envoyant valser ses cils duveteux vers son visage.

À son tour, il éternua.

LES TEMPS SONT DURS

Aplati derrière le sofa tendu de velours rouge, le nez plongé dans une fourrure de lynx moirée, Merlyn retenait son souffle. Un quart d'heure plus tôt, il était venu pour s'occuper de sa maison de poupées, mettre de l'ordre dans les étages, fermer, en prévision de l'inévitable grain, toutes les fenêtres qui méritaient de l'être – et puis, venant des escaliers, il avait reconnu le pas pesant de son grand-père, son insistant raclement de gorge, alors il était parti se cacher au fond de la bibliothèque. À présent, il hésitait. Se dévoiler, c'était brûler ses cartouches. Mais rester tapi, à l'affût, respirer dans les poils, *attendre* ? Qui pouvait dire pour combien de temps ?

Le patriarche, qui avait sorti un cigare en marmonnant dans sa moustache, tirait benoîtement dessus, faisant défiler les pages d'un ouvrage à couverture de cuir rouge, et il était clair qu'il ne partirait pas avant longtemps. D'autant que James Balfour n'avait pas tardé à se joindre à lui. « Vous avez mauvaise mine », lui avait annoncé Kembell Gradey sans relever la tête de son livre.

James n'avait pas répondu. Avec une grimace de douleur, il s'était laissé tomber dans un fauteuil rond à palmette vernie qui, de ses accotoirs lamés or, lui offrait une protection bienvenue contre, euh, à peu près tout.

— Que lisez-vous ? avait-il demandé pour dire quelque chose.

— Dupont-Limours. Un édifiant chapitre sur l'image de la rivière et du bassin sédimentaire comme dynamique de l'imagination.

— Il reste du brandy ?

Qu'est-ce qu'ils buvaient, les grands ! Problème, question, asthénie, désolation ? Hop ! Un verre.

— Cachette habituelle, je le crains. Dénichez le précis d'histoire étrusque, penchez-le de 45° en avant, et hâtez-vous autant que possible : parce que quand Carl et votre ami américain franchiront ce seuil, fini de rire.

— Je crois que je l'avais noté, avait répondu James (et de pencher la tête en avant, comme si un poids invisible y avait été suspendu). Je renonce : consignez bien ça dans votre journal de bord.

— Messieurs...

Au tour de l'affable et mélancolique Carl, justement, appuyé sur sa canne, de faire son entrée. Merlyn vit le visage de son grand-père s'éclairer.

— Enfin ! Ne manque plus que Flin et... Mais vous paraissez soucieux, mon bon... Qu'est-ce qui vous retenait ?

Le vieil homme, qui s'était assis à son côté, inspectait les plis irréprochables de son pantalon en toile.

— Joy.

Kembell se frotta le nez, tourna son attention vers la fenêtre.

— Est-elle bien installée, là-haut ?

Merlyn plissa le front. Joy ? La fille dans la cage dont Esme-je-sais-tout lui rebattait les oreilles ? La pauvresse, le presque-fantôme ?

— Aussi bien que p-possible, répondit Carl avec un air accablé. Et vous savez, Kembell, que nous ne vous remercierons assez jamais de vos bontés. Mais vous la c-connaissez. Vous savez ce que – ce qu'elle endure, depuis toujours. Parfois, je me dis...

Le maître des lieux, qui s'efforçait toujours de ne pas croiser son regard, tapa dans ses mains.

— Nous comprenons, Carl.

Les doigts du vieil homme se fermèrent sur ses genoux. Personne ne pouvait dire à quel point il les serrait.

— Je n'en suis p-pas certain, hélas. Et puis, des symptômes nouveaux ont fait leur apparition, ces d-derniers temps. Elle se t-tord les mains, les doigts. Elle croise les jambes, les bras. Elle prétend que... que les nœuds la s-sauveront.

Kembell lâcha un soupir.

— Une épreuve.

Comment ça ? songea Merlyn.

— Elle répète, reprit Carl, qu'elle va d-disparaître. Elle r-répète cela sans cesse. Le jour, la nuit.

— Et Sybille ? demanda James.

— Sybille, répondit Kembell à la place de Carl, serait bien incapable de faire quoi que ce soit pour elle, attendu qu'elle ne la reconnaît pas comme sa fille.

— L'est-elle intrinsèquement ? demanda James. Elle lui a donné naissance, oui – mais cela suffit-elle à faire d'elle sa mère ? A-t-elle eu un jour son mot à dire ?

Carl s'humecta les lèvres.

— Je n'ai p-pas très envie de répondre à cette q-question. Pas plus que les médecins de l'Hôpital royal d'Édimbourg.

— Le dossier est clos, ajouta Kembell, diplomate.

Merlyn, à qui le sens général de la conversation échappait, se triturait le lobe de l'oreille – signe, chez lui, de frustration manifeste.

Il brûlait de sortir de sa cachette. Pourquoi n'irait-on pas jouer au croquet, grand-père, ou à la bagatelle ? Au train électrique, comme avant ? Tu n'as pas l'air très heureux, ici, enfermé avec tes « amis ».

James, tel un vieux prédateur, se pourléchait les babines et se pencha vers le vieux Carl.

— Mais nous savons ce qui s'est passé, n'est-ce pas ? Nous connaissons les faits, vous nous en avez fait le récit. Joy est, *stricto sensu*, la fille du roi des fées. Et un garçon a disparu, ici, dans la région. L'année de votre première visite.

Kembell secoua la tête, comme s'il s'adressait à un enfant.

— Allons, James, corrélation n'est pas causalité, ce n'est certes pas à vous que nous allons l'apprendre. Nous ne devons approcher ce sujet qu'avec la plus extrême prudence.

James ne quittait pas Carl des yeux.

— N'étiez-vous pas censé en apprendre plus sur le sujet, à ce propos ? Où en est votre... comment dites-vous, déjà ? déchiffrage ?

Le vieil homme allait répondre lorsqu'un bruit de pas précipités enfla dans la galerie. Les trois compères tournèrent la tête, Merlyn prit appui sur ses coudes. Appuyé au chambranle, Flin reprenait son souffle. Cheveux en bataille, chemise maculée de terre, il tâtait à son front les contours d'une bosse imaginaire.

— En retard. Désolé.

La sueur perlait à son cou – perdu, il passait sa langue sur ses lèvres.

Kembell fit mine de lui venir en aide, « au nom du ciel, Flin... » mais l'Américain, reculant, lui fit signe de ne pas l'approcher, il allait se débrouiller, merci.

James leva un sourcil.

— On dirait que vous avez rencontré un taureau, mon grand. Un taureau avec un compte personnel à régler.

L'Américain, qui avait sorti un mouchoir brodé de sa poche, s'en tamponna le visage.

— Mauvaise chute, pas de panique, le... le guidon m'a échappé. Je dois me rendre à l'évidence, je n'ai plus vingt ans, et... (Il haletait, promenait sur la petite assemblée un sourire d'ahuri.) Pour tout dire, je cherchais Beatrix. L'un de vous l'aurait-il croisée ?

Moi, je la vois partout, répondit Merlyn en lui-même. Elle furète, elle manigance. On ne sait pas ce qu'elle cherche, et elle non plus.

James se gratta la joue.

— La belle vous aurait-elle promis une interview, à vous aussi ?

— Si drôle, lâcha l'Américain d'une voix étranglée, avant d'aller se poser devant la baie. Bon, où en étiez-vous ?

Kembell, qui s'était levé, souleva un plateau en étain, et le déposa sur un guéridon en bois de rose à quatre pieds. Un service à thé en porcelaine de Chine les attendait, avec son sucrier, ses quatre tasses et ses délicates cuillères d'argent. Le maître des lieux, gardant fermé le couvercle de la théière, commença à servir.

— Shui Jin Gui, annonça-t-il : mélange des montagnes Wuyi – importé de Chine.

Il leur tendit à chacun un verre.

— Un nouveau poison inspirant ? s'enquit James, prenant le sien.

Kembell ne commenta pas. Sa besogne terminée, il alla se rasseoir.

Caché derrière son sofa, Merlyn avait toujours autant de mal à comprendre autour de quoi tournait la discussion. Sans alcool, les choses allaient-elles devenir plus compliquées encore ?

— À quand remonte votre dernier grand livre ? demanda son grand-père tout à trac. Quand, pour la dernière fois, avez-vous été visités par la grâce ? Vous est-il loisible de nommer le jour où le précieux fluide a commencé à vous manquer ?

Carl et les autres se tortillaient, cherchaient leurs mots. À certains moments, le silence tombait sur eux comme un voile lourd ; à d'autres, ils se mettaient à pérorer tous en même temps, et la bibliothèque devenait le théâtre d'une cacophonie paresseuse dont il était bien difficile d'extraire une phrase. Je veux dormir, songeait Merlyn.

— Peut-être, finit par lâcher Flin au-dessus de la mêlée, que nous devrions en prendre notre parti.

Kembell secouait la tête.

— L'inspiration nous a été offerte. De l'or entre nos doigts, du miel, de l'ambroisie. Pourquoi, tous et simultanément, aurions-nous perdu ce don ? Non, très chers, la guerre gronde certes à nos portes, et les machines se sont creusé, au sein de nos existences, une place des plus déplaisantes, mais les fées persistent – muses, nymphes, dragons, nommez-les comme il vous plaira. Nos drôlesses s'agitent, à l'orée des clairières. Le monde a changé, il ne s'agit pas de le nier, certaines règles du grand jeu ont sans doute été modifiées à notre insu, et il n'est pas exclu qu'une forme, oserais-je le terme ? qu'une forme d'*aveuglement* volontaire nous empêche d'y voir plus clair. Mais dès lors, compagnons, ne devrions-nous invoquer les mânes avec davantage de détermination ? Ne devrions-nous pas (encore hésitant, il se grattait l'arête du nez)... écrire ce livre ensemble ?

Flin, qui venait de reboutonner les manches de sa chemise, cligna des yeux avec force.

— C'est ça, votre idée ? Le retour de l'antique lubie ? Et après, quoi ? Je m'occupe du film ?

Les autres le dévisageaient, étonnés. Longtemps, et de loin, Flin avait été le plus conciliant, le plus diplomate du quatuor. À présent, se disait Merlyn, il avait l'air bien énervé.

Kembell renversa la tête en arrière.

— Expliquez-moi que vous avez perdu tout espoir, proféra-t-il. Assurez-moi que nos magiciennes foulant l'herbe tendre ne se cachent pas, frémissantes, dans les replis hautains de vos images pelliculaires. Dites-moi que vous ne nourrissiez aucune arrière-pensée lorsque vous avez offert cette caméra aux enfants. (Il tendait les bras au plafond.) Hier, poursuivit-il, reposant les yeux sur ses amis après le déjeuner, le petit est venu me trouver et m'a raconté une histoire assez prodigieuse. Il errait, au cœur d'un temple aux dimensions cyclopéennes, et les fées étaient occupées à plier bagage. Carl, je vous vois sourire.

Le vieil homme referma ses doigts sur le pommeau de sa canne.

— P-Pardonnez-moi. Mais soit il s'agit là d'une d-divagation complète, et on peut imaginer que c'est vous qui lui avez mis ces images dans le c-crâne ; soit la vision est authentique, et que pouvons-nous faire pour r-retenir ces gentes dames ?

— Un sacrifice ? lâcha James. (Cette fois, tous les yeux étaient tournés vers lui.) Pourquoi ces airs effarés ? Vous savez ce que je pense. L'écriture exige des larmes, du sang, de la sueur. Ne vous êtes-vous jamais demandé pourquoi les premiers romans étaient si faciles à écrire ? Un piège : voilà ce dont nous sommes victimes. Et il y a bien longtemps que ses mâchoires se sont refermées. La félicité des instants premiers, cette inoubliable impression de légèreté... Notre plume virevolte, nous peinons à contenir la floraison qui s'épanouit, nous serions prêts à n'importe quoi pour retrouver ce plaisir. Alors, une fois levées les brumes de la félicité inaugurale, nous intriguons, nous combinons, nous établissons des stratégies de contournement et de capture. Pour vous, Kembell, c'est la plongée dans les paradis artificiels, votre bien-aimé laudanum. (Le maître des lieux, comme prisonnier d'un douloureux souvenir, se massait puissamment les tempes.) Vous, Carl, voilà quinze ans que vous prenez en notes les listes de chiffres que vous dicte votre servante pour essayer d'y déceler un sens. Vous, Flin, vous érigez le renoncement en dogme et prêtez allégeance aux génies crispés de la technologie. Mais vous oubliez – ou feignez d'oublier – l'essentiel : le caractère foncièrement incompréhensible des muses, ce que d'aucuns appellent leur divine extravagance. Tous, ici, nous le savons : celui qui regarde les fées en face perd la raison. Son esprit est balayé tel un fétu de paille.

Flin passa sa langue sur ses lèvres. Arrêtez de faire tous ça, pensa Merlyn. On dirait que vous allez vous dévorer les uns les autres.

— N'hésitez pas à préciser votre pensée, fit l'Américain.

Personne, à part Kembell, n'avait touché à son thé.

— Les fées sont distraites, reprit James. Elles s'écartent, nous les intéressons moins que jadis. Que la rumeur du monde les effraie ou les fascine, le résultat est le même : nous voilà devenus des pauvrets délaissés. Nous devons retrouver leur attention.

— Et vous, à cette fin, n'avez rien trouvé de mieux que de torturer un enfant.

Oh-oh, songea Merlyn. Menton relevé, James fixait son contempteur avec un calme glacial.

— Henok n'est plus un enfant.

— Il souffre.

— Je ne crois pas que "souffrance" soit le terme le plus approprié. Il sait ce qui se trame. Il sait pourquoi je lui fais subir ce traitement. Nous désirons la même chose.

— Vous... commença l'Américain.

Mais la suite mourut sur ses lèvres. N'y tenant plus, le petit garçon, soudain, était sorti de sa cachette. Son grand-père, qui venait de reposer tasse et soucoupe, se leva avec solennité.

— Merlyn ?

— Moi, je l'entends pleurer, des fois. J'entends pleurer Henok.

L'OBSCUR

Que m'était-il arrivé ? Je me tenais sur les bords d'une rivière, m'aspergeant le visage d'eau fraîche pour noyer les larmes. Je me revoyais, adossée à un tronc, égarée – dépassée par la violence de ses appétits.

Lui, à genoux, enserrant ma taille, le visage plongé sous mes jupons.

Moi : vociférant, diablesse impuissante – une femelle aux griffes limées.

Longtemps, j'avais bataillé pour me détacher de lui. Mes mains fermées sur ses cheveux tandis que…

Il m'avait prise par le poignet, pour commencer, son visage tout proche du mien, des mots ardents à mon oreille – pourquoi nier l'évidence, Beatrix ? Dès la première seconde. Vous rappelez-vous, quand nos regards se sont croisés ? Vous ne pensiez qu'à ça. Et moi, je…

Il m'avait entraînée, et je m'étais laissé faire, changée en pierre – comme si cela arrivait à une autre.

Lui et moi, sous le couvert des frondaisons, ses baisers effrénés sur mon cou, mon front, ma bouche, il avait arraché sa chemise, son dos trapu moucheté de soleil et moi, piégée, ailleurs, me répétant que tout était dans l'ordre des choses alors que sa langue fouillait ma bouche.

Beatrix, Beatrix... Mon nom soufflé tel un mantra fiévreux, ses mains impatientes, tout son corps saisi de transe.

Nous avions reculé, trébuché ? une danse brutale, des pétales arrachés voletaient autour de nous, des oiseaux avaient giclé d'un bosquet.

Qu'était-il arrivé à ce personnage affable, à cet homme plein de prévenance ? Il riait, aux anges, lapait mes cuisses en ronronnant, paupières mi-closes – un démon.

Il me désirait, de toute évidence, avec une ardeur brutale, incontrôlable – une force effrayante que je n'avais rien fait pour éveiller. Comme me paraissaient pâles en comparaison, presque rassurantes, les étreintes de ce pauvre Albert, et si paisible, son regard, comparé au brasier coléreux qu'était devenu celui de Flin Boyce !

Et puis, je m'étais vue, adossée, acculée, tandis qu'il se redressait, pétrissant mes seins, et je l'avais vu lui, les lèvres luisantes, son appétit de monstre soudain oblitérant tout, à commencer par mes protestations, ma volonté – ma personne.

Ce n'est pas ce que tu veux, Beatrix. (La voix de la survie – fêlée, incrédule.) Ce n'est pas *lui* que tu veux.

D'une main, il avait défait sa ceinture. Comprenant, alors, que l'inévitable s'annonçait, sentant une énergie méconnue couler en mes veines (merci, ô, désespoir – intrépides pulsions de révolte), je l'avais repoussé avec vigueur, remontant mes bas, rajustant, dépliant, défroissant tandis que, d'un revers de poignet, il s'essuyait le visage – un fauve reprenant des forces avant l'assaut final.

« Je ne veux pas », m'étais-je entendue souffler, meurtrie.

Il avait secoué la tête. « *Jeez*, ma sauvageonne... Je ne comprends pas.

Moi non plus », avais-je soufflé, arrangeant mes cheveux, passant un doigt sur mes lèvres – du sang, était-ce du sang ? « S'il vous plaît, Flin. »

Il avait fait un pas en avant, je m'étais baissée pour ramasser une bûche, il avait ri, son rire résonne encore, « je préfère vous prévenir », avais-je lâché, « il m'arrive de me montrer légèrement impulsive » – il m'avait demandé de ne pas faire l'enfant –, « reculez, avais-je sifflé, ne m'obligez pas » –

Et maintenant je me tenais là, l'onde vive fuyant entre mes doigts écartés, le visage ruisselant, larmes et rivière, essayant de me rappeler ce qui, dans mon attitude, avait pu lui laisser penser que…

La honte me cuisait les joues. Tu as fait ce qu'il fallait, me répétai-je (et, toujours, je revoyais ses yeux, la forêt incendiée qu'était devenue son regard), il n'a rien, un étourdissement passager, il s'en remettra, vous parlerez plus tard.

Je me redressai. À quoi ressemblais-je ? L'eau claire ne m'avait rien révélé. Mes bottines étaient sales, mes avant-bras écorchés, ma nuque endolorie et rien à faire, j'avais encore le goût de sa bouche sur la mienne.

Il fallait que je sorte d'ici. Il fallait que je parle à Albert et que rentre chez moi.

Je suivis la rivière. Un passage avançait, entre les rochers tapissés de mousse, le ruisselet cascadait plus fort, des dentelles d'ombre se tissaient sous le couvert, les oiseaux s'étaient remis à chanter.

Enfin, j'émergeai des buissons. Une pâture, un décor de hautes herbes, parsemé de trèfles et de fleurs champêtres.

— Ah, vous voilà !

Poussant avec empressement une bicyclette que je connaissais bien, Cassandra fondait sur moi. Fuir ?

— Écoutez… dis-je.

Elle lâcha son engin, le laissa tomber dans une ornière, au milieu d'un vol de moucherons – me saisit le poignet.

— Où est-il ? s'écria-t-elle et, l'espace d'un battement de cils, je discernais, au fond de ses prunelles, l'éclat d'une folie familière.

— Où est qui ? demandai-je, éberluée – bien que sachant parfaitement ce qu'elle allait me répondre.

— Flin. Flin Boyce. L'Américain.

— Je sais qui est Flin.

Elle me lâcha, main sur le front, se tournant de tous côtés.

— Bien sûr que vous le savez. Le monde entier connaît Flin Boyce. Un beau salaud, si vous voulez mon avis. Ah, je l'adore ! (Puis, revenant à moi, m'effleurant les doigts, bouleversée.) Vous devez m'aider, Beatrix – il le faut, vous comprenez ?

Je secouai la tête.

— Je crois, dis-je, que vous devriez prendre un peu de repos. Réfléchir calmement à tout ça.

Elle me considérait, incrédule.

— Vous refusez ?

Un papillon blanc s'était posé sur son épaule. Sans me quitter des yeux, elle l'écrasa d'une tape.

— Je ne sais pas où est Flin, fis-je.

Elle pointa un doigt sur ma gorge.

— Vous puez le mensonge. Dites-moi ce que vous voulez. Mon mari ? Je vous laisse mon mari à la place. Le gentil chienchien. Comprenez-vous les mots qui sortent de ma bouche ?

Hébétée, me recoiffant à la va-vite, je déglutis.

— Je suis...

— Vous n'êtes pas grand-chose, persifla-t-elle, ramassant sa bicyclette dans le ravin pour la remettre au milieu de la route. (Elle flanqua un coup de pied à la roue avant, s'empara du guidon, me lança un dernier regard furibond.) Si j'apprends que vous jouez sur les deux tableaux, miss... miss...

— Ardeen.

Elle émit un rire aigrelet et grimpa en selle, résolue. Lancé dans le vide, son pied gauche chercha la pédale.

Avant que j'aie pu ajouter quoi que ce soit, elle s'était lancée. Perchée sur un talus voisin, une pie apeurée s'écarta dans un grand claquement d'ailes.

De nouveau, j'étais seule.

En nage et confuse, je me retournai. Les frondaisons des ormes filtraient les rayons du soleil.

Désemparée, je repris la direction du manoir. Sur le bord du sentier, à côté d'un rocher, tête inclinée, un renard m'observait. *Le* renard.

Quelle journée, hein ?

Il cligna des yeux et, en trois bonds, regagna les ténèbres.

Au coin d'un bosquet, dressée sur ses anneaux, une statue de couleuvre défiait le visiteur, dardant une langue bifide.

Je passai une main sur le socle et pris le temps de contempler le parc, tout auréolé d'un nimbe doré. Sur l'étang vert-de-gris, mille reflets capricieux papillotaient ; un cygne noir glissait en rêvant. Ce matin, m'avait confié un domestique, Merlyn avait vu son sous-marin à hélice couler comme une pierre.

Je relevai la tête. Là-bas, au milieu de la pelouse, Cassandra arrachait des touffes de gazon, pleurnichant de rage à côté de sa bicyclette renversée.

Albert, qui arrivait à sa rencontre, s'arrêta à distance respectable. De là où je me trouvais, je n'entendais pas ce qu'ils se racontaient, mais ça ne ressemblait pas à des gentillesses. Poings sur les hanches, il la regardait remettre son engin d'aplomb. Lui faisait-il la leçon ?

Bientôt, une main sur la selle, l'autre sur le guidon – apparemment, une roue était voilée –, elle reprit son chemin à pied, lui faisant signe de s'écarter ; c'était sans appel.

Quand j'arrivais à sa hauteur, il avait à peine bougé, occupé qu'il était à inspecter le contenu de son portefeuille.

— Prise de boisson, lâcha-t-il.

Je savais qu'il se trompait, mais à quoi cela m'aurait-il servi de discuter ?

Côte à côte, nous regagnâmes le manoir.

— Et nos enfants livrés à eux-mêmes, poursuivit-il d'un air absent. Pauvres de nous – pauvres d'eux, surtout. Ils ont peur de ce qui vient.

— Peur ?

— La guerre.

Docile, et parce que je savais que nous allions parler, je le suivis dans le hall, puis entrai à sa suite dans la nurserie – une pièce que je n'avais jamais visitée encore, haute et claire – garnie de petits meubles en bois de pin, d'un véraphone fantaisie, d'un cheval à bascule, d'un quadricycle à pédales et d'un impressionnant circuit électrique sur table qui, apparemment, venait de subir la fureur dévastatrice d'un ouragan.

D'un coffre à jouets en merisier dépassaient, pour ce que je pouvais en voir, un assortiment de jeux de raquette et de ballons, un tambour hors d'âge, et les restes d'un cerf-volant planeur en toile verte.

Géant maussade, Albert souleva une locomotive échouée sur le flanc, actionna une molette et reposa l'engin sur ses rails, loin des autres wagons pareillement renversés, et d'un fourgon à bagages éventré. Plusieurs portions de rails avaient été arrachées, méthodiquement brisées. Les systèmes d'aiguillage ne fonctionnaient plus, non plus que l'éclairage électrique.

— Que s'est-il passé ?

— Il faudrait demander à Esme, mais je crains qu'il n'y ait pas à chercher bien loin : la campagne a été bombardée.

Il remit une futaie en place, trois peupliers, un poteau de signalement tordu et, sur le quai de campagne, quelques voyageurs couchés par l'onde de choc.

— Où étais-tu ? insistai-je à voix basse – redressant une barrière, ôtant une voiture à cheval qui obstruait l'entrée d'un tunnel.

— Elle est malheureuse, lâcha-t-il, l'air absent.

— Elle n'a que dix ans.

Il releva la tête.

— Je parle de Cassandra. Je parle de ma chère et tendre épouse, à laquelle me lie un serment sacré.

— Albert… fis-je, me retenant de rire.

J'avançai une main, effleurai ses doigts – il les retira nerveusement.

— Elle se doute de quelque chose, poursuivit-il.

— Je ne crois pas que ce soit le problème.

Il se tourna vers moi, impavide.

— Et quel serait le problème, selon toi ? (Un ricanement amer lui échappa.) Ah, pourquoi te posé-je la question ? J'ai quelque chose à t'annoncer, tiens.

J'étais partie traîner du côté du cheval à bascule. Comment notre histoire avait-elle pu partir aussi rapidement en décapilotade ?

— « Espère le meilleur, prépare-toi au pire. »

— Je pars à la guerre.

Je pivotai.

— Pardon ?

— Je sais ce que je t'ai dit : que j'avais été réformé à cause de mon souffle au cœur. Mais la conscription est ouverte aux volontaires, et il se trouve que j'ai des amis haut placés au sein de l'état-major de l'armée de terre.

Je m'avançai vers lui. Il leva les mains ; il ne voulait pas que je l'approche.

— Il va falloir que tu m'aides à comprendre.

— T'aider ? Non, c'est aussi simple que ça en a l'air. Cassandra me méprise, elle pense que je suis un lâche. Je l'aime et je veux la reconquérir. Je ne lui ai pas dit encore, mais j'attends mon ordre de mission.

— Je n'ai jamais rien entendu d'aussi ridicule.

— Tu dois avoir mauvaise mémoire, alors. Mais laissons. Ma décision est irrévocable, Beatrix. Je vais servir mon pays, tous les papiers sont en règle. Quant à ce marché absurde – le journal de mon père... Tu peux partir du principe qu'il ne tient plus. Va dire à mon épouse que nous avons été amants, si tu y tiens. Peu me chaut désormais.

Je lui souris. Qu'aurais-je pu faire d'autre ?

— Tu es un lâche, dis-je. Et tu te trompes. Tu te trompes sur toute la ligne. Ce qui arrive à Cassandra...

Il secoua la tête, contourna la table du train, rafla une locomotive au passage et sortit en hâte – rien de ce qui me concernait n'avait plus pour lui la moindre importance.

À l'assaut du crépuscule, un vent du nord aux fragrances de sel et d'écume s'était levé sur la côte. Par-delà les falaises, où des vagues d'argent ourlaient la mer, des puffins à gorge blanche rasaient les flots en escadrilles avant de remonter vers les nuages. , qui sautillait parmi les ajoncs, voletait, tourbillonnait au travers des bourrasques, paupières closes, on l'aurait dit endormi dans le giron du soir. Un temps, il avait suivi Carl Dodilus comme son ombre (au point, parfois, de devenir cette ombre, de se fondre en elle) tandis que le vieil homme, accompagné de sa mutique servante, les articulations graissées d'onguents, gravissait un sentier pentu après avoir, durant la majeure partie de l'après-midi, devisé avec ses comparses poètes et créateurs sur la meilleure façon de retrouver la, comment appelaient-ils ça, déjà ? L'inspitra… l'inpsira —— ah, *damnit*, comme disait l'Américain. Lassé de flotter dans le sillage du vieil écrivain, frustré, surtout, de n'avoir été témoin d'aucun prodige ou massacre, le messager s'était éloigné, happé par d'autres distractions —— hors les drames de l'amour et de la mort, sa capacité d'attention n'avait jamais été mirobolante. Du coin de l'œil, toutefois, il continuait de le surveiller, et laissait traîner une oreille, en se concentrant bien (ha ha ha), il était capable d'entendre un sanglot d'enfant à trois lieues de distance. Et donc ? Eh bien, entre les doigts du vieil homme tordus par l'arthrose scintillait présentement un étrange appareil, une sorte de moteur sous cloche doté d'un circuit magnétique, de bornes en cuivre et d'électrodes, relié à un calculateur où défilaient des séries de chiffres en apparence arbitraires. Une fois, dix fois, sous les boiseries de la bibliothèque, tandis que 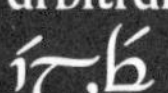 se mouchait dans les rideaux, pissait sur les œuvres complètes de Yosathan Swifter, Carl Dodilus avait tenté d'expliquer à ses coreligionnaires le fonctionnement de ce qu'il nommait son « détecteur de fées », hein, quoi, pardon ? (íȼb́, se retournant d'un bloc.) Les créatures du Delirium, affirmait le vieil homme, étaient porteuses de chaos. Dans les séquences de chiffres affichées par son appareil soigneusement calibré, elles pouvaient à tout moment introduire un élément de *surnature* ; l'ordonnancement des suites s'en trouvait fatalement bouleversé, et *blablabla*. À plusieurs reprises, au cours des années écoulées, Carl Dodilus s'était arrêté, cœur en suspens, notant des irrégularités dans les chiffres. Quelqu'un, abruptement, avait voulu porter un coup fatal à la logique humaine, au rationalisme dont les mortels faisaient découler leur conception du monde et de la réalité. Cela lui était arrivé dans les jardins botaniques d'Édimbourg, bien sûr (ah ouais, peut-être, se remémorait íȼb́, qui se rappelait vaguement avoir assisté à la scène), et dans une clairière de Cornouailles, aussi, à proximité d'une formation mégalithique gravée de runes indéchiffrables, et dans une forêt de Bretagne, où il était parti accomplir un « pèlerinage exploratoire » comme il les appelait, ainsi qu'en Crète, deux ans plus tard, autant de lieux chargés de légendes, où il sentait vibrer « l'esprit ».

Le travail analytique que Carl Dodilus menait au côté de Sybille était d'une nature similaire — son principe, d'une certaine façon, avait présidé à la fabrication du détecteur —, mais le *modus operandi* différait quelque peu. Au sein d'une liste émise spontanément, prise sous la dictée en écriture automatique, il s'agissait de repérer des motifs, des itérations, puis de les décoder. Jusqu'à présent, le vieil homme n'était parvenu à isoler avec un degré de sûreté appréciable qu'une demi-douzaine de séquences « anormales », et le travail de décryptage avait abouti à des résultats incomplets, approximatifs ; pour autant, persuadé que son système était encore largement perfectible et que la persévérance était la clé, Carl se refusait à abandonner.

Sybille ?

Se tenant la tête comme pour l'empêcher d'exploser, la servante était tombée à genoux au milieu du sentier. L'auguste messager aux oreilles acuminées, le géant de poche aux index crépitants, l'infatigable maraudeur des songes, etc., qui avait accroché sa balançoire à un nuage, jeta au vent la tartine de marmelade qu'il était en train de bâfrer (elle se désagrégea aussitôt —— rien n'était vrai, dans cette navrante histoire, ni le pain de seigle à la croûte dorée, ni les morceaux de fraises des bois nageant au cœur de la succulente bouillie sucrée) et régla la mire de sa longue-vue de corsaire sur le cadran du détecteur. Les chiffres habituels ne clignotaient plus. À la place, un fouillis de 1, de 3, de 7, de 9, en majorité, signes de la présence potentielle de nombres premiers, si l'on savait comment segmenter les séquences. À la vitesse tout à fait inhabituelle où ils se succédaient en ce moment, Carl était bien entendu incapable de les retenir, pauvre vieux, et encore moins de décrypter des listes. Mais, dans un petit carnet à spirales, il pouvait au moins prendre des notes, ce à quoi il s'employait cependant que la malheureuse Sybille, mains collées sur les oreilles, se balançait d'avant en arrière.

Ça alors, murmurait-il, son stylographe courant sur la plage blanche… Ça alors…

La répétition brutale de certains chiffres, les changements de rythme inattendus qu'il avait appris à repérer laissaient peu de place au doute ; par la suite, 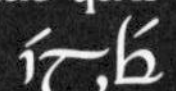 le devinait, il s'enfermerait des semaines durant dans son cabinet d'Oxford, le cœur vibrant d'espoir, comme toujours, qu'est-ce que ça coûtait d'y croire ?

Sybille, évidemment, était loin de partager son allégresse. Et 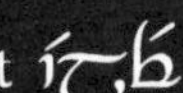 qui, sans y penser, avait transformé sa longue-vue en cigare et, exhalant la fumée, formait de sa bouche, en ordre dispersé, les lettres de l'alphabet grec, pouvait voir ce qui la tourmentait. Des fées lascives, au corps de serpent, aux yeux pareils à des crevasses, effleuraient son visage de leurs longs doigts glacés, menaçant et câlinant tour à tour, tandis que leurs chevelures bleu nuit épandues sur le champ voisin, répondaient à l'ombre d'un nuage orphelin auquel, sans doute, leur seule présence avait donné naissance. La servante, agitant les mains, se grattant la gorge, les bras, donnait l'impression de se débattre contre une menace invisible. Les fées sifflaient, ondulaient, crachaient leurs menaces —— rends-la nous ! répétaient-elles, rends-nous la fille enfermée dans la cage, notre Roi se languit, ses larmes sont devenues mer, sa colère tremble si fort que les murs se fendillent et, lorsque sa plainte gagne les nuées, les oiseaux foudroyés tombent au sol, plus lourds que des pierres. Rends-nous la fille, mortelle !, ouvre sa cage et laisse-la s'en aller, elle saura venir à notre rencontre, saura trouver l'arbre, la source, le buisson, la crique, saura attendre que le ciel s'ouvre, laisse-la et écoute : nous vous livrerons le garçon en échange, il sera tien, oui, un beau et vigoureux jeune homme né sur la terre des hommes, clair visage et regard d'opale —— elles se tordaient devant elle, passaient leur langue sur sa figure, la cajolant de leurs gestes grandioses et, à d'autres moments, faisant vibrer à ses tympans des menaces terrifiantes, leur rage devenue vibration, leur peau sombre virant à l'écarlate avant que, des profondeurs du gouffre pestilentiel qui, l'instant d'avant, s'était appelé "bouche", ne monte un grondement de fin du monde, tout poissé de sang épais, charriant une moisson de rocailles et de scorpions.

Sagement, les mains fermées sur les cordes,  avait cessé de se balancer et retenait son souffle, de peur que le regard perçant de ces diablesses ne se pose sur lui, et qu'elles ne se rappellent une autre mission —— qu'elles fondent sur lui telles des flèches du diable, empennées d'or et de haine.

Carl Dodilus, qui semblait faire peu de cas des plaintes de la malheureuse, continuait de faire grincer sur les pages de son carnet la pointe allègre de son stylographe, et  le timoré, debout sur la planche de sa balançoire, ne put réprimer un sourire au moment où les doubles semelles de ses chaussures Balmoral se mirent à quitter le sol —— oh oh ! le vieil homme était si absorbé par son activité qu'il ne sembla pas immédiatement s'en rendre compte, seulement quatre ou cinq secondes plus tard (cette manie des mortels de fragmenter le temps comme il leur plaisait), lorsqu'il se trouva à un, à deux pieds du sol, à demi-renversé, et qu'il tenta, dans un dérisoire effort, de se retenir aux ajoncs —— sous le soleil de juillet, il quittait le sol, un sanglot d'effroi et de félicité mêlés s'échappait de ses lèvres, pitié, Sybille, que m'arrive-t-il, c'est toi, c'est toi qui fais ça ? íꞇ,ɓ s'approcha, s'arrêta à vingt pieds. Hum, intéressant. Agenouillée, les mains enfoncées dans la terre, la servante levait les yeux au ciel, vers l'impossible ascension —— son maître se trouvait maintenant à la hauteur des cimes, tourné vers la mer, le visage fouetté par le vent d'été tandis que des mouettes inquiètes, revenues de la falaise, donnaient l'alerte pour leurs congénères. Les fées qui, pouvait constater íꞇ,ɓ, le tenaient fermement en leur pouvoir, devenaient le vent soulevant sa redingote, soufflaient leurs mauvaises plaisanteries dans ses cheveux, le balançaient sans pitié au gré de leurs caprices —— elles étaient résolues à l'amener au-dessus du vide et à le lâcher. Couchée sur le flanc désormais, recroquevillée comme si elle s'apprêtait à naître et que le champ de chaume fût le ventre de sa mère, la servante se fichait manifestement du sort du vieil homme, se moquait qu'on le balance sur les tourelles du manoir ou que, d'un souffle mauvais, on l'expulse jusqu'à la lune —— sur quoi les nymphes, gagnées par une forme de langueur miséricordieuse, le déposèrent au pied d'une butte. Il leur restait les rêves, savait le lutin, qu'elles peupleraient de leurs jérémiades, il leur restait les cauchemars en plein éveil, ce que les mortels appelaient fantômes, ou maladie, ou coup du sort —— jusqu'à l'Exil, jusqu'au Départ, devinait íꞇ,ɓ, elles ne laisseraient plus la servante en paix, les mots et les menaces qui grouillaient encore en leur sein auraient pu remplir davantage de livres que les mortels n'en écriraient jamais.

Allons voir ailleurs, décréta le saute-ruisseau cornu au-dessus des arbres, sa cape claquant au vent. Le soir arrivait, l'armée invincible des ombres, et il avait faim de nouvelles expériences. Au loin, des montagnes imaginaires ourlées de rose et de mauve se dressaient au-dessus des champs, très bien, mais les mortels, les mortels ! quelle jouissance de les voir rire, se débattre, jouir, regretter ! Par une fenêtre, il entra, recrachant un bourdon. Dans la baignoire sans eau de James Balfour, le jeune Henok, le dos lacéré, des marques de cordes aux poignets, sanglotait en implorant sa mère défunte. Ah oui : la séparation, les êtres, tout ça.  s'étira, traversa un mur. De l'autre côté, assise sur son lit, Cassandra Gradey née Flordelis aurait pu entendre le jeune homme pleurnicher si elle n'avait pas enfilé le couvre-oreilles en mousse de son beau-père, le câble du théâtrophone glissé entre ses cuisses, pour chercher, apparemment, un superficiel refuge dans la *Troisième symphonie* de Varad Molnàr, le passage des enfants perdus en mer, *andante con moto*, avec ses violons blessés et son solo de hautbois —— en temps normal, ils lui rappelaient qu'elle n'était pas si malchanceuse et seule qu'elle voulait bien le croire. Mais qui pouvait dire ce qu'était un temps normal ? Pas James Balfour, en tout cas qui, courant à s'en déchirer les poumons vers les ruines noircies du château Saint-Moffat dans le fol espoir (devinait 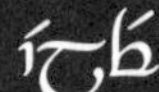) d'épuiser son cœur jusqu'à l'implosion, essayait de chasser de son esprit les cuisantes images du supplice qu'une fois de plus, il venait de faire subir à son jeune protégé, et sentait à présent, avec un mélange d'épouvante et de reconnaissance, une douleur abominable lui tenailler la mâchoire. Pas Kembell Gradey, non plus, hein, père indigne ! qui, assis dans la pénombre de son boudoir, les mains en serres sur ses accoudoirs, écoutait en hoquetant de rire son fils lui expliquer qu'il voulait partir à la guerre et qui, avant peu, l'attraperait par le col pour le plaquer contre la porte en chêne, « mais qu'est-ce que tu as dans le crâne, hein ! ta mère avait raison, ta mère… » avant de le relâcher, stupéfait par l'ampleur inique de sa colère. Et Flin Boyce encore moins qui, allongé en compagnie de la jeune Esme sous la table du train électrique —— salut fillette, ça fait longtemps, non ? aimerais-tu rêver encore ? —— jouait machinalement avec l'interrupteur d'une lanterne, attendait que la fillette, assise près de lui en tailleur, achève de régler le projecteur portatif au moyen duquel elle comptait lui montrer le petit film tourné par elle et son frère dans l'après-midi, tout en lui parlant de l'amour brûlant et dévastateur qui surgit « quand et où on ne l'attend pas », se mordant les lèvres pour ne pas prononcer le nom de la jeune femme dont il venait, pensait-il, de tomber éperdument amoureux (oups, se rappela ), laquelle délectable, regard éteint, s'était réfugiée sous l'édredon de sa chambre baignée d'obscur tandis que, dans le poste de radio, la voix sombre du speaker annonçait des nouvelles plus sombres encore, faisant allusion aux bombardements qui, sitôt la déclaration de guerre officialisée, pourraient à tout moment frapper les côtes britanniques.

Assis dans un coin de la chambre, sirotant un verre de brandy qui ne brillait que dans son imagination, le croquemitaine déguisé en amiral, l'épouvantail aux lèvres de velours, le fugitif en haillons, 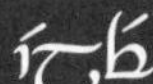 le soldat, son casque ailé sous le bras, cuirassé de métal terni, ou bien son mousquet coincé entre ses jambes pointé vers le plafond (choisissez, je vous en prie !, aurait-il murmuré, tête relevée, s'il avait été prisonnier d'un livre, comme il le croyait parfois et si le lecteur, d'un doigt hésitant, avait suivi le contour de ces mots mêmes pour se convaincre, un brin inquiet, qu'il se trouvait bien du côté solide de la réalité),  le fuyard, le saltimbanque tissé de légendes et de racontars, le messager rétif, le bandit des frontières, l'amoureux de la mort, qui n'est rien d'autre que le masque du temps, regardait la jeune femme — béate risque, était-ce bien son nom ? — sortant de son bain, enveloppée dans une épaisse serviette de tissu éponge, la regardait se regardant dans le miroir embué de sa coiffeuse, sans le voir lui qui, la griffe posée sur sa fine épaule blanche, souriait de toutes ses dents de requin en se disant que, décidément, celle-ci le fascinait plus que tout autre —— pour un peu, il aurait dévoré son coeur puis se serait envolé avec elle vers les espaces glacés de la nuit, chantonnant à son oreille la mélodie sans fin de Charon, d'Orphée, des psychopompes.

MON JARDIN SECRET

Flin Boyce me poursuivait dans le grand hall, feignant l'incrédulité, puis la colère, il avait renversé une chaise au passage, « mais enfin, c'est ridicule ! ne pouvons-nous pas au moins *discuter*, où sont passées vos bonnes manières ? », et moi je pressais l'allure. Bonnie, affolée, aboyait, dressée sur ses pattes arrière, « humains, que se passe-t-il ? » Jetant un coup d'œil par-dessus mon épaule, je vis l'Américain la menacer d'un poing serré, « tu vas la fermer, ta grande gueule ? », avant, fondant sur moi au pas de course, de me rattraper par la manche de ma jaquette – une antiquité poussiéreuse chinée auprès d'une domestique, « jamais portée », m'avait certifié la malheureuse – alors que je déboulai sur le perron, laissant à peine le temps à Casaubon et au jardinier, en pleine discussion sur les marches, de s'écarter à distance respectable.

Il haletait, comblé, confus :

— Beatrix, il faut que je vous dise…

Je baissai les yeux sur sa main, ses doigts crispés sur l'étoffe.

— Lâchez-moi.

Il recula d'un pas, paumes levées en signe de paix, souriant de ce sourire qui m'était devenu insupportable.

— Du calme, beauté.

— Du calme ?

La rage palpitait à mes tempes. Il secouait la tête.

— S'il vous plaît... Je viens de faire une découverte extraordinaire !

— Je ne peux pas vous demander de cesser d'exister, dis-je, le pointant d'un index clairement accusateur, mais si vous continuez de me suivre...

Il me saisit le poignet.

— Eh bien quoi ? Vous allez hurler ?

Je lui décochai une gifle retentissante ; sonné, il se frotta la joue, me libérant au passage. Bonnie aboyait entre nous. Gentille Bonnie.

— Prenez-la, dis-je à Casaubon et au jardinier qui, apparemment, n'avaient rien perdu de la scène.

— Beatrix, répétait Flin sur le ton de la plainte, ne soyez pas ridicule, le dîner est servi, tout le monde nous attend.

Au bas des marches, je me passai une main sur le visage.

— Il n'y a pas de « nous », dis-je. Sinistre imbécile. « Nous » n'existe pas.

Mais il n'allait pas me laisser en paix. Et les autres non plus.

J'étais partie dans les allées du parc, marchant à reculons, au hasard, trébuchant, je me tordais les mains, une nuit claire nimbait les lieux, les tourelles du manoir brillaient sous les reflets de la lune et les engoulevents faisaient entendre leurs stridulations graves. Pauvre princesse des sous-bois, chantaient-ils, où vas-tu, qu'espères-tu encore ? Quelqu'un, dans les arbres, avait accroché des lampions, des cocons de papier mâché lavande frissonnant sous la brise. Bientôt, ils sortirent, Kembell et les autres, et se mirent à m'appeler. Les faisceaux de leurs lampes de poche découpaient la nuit, ils criaient mon nom avec des trémolos d'inquiétude, dix minutes avaient passé (ou deux heures ? me figurai-je, effarée), et je fuyais sans but – souffle court, bottines à la main, je m'enfonçais à couvert, mes pieds nus dérapaient dans l'humus.

Accroupie en lisière, paupières écarquillées, je scrutai la pénombre. Devant moi : la pelouse rase d'un terrain de tennis à moitié abandonné, avec son filet étalé à terre, troué par endroits. Hollister, m'avait expliqué Albert, était le seul à jouer assidument, depuis qu'il s'était tué, on avait rangé les raquettes, Klemens le jardinier venait parfois balayer les feuilles et vérifier que les taupes n'avaient pas colonisé l'endroit.

Que fais-tu, petite sotte ?

Dans l'obscurité, j'avais butté contre une souche ; je m'assis finalement, portai deux doigts à mes lèvres meurtries, tâtai ma jaquette à tout hasard – non, pas de cigarettes.

L'homme que je désirais était décidé à reconquérir sa femme, et celui dont ladite épouse s'était entichée me vouait une passion aussi brutale qu'inexplicable. J'avais, un temps, considéré l'idée de ficher le camp séance tenante, de monter dans ma voiture et de gagner Dorchester ou que sais-je, de prendre une chambre d'hôtel, de –

Mais j'avais trouvé la porte du garage fermée, et il n'était pas dans mes intentions de donner à mon départ plus de publicité qu'il n'en méritait.

La situation était à l'image de ma vie : absurde. Regagner Londres, pour de vrai ? Retrouver ma boutique de prêt-à-porter, Wilona, reprendre le train de mon existence en attendant les bombes ?

— Ou tu peux réfléchir à ce que tu fais ici, et te décider enfin à agir.

Je baissai les yeux. Assis à mon côté, un renard fixait l'horizon de ses yeux immobiles.

— Toi.

Bâillement luisant.

— C'est une question ?

Je me frictionnai les épaules. Les nuits d'été étaient fraîches, dans le Dorset. Je reniflai.

— Permets-moi d'être sceptique. Il y a quelques jours, quand nous nous sommes rencontrés, tu avais l'air aussi doué pour la parole que moi pour le hockey sur gazon.

Sa queue fouettait paresseusement le sol.

— Je parlais, mais tu n'entendais pas.

— Que fais-tu ici ? Tu m'espionnes ?

L'ironie peut briller dans la prunelle d'un renard.

— Tu m'intéresses : pour faire court.

— J'imagine que je suis censée bien le prendre. (Je l'admirai. Assis, sagement, perdu dans la contemplation du terrain de tennis.) Pourquoi est-ce que je t'entends, maintenant ?

— Parce que tu souffres.

— Ça n'a pas commencé aujourd'hui.

— Ça a pris une tournure nouvelle.

Je méditai la réplique.

— « À toute chose, malheur est bon », c'est ça ?

De sa patte gauche, il s'était mis à gratter le sol.

— Tu es amoureuse.

— Merci du renseignement.

— Pas d'Albert. Ni de Flin Boyce.

— Non ?

Il se tut. Le Albert en question s'était rapproché dangereusement de notre zone de couvert, éclairant le chemin de sa lampe – j'entendais sa voix, à qui parlait-il ?

— À son père, fit le renard, quand le danger se fut éloigné.

— Merci.

— James Balfour est malade du cœur.

— Qui ne l'est pas ?

— Non : *vraiment* malade.

— Tu es un petit monsieur je-sais-tout, hein.

Il me sembla voir ses dents briller.

— Selon tes critères, peut-être bien que oui.

— Alors à quoi est-ce que je pense ?

Il s'étira – s'allongea.

— À tes parents, lâcha-t-il, posant sa tête entre ses pattes. Morts il y a deux ans, avec cent quarante-trois autres passagers, dans l'accident du zeppelin Vortimer, au-dessus de Crystal Palace. Pour la millième fois, tu te demandes quelles étaient leurs dernières pensées, s'ils ont eu le temps de se dire qu'ils s'aimaient avant que la structure rongée par les flammes ne se disloque, et pourquoi ton père avait sollicité son avocat trois jours avant le drame pour régler avec lui ses affaires de succession alors qu'il jouissait d'une santé de fer.

— *Touché*. Mais qui me dit que je ne suis pas en train d'inventer tout ça ? Qui me dit que tu es réel ?

— Tu peux plonger tes doigts dans ma fourrure. Je crois que j'aimerais être gratté entre les oreilles.

— Tout aussi bien, je pourrais être folle.

— Tu penses à ton inclination, aussi.

— Pardon ?

— Parce que ton désir, ici, s'est réveillé. Parce que cela fait plusieurs mois que la proximité de Wilona, cette jeune femme que tu as embauchée dans ta boutique comme vendeuse, te plonge dans un trouble inconnu.

Je ris.

— C'est ridicule. Tout bonnement.

— Tu songes au fait que tu t'interdis de penser à elle, poursuivit l'animal, imperturbable. À sa bouche entrouverte, à ses dents parfaites, à ses mains d'escamoteuse, à ses cheveux coupés à la garçonne. Tu te rappelles son regard, surtout, en ce fameux jour d'automne et de tempête, dans les allées de St James Park, quand tu lui as raconté que tu en pinçais follement pour cet imbécile d'Albert. Non mais quelle idée.

Tel le vampire au tombeau sur la couverture de ce roman de Fendor Penrith oublié par Esme sur un guéridon de la grande galerie, j'avais croisé mes bras en travers de ma poitrine.

— Je ne vois pas où tu veux en venir.

— Ce n'est pas beau de mentir.

— Voilà qui reste à voir.

Pendant un temps, nous nous résolûmes au silence. Selon toute vraisemblance, les recherches me concernant avaient cessé – j'en étais presque déçue.

Au loin, portés par le vent d'été, les *dong-dong* d'un clocher résonnaient, onze notes de bronze sur une partition de campagne.

— Tu as commencé à écrire, reprit le renard avant d'ouvrir grand la gueule pour bâiller.

Mon carnet de notes en toile : caché au fond de mon sac, lui-même laissé au fond de l'armoire…

— J'ignorais que les renards savaient lire.

— Seulement si les circonstances l'exigent. Tu devrais continuer, Beatrix : peut-être que ça t'aiderait à mieux te comprendre.

— Tu penses que je devrais rentrer à Londres ?

Il avait fermé les yeux.

— Pas encore.

DÉLITS & REPRÉSAILLES

Ils ne dormaient pas. Les enfants détestent dormir quand on leur demande, avait expliqué un jour le vieux Carl à Ninette : ils aiment être cueillis comme des fruits gorgés de sommeil, écrasés en douceur par les caresses des dieux. (Et la nourrice de secouer la tête. « Mais tout de même, il faut qu'ils se reposent ! ») Esme et Merlyn ne faisaient pas exception à la règle, et moins encore depuis que Flin leur avait offert cette caméra. En pyjama et chemise de nuit, passant devant la porte interdite de la tour nord, ils s'étaient avancés à tâtons jusqu'à l'escalier, puis faufilés jusqu'à la tribune de l'ancienne chapelle, au rez-de-chaussée de laquelle Flin, leur grand-père et le vieux Carl, rassemblés autour d'une table ronde pour quatre, avaient décidé de tenir leur réunion secrète.

Le petit garçon qui, déjà, progressait caméra baissée le long de la galerie, pivota vers sa sœur et mima deux doigts cousant une bouche. « Où sont passés vos chats ? » venait de demander l'Américain, comme s'il avait entendu du bruit. Immédiatement, les deux enfants s'étaient figés. « Vous entendez d-déjà des voix, finir par railler Carl après qu'ils avaient levé la tête tous les trois. C'est b-bon s-signe. » Avec d'infinies précautions, serrés l'un contre l'autre, le frère et la sœur s'avancèrent jusqu'au milieu de la galerie, le point d'observation idéal, et Merlyn mit l'appareil en marche.

L'excitation du gamin était à son comble. Tout à l'heure, sur l'écran improvisé de la nurserie – où Flin les avait rejoints –, il leur avait semblé discerner des formes, des silhouettes, des ébauches sur les images apparemment sans histoire filmées sous le kiosque. « Là, vous avez vu ! » s'était exclamé plusieurs fois l'enfant, pointant un relief inhabituel, dissimulé sous le couvert, ou l'esquisse d'une ombre en surimpression, au-dessus des eaux de l'étang. Las ! chaque fois qu'ils avaient tenté de retrouver ces apparitions, passant et repassant le film, avides de saisir l'instant crucial, ils avaient fait chou blanc. « Question de chance, avait marmonné Flin. D'opportunité. » Merlyn s'était contenté de cette hypothèse. Les images du rêve éveillé – comment le désigner autrement ? ces images qui l'avaient saisi, traversé, renversé, quelques heures plus tôt, palpitaient encore dans son esprit ; mais, telles des étoiles pâlissantes, elles s'éloignaient irrémédiablement, et il savait qu'il ne pourrait plus les retenir très longtemps. Les tours de la forteresse se désagrégeaient, les visages partaient en lambeaux, les silhouettes se fondaient en une boue indistincte – statues glaiseuses vaincues par la pluie de l'oubli. Restaient cependant l'émotion de la découverte, le souvenir de ces moments indicibles. Il voulait retrouver le frisson, il voulait voir encore, tomber à genoux face à la beauté : un cœur d'enfant gonflé de splendeur.

— Ils vont commencer, souffla Esme, couchée comme lui désormais derrière les balustres de pierre, sa tête touchant presque la sienne.

Merlyn braqua sa caméra. Sa grande sœur, il le savait, ne partageait pas sa sensibilité aux signes, aux vents secrets de l'irréel. Pour elle, un arbre était un arbre, un papillon était condamné à voler, puis à mourir. Les fées habitaient les rêves, rien de plus, et encore.

L'enfant ne comprenait pas comment on pouvait désirer ne vivre qu'*ici*, ne connaître que *cela*. Sa curiosité était insatiable.

Autour de la table, son grand-père et ses amis avaient posé un doigt sur le petit verre à liqueur retourné qui leur servait d'indicateur. La planche ouija en pin verni semblait attendre que les acteurs soient prêts.

— Pour commencer, murmura Merlyn, les yeux rivés sur la table, ils vont demander à l'esprit quel âge il a. Si la goutte montre zéro, alors le jeu s'arrête. Parce que ça veut dire que l'esprit est menteur. Que c'est un esprit mauvais. Même chose s'il y a un genre de compte à rebours...

Esme lui fit signe de la boucler. Paupières mi-closes, Flin avait ôté son doigt du verre pour prendre son pouls.

— J'ai de la fièvre.

— Infernal, siffla Kembell en reculant sur sa chaise. Que vous arrive-t-il, aujourd'hui ?

— J'aimerais le savoir, répondit l'Américain, prenant une large inspiration. Mes plates excuses, je... (Il rouvrit les yeux, souriant.) Je suis là. Je suis à vous.

— Le m-médecin venu pour J-James n'est pas encore... r-reparti, intervint Carl. Si vous v-voulez p-profiter...

Flin secoua la tête, soudain ragaillardi.

— Je vais bien... *Damnit* ! je vais très bien, la température est modérée, une bonne nuit de sommeil, c'est tout ce dont j'ai besoin. Comment se porte ce pauvre Balfour ?

Kembell inspectait le fond du verre.

— Mal. Nous craignons une angine de poitrine. Des fluidifiants ont été prescrits mais, pour plus de sûreté, notre bon docteur Owain va passer la nuit ici.

— Formidable, répondit Flin, sur le ton d'un homme que le sujet indifférait passablement.

À plat ventre, côte à côte sur le sol frais de la balustrade, Merlyn et sa sœur s'étaient remis à chuchoter en attendant que les adultes veuillent bien ouvrir les hostilités. « Tu sais de quoi James est malade, toi ? », demanda le petit garçon. Esme gardait les yeux rivés sur le trio d'écrivains. « Il est malade, c'est tout. »

Une pendule sonna 11 heures lorsque le verre se mit à glisser sur la planche, indiquant une suite de caractères sans queue ni tête. Kembell, sourcils froncés, essayait de sa main libre de prendre la séquence en notes, mais la succession de chiffres et de lettres qui, sous son poignet, venait noircir sa feuille de calepin, ne se prêtait pour l'heure à aucune interprétation rationnelle. Au bout d'une dizaine de minutes, reposant son porte-plume sur le carnet ouvert, il lâcha le verre aussi et, croisant les bras, plongea son regard dans celui de son voisin de gauche.

— Quoi ? fit l'Américain, ahuri, s'essuyant les lèvres d'un revers de main.

— Nous n'arriverons à rien, Flin ; vous êtes soûl.

Merlyn pouffa dans son coude. Main sur le cœur, offrant tous les signes de l'indignation, l'accusé cherchait ses mots.

— Je réfute ! Je réfute catégoriquement.

Kembell se pencha vers lui pour humer son haleine ; l'Américain se détourna – trop tard.

— Cette jeune femme ne vous rendrait-elle pas sinoque, par hasard ?

— Quelle jeune –

— Notre prétendue journaliste, Flin : la beauté erratique, la fille de l'air – vous étiez, dans le parc, celui qui criait son nom le plus fort.

(« Ça, c'est vrai », murmura Esme.)

— Et c'est un indice, peut-être ?

Ce que l'Américain pensait être un sourire ressemblait de façon inquiétante à une grimace – on aurait dit qu'une crampe l'avait saisi.

Il allait rétorquer quelque chose lorsque le verre, que Kembell persistait à maintenir, se remit à glisser sur la planche.

— Vous pensez que c'est le moment ? demanda Flin.

Les yeux plissés, le maître des lieux regardait sa main sans comprendre.

— Je puis vous assurer que…

Devant la lettre H, la goutte se stabilisa. Un silence.

(« Tu vois ce que je vois ? demanda Merlyn à sa sœur. Elle se tourna vers lui. « Quoi donc ? » Le garçonnet désigna la table. « Lui, là. Le blagueur. »)

Dubitative, la fillette plissa le front. La goutte s'était remise à bouger. Penché sur le ouija, Carl se grattait le menton.

— Quel genre de diablerie…

Kembell avait levé les mains.

— Je vous garantis que je n'y suis pour rien.

Le verre se déplaçait de nouveau – cette fois sans que personne ne le touche. La lettre suivante était un A.

Merlyn, qui avait glissé sa caméra entre deux balustres, n'en perdait pas une miette. Collée contre lui, sa sœur lui serrait l'épaule.

— Qu'est-ce que je suis supposée voir ?

— Silence, grogna l'enfant, qui avait fermé un œil. On tourne.

La goutte échappait à tout contrôle. Kembell et les deux autres regardaient le petit verre retourné se mouvoir de son propre chef. Un L, à présent, puis un T.

— *Halt*, tonna Flin.

— Quoi ? demanda Kembell.

— “Stop” en allemand. Il… Il veut que nous arrêtions.

— Qui est « il » ? s'enquit l'Américain d'une voix blanche. Kembell, vous êtes le médium : à qui pensiez-vous, en vous asseyant à cette table ?

— À personne, voyons. Je vous aurais affranchis séance tenante.

(Esme, en surplomb, serrait le poignet de son frère. « Pourquoi je ne vois rien ? » Merlyn renifla. « Trop vieille ? »)

Carl Dodilus attrapa sa canne et se leva péniblement.

— Nous d-devons mettre un terme à l'expérience. Les règles du ouija sont claires. Si l'esprit échappe au c-contrôle des hommes…

Kembell continuait de fixer le verre.

— Pourquoi en allemand ?

Personne n'eut le temps de lui répondre. Un violent coup de tonnerre ébranla le manoir, qui les fit tous sursauter. Merlyn et Esme échangèrent un regard circonspect ; la caméra tournait toujours.

— Henok est d'origine germanique, lâcha Flin dans un silence de sépulcre.

Ses deux mains nouées sur le pommeau de sa canne, Carl, qui était prêt à quitter la chapelle, se retourna.

— Par son père, oui, mais pensez-vous réellement…

Kembell sortit sa montre à gousset.

— Un problème se présente. Carl, voudriez-vous nous faire l'amitié de vous rasseoir ?

Le vieil homme parut hésiter, avant d'obtempérer.

— Un problème ? répéta Flin.

— Le docteur Owain m'a livré une confidence, tout à l'heure. Je comptais vous en parler plus tard, mais les circonstances… (Il rangea sa montre.) James lui a raconté ce qu'il avait fait à Henok.

Carl prit un air étonné.

— Est-ce que nous n'avons pas déjà une i-idée de ce qu'il lui f-fait ?

(« Euh, non… », siffla Esme.)

Kembell lâcha un soupir.

— Il semblerait que les choses se soient aggravées. À un point préoccupant. Tout ce que nous savons de cette relation, c'est ce que James nous en dit. James est notre ami. Les amis s'épaulent, se parlent, à l'occasion se pardonnent. Seulement, à en croire le docteur Owain, le traitement réservé à notre jeune ami est véritablement plus… sévère que nous le pensions.

— Préciser, vous pourriez ? demanda Flin.

Merlyn retint son souffle.

— À vrai dire, je préfère ne pas.

— P-pensez-vous, demanda Carl d'une voix blanche, que Henok nous appelle… à l'aide ?

(« N'importe quoi… » grinça Esme. Puis, flanquant un coup de coude à son petit frère. « Non ? » Concentré sur la scène, le petit lui rendit la pareille.)

De son index replié, Kembell tapota la planche de ouija.

— Cet accessoire permet de communiquer avec les morts. À ce que je sache, Henok est toujours parmi nous.

— Alors un esprit nous p-parle de la g-guerre, dit Carl.

— Un Boche trépassé qui nous demanderait d'arrêter ? (Flin secoua la tête.) Mais d'arrêter quoi ? La guerre n'a pas commencé !

Kembell, qui semblait perdu dans ses pensées, attrapa soudain la main de son voisin de droite.

— Carl. Dites-moi que vous ne lui faites pas de mal.

— Pas de mal… à q-qui ?

Sur le visage du vieil homme, la confusion se lisait.

— À Joy. Enfermée – encagée – dans une tour de *mon* manoir.

(« Ça recommence », souffla Esme.)

Carl avait posé une main sur son sternum.

— Quel affreux s-soupçon, Kembell ! Ne me connaissez-vous pas depuis… depuis t-toujours ? Je peux vous certifier que…

Le maître des lieux gonfla sa poitrine.

— Il faut me pardonner, mon ami. Depuis quelque temps, je ne sais plus quoi penser. Mon fils qui veut partir à la guerre. Les débordements de l'ami Balfour... (Il plongea son regard dans celui du vieil homme.) Pour être franc, il m'arrive fréquemment de me demander si ce que nous faisons – si ce que vous faites, Carl – est... juste ?

— Je... Je ne c-comprends pas.

— Ce que j'essaie de vous dire, c'est qu'il faudrait peut-être confier cette pauvre créature à un institut.

La lippe tremblante, le vieil homme était sur le point de pleurnicher.

— N-non ! Bien sûr que non ! Il n'y a que moi et... et S-Sybille qui p-puissions... Joy n'est pas m-malade ! personne ne p-pourrait s'occuper d'elle c-correctement.

Le regard de Kembell avait perdu de sa fixité.

— Suivons-nous la bonne voie ? Retrouverons-nous jamais la faveur des muses ? Sommes-nous prêts à payer le prix de... de... Mon cher Carl, je pense que vous conviendrez sans peine que votre machine ne vous a pas permis d'obtenir les résultats que vous escomptiez.

Le vieil homme releva doucement la tête.

— J'ai volé. Un peu.

(« Qu'est-ce qu'il raconte ? », demanda Esme, et son petit frère l'ignora, qui continuait de filmer, avec un sérieux imperturbable. Il aurait pu en convenir : la teneur générale du discours lui échappait, mais ce n'était pas cela qui l'intéressait. Ce qui l'intéressait, c'était *lui*, c'était *ça* – cette présence tapageuse, ce sourire canaille, ce fascinant foutoir au-dessus des trois hommes.)

Kembell reconsulta sa montre. Avec insistance, Carl lui secouait la main.

— J'ai volé. Entendez-vous ce que je dis ?

L'autre fronça les sourcils.

— J'aimerais décoder, Carl, ça me rendrait heureux moi aussi, mais, même avec la meilleure volonté du monde...

Le vieil homme reposa sa canne et, de ses deux mains croisées, mima l'envol d'un oiseau.

— Carl Dodilus a flotté... dans l'éther... (Il souriait toujours ; ne bégayait plus.) Ah, vous me regardez comme si j'étais fou. Et pourtant. Les fées étaient là... Je les ai vues... vues dans les yeux de Sybille. J'ai pris des notes. Le détecteur s'affolait. Crachait ses chiffres – par centaines. Les séquences étaient... anormales, j'en ai la conviction. Il me reste à les analyser. Si le temps m'est donné... Je ne demande rien de mieux que... Je vous montrerai !

Les yeux écarquillés, emplis d'une joie enfantine, il avait attrapé le poignet de son ami.

Kembell le contemplait avec commisération.

— Je pense que nous devrions tous aller nous coucher. Nous reparlerons de tout cela demain, en espérant que –

Un nouveau coup de tonnerre ébranla l'édifice – le rugissement d'un dragon, deux ou trois secondes au moins.

— La vache ! murmura Esme. Celui-là, il n'a pas dû tomber très loin ! Tu crois que ça peut fendre une statue en deux, un éclair ? Oh, pourquoi je te pose la question. (Elle secoua son frère par l'épaule ; il avait plaqué ses mains sur ses oreilles.) Hé ! Passe-moi la caméra avant de faire une syncope !

Muet de terreur, son petit frère lui tendit l'appareil, dont elle régla aussitôt l'objectif à sa vue.

— Et si la foudre perçait le toit ?

Elle lui adressa un sourire goguenard.

— La guerre arrive, Gradey-junior-junior, j'espère que tu es au courant. Les côtes vont être bombardées : *ça*, ça fait peur.

— Arrête.

Elle secoua la tête, cessant pour un temps de se préoccuper de lui – son attention était concentrée sur les trois adultes. Son intérêt, cependant, retomba vite. Les grands parlaient toujours des mêmes choses. Je n'arrive plus à écrire, où sont parties les muses, mon Dieu ! ce pays se meurt, rendez-nous le passé, tralala.

Finalement, la fillette ne tarda pas à se relever.

— On met les voiles ?

Cinq minutes plus tard, les enfants étaient de retour à leur étage, leurs pas claquant sur le parquet vernis.

Esme, qui avait cru entendre quelqu'un – ou quelque chose –, entrouvrit la porte de la galerie. Fausse alerte : ce n'étaient que les chats. Batifolant sur le tapis, les félins s'étaient relevés d'un bond et la fixaient, méfiants. Un problème, bipède ? Eh bien, peut-être que… Merlyn, à son tour, se glissa dans l'entrebâillement, passa devant elle – « je veux voir ! je veux voir ! » Sans caméra, il était redevenu un petit garçon. Elle le suivit en marmonnant ; les chats partirent se mettre à l'abri.

Ce couloir avait-il une fin ? Les lanternes de vestibule censées l'éclairer avaient été éteintes à mi-parcours. Derrière les vitraux gothiques pulsaient des cœurs rouge pâle. Dehors, l'orage s'était déporté, apparemment, mais des éclairs silencieux continuaient de cisailler la nuit.

La fillette rattrapa son frère et le prit par le bras – « allez, il n'y a rien, on rentre ». Merlyn protesta pour la forme ; mais elle avait raison, probablement, et si Ninette se réveillait… Poussant le garçonnet en avant, sa sœur jeta un dernier coup d'œil, et –

— Esme ?

Elle se retourna, alertée. Beatrix se tenait devant eux. Cheveux dénoués, bras nus, sa jaquette à la main.

— Vous n'êtes pas au lit, les enfants ?

— Votre chambre est au premier étage, répondit la fillette.

La jeune femme se mordit les lèvres.

— Tu as très certainement raison. Mais comment résister au charme d'une promenade nocturne, hein ?

Esme ne cillait pas.

— Tout le monde vous cherche.

— Me *cherchait*. Je ne suis pas allée bien loin. Et Casaubon a été informé de mon retour. Ce sera tout ? (La fillette acquiesça. Beatrix se pencha à sa hauteur.) Formidable. Voilà ce que nous allons faire. Vous, vous allez vous recoucher, et moi… (Elle désigna la galerie.) Je vais mener mes petites affaires. En gros, vous la bouclez, et je ne dis rien. Marché conclu ?

Merlyn tendit une main, ravi ; la jeune femme tapa dedans.

— Imbécile, commenta Esme.

Elle referma derrière elle, guida son frère par les épaules, « tu m'attends dans la chambre ? » puis fit demi-tour.

Déjà, les pas de Beatrix s'éloignaient. La fillette posa sa main sur la poignée, l'abaissa sans un bruit et se faufila dans l'embrasure…

— Tu as vu quelque chose ? lui demanda son frère, la secouant par la manche, lorsqu'elle fut de retour. Tu as vu quoi ?

Elle détacha ses doigts un par un.

— Je t'avais dit de m'attendre. Elle est entrée dans le boudoir de grand-père.

Son petit frère fit la moue.

— C'est un genre d'espionne ?

— Non, une voleuse. Les espions, c'est nous.

JOUR 5

TANDIS QUE JE MEURS

Voleuse ? J'étais, ma foi, rentrée bredouille. Oh, pas aussi seule que j'aurais pu le souhaiter. Une bouteille de London Dry Gin, miraculeusement oubliée au bas d'un sofa de la bibliothèque et raflée pour son bien (l'un des deux chats égyptiens, sphynx réprobateur, avait bâillé avec ostentation devant ma trouvaille – eh bien ma jolie, on dirait que tu t'apprêtes à te raconter de sacrées histoires !), une potion grasse aux arômes de genièvre et d'agrumes, donc, m'avait tenu compagnie pendant une heure ou deux, le temps que mon échec se révélât non pas digéré mais, *a minima*, entériné, et avec lui l'idée que je ne lirais jamais plus de trois pages du recueil de poésie de cette pauvre Walda Dagoberto pareillement chapardé – une enfilade de clichés pompeux, ruisseaux chantants, lions couronnés, etc.

Tandis que des éclairs désormais en déroute arrachaient, l'espace d'un battement de cils, les halls du manoir à leur obscurité (et que se passait-il dans les chambres, me demandai-je, quand la clarté brusque de la nuit éclaboussait les visages, à quoi pensaient-ils, tous – qui dormait seulement, à Dandelion Manor ?), j'avais tenté, avec une épingle à cheveux, de crocheter la serrure du fumoir, guettant le cliquètement vainqueur, pour finir par comprendre que ces prodiges ne surviennent que dans les romans. Après quoi, tout habillée, je m'étais endormie pour me réveiller quatre heures plus tard, au pied de mon lit, affligée d'une céphalée surnaturelle et alourdie des hardes crasseuses d'un cauchemar dont seul un bain glacé, voulais-je croire, pourrait me délivrer.

Rien de pire, me disais-je en me frottant avec énergie les cheveux devant ma fenêtre (jour grandiose sur la mer, un bleu épais partant vers le blanc argenté), que d'essayer de relater un rêve. La distance entre la brumeuse expérience et les mots désireux de la retenir ne porte-t-elle pas un nom ? Qui commence par "trist" et finit par "esse" – coupé en deux par la lame du réel ? Oh, Beatrix. Tu es venue ici pour rien. L'amour t'échappe, la guerre arrive, et quant au reste…

Bah, mieux valait oublier le reste. Mieux valait regagner Londres avant que les bombes ne pleuvent, retrouver Wilona – le renard avait vu juste –, la prendre dans mes bras, et peut-être qu'alors…

Ou bien, pourquoi pas ? aller trouver Kembell et le regarder bien en face. Je sais, cher maître. Je sais que votre majordome vous possède chaque nuit et qu'il vous donne le fouet, je sais que vous n'avez pas trouvé d'autre moyen de vous distraire de votre douleur, c'est humain. J'ai ouï dire en outre que vous avez écrit sur cette expérience, et je serais très honorée de –

Assis dans le grand hall, une serviette en pégamoïd sur les genoux, un grand homme au visage anguleux, fume-cigarette coincé au coin des lèvres, prenait des notes en fermant un œil. À mon approche, il redressa la tête, ôta une mèche blonde de son visage.

— Vous êtes une amie de la famille ? s'enquit-il.

— Laquelle ?

Il posa ses affaires et se leva, main tendue.

— Docteur Owain.

— Oh.

Il me regarda secouer mes doigts.

— Il y avait aussi « Doux Jésus », mais « oh » me convient. Je suis athée et chef de service à l'Hôpital royal d'Oxford.

— J'ai entendu parler de vous.

Il tenait son fume-cigarette entre le majeur et l'annulaire.

— Moi pas.

— Beatrix Ardeen. Vous êtes venu pour James, je suppose.

Il opina.

— Beatrix, dites-vous. Je crois qu'il vous a réclamée.

— Vous devez confondre.

Il secoua la tête. Kembell, qui venait d'apparaître au bas des marches, achevait de nouer une régate de soie. Il nous rejoignit, soulevant son chapeau d'un doigt.

— Salutations, miss Ardeen. Il semblerait que ce pauvre James…

— J'étais en train de le lui expliquer, le coupa le docteur. Et elle ne me croyait pas.

Le maître des lieux me jaugeait avec tristesse.

— Je dois confesser que sa requête m'a, moi aussi, pris de court. Mais il vous demande, ma chère, c'est ainsi. Vous seriez bien inspirée d'aller lui rendre visite tant qu'il est encore temps.

Cesse de te tordre les doigts ainsi, andouille !

— À quoi dois-je m'attendre ?

— Au pire, fit le docteur, qui tâtait les poches de sa veste à la recherche d'un briquet avant que Kembell ne se décide à lui en tendre un. Son cœur est faible, très faible. Il semblerait qu'il ait préjugé de ses forces.

— Darlene va vous conduire, lâcha le maître des lieux en claquant des doigts à l'attention d'une domestique dont je n'avais même pas noté la présence, et qui était occupée à astiquer les cuivres.

La jeune femme accourut ; c'était celle aux taches de rousseur – ma favorite. Elle se fendit d'une gauche révérence.

— Ayez la bonté, mon petit, d'indiquer à miss Ardeen le chemin de la chambre de James.

Je savais parfaitement où elle se trouvait, mais ce n'était pas le moment de tout compliquer.

Nous gagnâmes le premier étage, passâmes un seuil, descendîmes trois petites marches et nous arrêtâmes devant une porte. Darlene, qui s'était bien gardée de me jeter le moindre coup d'œil, frappa pour la forme et entra.

La chambre, plus spacieuse que la mienne, avait été meublée, m'avait-on expliqué, selon les goûts de l'hôte. Ornée de tentures jaune et lilas, décorée d'une frise athénienne figurant dieux et héros antiques, elle donnait sur une alcôve garnie de rideaux à demi transparents, derrière lesquels se devinait la silhouette recroquevillée de James Balfour.

Par la fenêtre ouverte donnant sur le jardin, la brise matinière achevait de dissiper des relents de tisanes et d'onguents. Des sièges gondoles, un secrétaire d'acajou et un guéridon en bronze complétaient l'ensemble. Partout, des statuettes de nymphettes et d'éphèbes – discoboles, pâtres, gymnètes engagés dans l'assaut ; derrière le miroir biseauté surplombant la cheminée, un rameau d'olivier avait été glissé.

James Balfour, qui s'était retourné sur le flanc, écarta un rideau et m'offrit un sourire de momie. Il avait pris vingt ans.

— Vous... croassa-t-il.

— Moi, dis-je, approchant une chaise pour m'installer à son chevet.

La tête déplumée était retombée sur l'oreiller. Son regard n'accrochait rien – un homme sur la grève, regardant approcher la vague.

Un long silence nous enveloppait, de ceux auxquels on n'ose pas donner un nom. Finalement, il tourna la tête vers moi, et me contempla d'un air atrocement triste.

— Je ne suis pas un méchant homme, vous savez.

Je posai une main sur la sienne.

— Pourquoi m'avez-vous fait mander, James ?

Il ferma les yeux.

— Henok est... Henok est une porte. Il faut... Il faut essayer...

— Henok est un être humain. Et vous vous servez de lui d'une façon que je trouve indigne. Il est jeune, James. Il est innocent...

Le petit homme pouffa. Ses paupières restaient closes, un sourire douloureux s'était dessiné sur ses lèvres.

— Innocent ? Vous n'auriez pu choisir un adjectif moins approprié. Savez-vous ce que l'on ressent, lorsque l'on vit aux portes du Delirium ?

— Vous le torturez, James.

— Je vais vous dire une chose. Une chose qu'à coup sûr, vous refuserez d'entendre, mais les faits sont têtus : Henok *aime* être torturé.

J'ôtai ma main. Inspectai ma paume, comme si je craignais d'y découvrir quelque brûlure.

— Taisez-vous.

— Vous voyez ? Ah, vivace ironie ! Qui rend la tragédie si étrangement belle, et si moralement insupportable.

— Si vous ne me dites pas la raison de ma présence ici...

Il rouvrit les yeux. Un éclat fiévreux brillait dans son regard.

— J'aimerais mettre les choses au clair. Je ne voudrais pas que ma biographie se retrouve truffée de contre-vérités.

— Je n'écris pas votre biographie. J'écris un article sur Kembell Gradey.

— Je suis Kembell Gradey.

— Pardon ?

— Je plaisante, fit-il, tapotant sa couche du bout des doigts. Enfin, en un sens. (Il respirait par à-coups – quand il y pensait, aurait-on dit. Ses joues étaient creusées, son front plus pâle que jamais.) Lui, moi, qu'est-ce que ça change ? Nous nous sommes tant connus, aimés, haïs… « Imbattable pour les défaites ; insupportable pour les victoires. » Courant après… après quoi ? Nous avons perdu le fil, Beatrix. Le contact avec l'infra-sensible.

Je m'efforçais d'opiner. Le monde des histoires. Tout un décor derrière le voile, frémissant de vie… Y croyait-il vraiment ?

— Je n'écrirai pas sur vous, répétai-je.

Son regard s'obscurcit. Il fixait, à présent, un horizon que je ne pouvais voir.

— Vous gagneriez beaucoup d'argent.

— Pourquoi ?

Il tourna la tête vers moi.

— Parce que je vais mourir, Beatrix. C'est ce que j'ai cherché, ici, avec entêtement, il n'est rien que je désirais davantage. Pensez, la grande aventure !

Je fronçai les sourcils – une institutrice en colère.

— Ne racontez pas de bêtises.

Le soleil entrait dans le manoir à toute force, comme un géant s'invite – perçant les vitraux d'abord, écartant les murs, répandant partout sa joie dorée.

James m'avait demandé pardon : pour Henok. Pour Sybille, aussi, et sa fille, pour la colère et la douleur – pour leurs erreurs, à lui et à ses amis. Pourquoi moi ? Parce que je n'étais pas *impliquée*. J'étais l'observatrice, le regard extérieur. Et il voulait me dire ceci : ils s'étaient trompés, tous. Ils avaient fait fausse route. Les muses ne se retiennent pas de force. « Vous comprenez ce que je dis ? Il n'est pas impossible que nous ayons inventé tout cela, Beatrix. Que nous nous soyons fourvoyés de A à Z. Pas impossible que les fées n'aient jamais existé que dans notre imagination… »

Qu'aurais-je pu lui opposer ? Les fées, les muses, je ne les avais jamais vues quant à moi. Mais je savais ce dont l'esprit humain est capable : à peu près tout.

James m'avait demandé pardon, et j'étais restée muette. Alors, et à ma grande surprise, il m'avait parlé de mon texte. Celui que j'avais écrit la veille, dans la bibliothèque. Il n'en avait pas lu une ligne, évidemment, mais Carl si, et le même Carl lui en avait fait l'article, lyrique comme jamais.

J'avais secoué la tête. En tout et pour tout, le vieil homme n'avait eu mon carnet en mains que deux ou trois minutes. « Vous ne le connaissez pas, avait rétorqué James. Il est capable d'avaler un roman entier en un quart d'heure. »

Dans le vaste hall du rez-de-chaussée, le jeune médecin aux cheveux blonds était toujours là, qui tirait langoureusement sur son fume-cigarette en discutant avec un grand gaillard ventripotent. Il m'adressa un regard de connivence et glissa quelques mots à son interlocuteur. Lequel arriva à ma rencontre en se dandinant, pouces glissés sous son gilet de flanelle. Son épaisse chevelure, teinte en noire, luisait de brillantine. Des miettes de croissant ornaient sa cravate ; il les épousseta avec bonhommie.

— Vous êtes la journaliste ?

— Un grand mot.

— Si Kembell mentionne quoi que ce soit à propos de son prochain roman, soyez gentille de m'en avertir.

D'un portefeuille en peau de buffle glissé dans sa veste, il tira une carte de visite à lettrage argenté, qu'il me tendit.

Je la pris, la parcourus, relevai la tête.

— Lane Archibald ? L'éditeur ?

Il se rengorgea.

— Tout comme c'est écrit, fit-il en remettant son portefeuille à sa place. Vous en savez plus ?

— Sur ?

— Le pape. (Il émit un rire grasseyant.) Sur Kembell, qui d'autre ? J'ai l'impression que ce vieux gredin continue de me mener en bateau. Il prétend qu'il écrit, mais ne veut rien me montrer.

Un soupir m'échappa.

— J'aimerais pouvoir vous aider.

D'une main mal assurée, Lane Archibald vérifia ses cheveux, comme s'il craignait qu'ils tombent.

— Ouais, vous êtes bien la journaliste. Vous savez ce que je pense ?

— On gagne quoi ?

— Je pense que l'âge d'or est arrivé à son terme. Je pense que les avions allemands sont en route, et que c'est là un signe irréfutable. « *Dans la mer fut jetée comme une grande montagne embrasée, et le tiers de la mer fut changé en sang.* » Ça ne vous rappelle rien ? Terminé, le monde ancien ! Fermez le ban.

Le médecin, qui nous avait rejoints, souffla vers les hauteurs un cercle de fumée – désagrégation lente.

— Cette ordure vous embête ? demanda-t-il.

L'autre le prit par l'épaule. Sourire égrillard aux lèvres, il me détaillait maintenant de la tête aux pieds.

— Nous évoquions le paysage éditorial.

— Que d'émotions, railla Owain. (Puis, s'adressant directement à moi.) Vous a-t-il dit que la fin du monde nous guettait ?

— Si j'ai bien compris.

— Bon garçon, fit le médecin en lui malaxant le deltoïde. Je vous laisse, on m'attend pour une extrême onction. Miss Ardeen, ce fut un plaisir.

Comment se lasser des hommes ? Prenez Grendell Kabey, Kendell Grabey, non, Kembell Gradey —— ah, cette manie comique de donner des noms aux êtres, de vouloir fixer dans la gangue du temps des amas d'atomes tourbillonnants enrobés de vide —— prenez le maître de Dandelion Manor, courant au bord de la falaise de son pauvre pas d'endeuillé perpétuel, se tordant les doigts, torturé de mille oiseuses pensées. Les hommes et leur passion immodérée du malheur, leur tragique méconnaissance de l'âme, fût-elle la leur propre !

La journée précédente, pour [illegible], s'était terminée en apothéose. Au-dessus de la planche aux esprits des mortels, il s'était amusé, du bout du pied, à pousser le verre sur les lettres —— puis à montrer son fondement aux chieurs d'encre, tenez, vous en voulez, de l'inspiration ?

De cela, ils n'avaient rien su, sauf un peu le gamin, là-haut, avec sa boîte à images. Les mortels voyaient ce qu'il leur plaisait de voir, ah ! ils entendaient ce qu'ils voulaient entendre, n'avaient pas leur pareil pour remodeler la réalité à leur convenance, et le plus drôle, c'est que cela ne leur suffisait pas. Ils voulaient de la magie ! Ils voulaient des lapins verts, de la pluie dans le désert, ils voulaient être ici et là-bas en même temps, alors qu'ils disposaient déjà des rêves, de l'oubli, de l'amour !

Sujet du soir, avait décrété [illegible] en araméen, en danois, en mandarin, et dans deux ou trois langues de son invention, assis, torse nu, au centre de la table, des grappes de raisin merlot accrochées à ses cornes : la magie, qu'est-ce à dire ? Votre don pour le malheur ne vous suffit-il donc pas ? Un air d'opéra, un verre de vin blanc frais, une balle lancée à un chien, un baiser sous les étoiles... Ne vous êtes-vous jamais demandé à quoi servait la mort ? avait fini par hurler le lutin, débout, faisant rouler ses poings d'enfant, deux jets de fumée volcanique sortant par ses narines.

À un moment, le vieux Carl avait souri, on aurait dit qu'il avait entendu, lui aussi, qu'il réservait sa réponse… Eh merdre ! avait sifflé [illegible], que la colère avait rapetissé, avant de bondir dans les boiseries du lustre, lapant les ampoules brûlantes de sa langue râpeuse, et il s'apprêtait à tenter une nouvelle manœuvre lorsqu'une musique lointaine s'était mise à retentir, la fanfare du Haut Lieu : une symphonie planant sur les ruines, qui signifiait que les fées n'étaient pas loin, que le voile s'était aminci, peut-être un rapport avec la Lune, ou l'orage, baste ! une fois de plus, il fallait mettre les bouts. Sautant au sol, non sans deux ou trois cabrioles, le messager brossa ses vêtements, un pantalon d'humus, une cuirasse d'écorce —— au fond de son visage de suie, deux perles de fureur étincelaient puis, les mains sur les oreilles, il quitta la chapelle au pas de course, les échos d'une symphonie impossible martelaient ses tempes. Drôle d'affaire, songea-t-il tandis que, réduit à l'état de fétu de paille, il se laissait embarquer par un courant d'air nuiteux, fuyant l'entrechoquement des lances, la menace des ordres, le fracas grinçant des portes de bronze livrant passage aux dernières cohortes, oui, drôle d'invention que la musique des mortels, qui envisageaient l'agencement des sons, les rythmes, les continuités, les respirations sous des angles éminemment mathématiques, là où le Haut Peuple, sans le moindre souci d'harmonie, jetait tout en vrac et produisait des cacophonies uniquement préoccupées d'allant et de bravoure —— cette musique-là, seuls les fous pouvaient l'entendre, et c'est pourquoi ils restaient fous.

Kembell Gradey était parti voir la mer. Eh, coco, tu as un [illegible] dans ta poche, je suis là, tu me sens ? enfonce deux doigts, que je mordille tout mon soûl ! Ce matin, au téléphone, un ami de Londres haaaut placé avait prévenu le maître du manoir que l'offensive allemande était imminente. Les dernières tractations avaient échoué, la paix était hors de portée, une fois de plus, et sans autre motif apparent qu'une appétence sans limite pour le désastre, les mortels couraient à leur perte. Youpi, songea , ça va défourailler sec. James allait mourir, Flin perdait le fil, Carl était là sans y être, Albert voulait partir jouer du fusil et Cassandra, singulièrement digne, avait demandé à son beau-père de « ne pas s'en mêler ». Ton seul fidèle, vieux Kemb ? Casaubon, bingo ! Casaubon dans son lit-royaume, Casaubon mordant sa nuque puis le jetant à terre, fier de sa si imposante virilité (même si  avait largement vu mieux), Casaubon en pleine métamorphose vascularisée, aux assauts bestiaux duquel Gradey Sr ne semblait pourtant prendre qu'un plaisir très relatif. Partout, la pagaille, la peur, un empressement mortifère, comment dissiper cette damnée noirceur ? —— autour de Kembell, des ondes néfastes, des démons pâles en forme de regrets,  soufflait dessus comme un dieu barbu repousse des nuages, mais il en arrivait toujours plus, aïe-aïe-aïe, alors sortons, veux-tu bien ? Kobold-cul-dans-l'herbe à dada sur les cygnes, petite gigue de douleur parmi les épines des rosiers irascibles, enchaîner sur une servante approchée au creux de sa sieste illégale, pan-nique, tu savais ça, petite ? et le jardin de nouveau, ah, quel binz, quel merdier au manoir ! Les enfants galopaient, trop, disparaissaient sans raison, la chienne insultait la Lune, descends, si t'es une femme ! Darius et Ramses crachaient sur ses allées et venues, l'éditeur de Kembell avait eu des mots fielleux, vous ne vous rendez pas compte que c'est terminé, mon bon ? Le maître avait secoué la tête, l'avait regardé enfiler son manteau, franchir le seuil avec morgue puis, quand 8 h 30 avaient sonné à la pendule du boudoir, il avait fait cette chose qu'au soir de la mort de son fils, il s'était juré de ne jamais refaire : il s'était servi un whiskey bien tassé assaisonné de jus de citron et de dix gouttes de laudanum. Et alors ? avait-il craché à son reflet dans la salle d'eau (sans un regard pour 

dégingandé, planté à sa droite, occupé à tailler sa propre moustache), puis il avait tourné les talons, était sorti en bourrasque, manches de chemise retroussées, prêt à boxer on ne sait quoi, son canotier avait roulé dans son sillage, plan rapproché sur un domestique ahuri, courant à sa poursuite, Monsieur, Monsieur !, etc.

Il fallait qu'il leur montre. (Il soliloquait, fumasse.) Il fallait qu'il leur prouve qu'il ne s'était pas trompé, qu'il était toujours en symbiose avec le Vrai et la Beauté, il fallait qu'il explique à Casaubon que c'était fini, que leur histoire était sans lendemain (quelle histoire ? se demandait , quand une bite entre dans un cul, c'est une *histoire* ?), il fallait qu'il voie les fées, les manteaux d'étoiles, les étoffes de velours (d'une voix éraillée, il chantonnait) —— les castels, ajouta le lutin, en sympathie, les prairies flambantes, les panthères blanches, il fallait, apparemment, que Kembell pleure des larmes de joie et qu'il transforme ce trop-plein d'émotions en contes sucrés, comme avant, « comme avant », répétait-il, clignant des yeux face au soleil, « montrez-vous, saloperies, tuez-moi, faites quelque chose ! »

Au bord de la falaise, il s'arrêta, à bout de souffle, considéra la mer scintillante, le vol rasant d'un oiseau blanc, c'était son fils, c'était Hollister qui lui avait appris le nom des enfants du ciel, et maintenant qu'il n'était plus là, que lui importait la différence entre mouette tridactyle et mouette des brumes ? (moi je sais, grommela  attentif, qui allait à son côté, mains dans les poches, cheveux au vent.)

Sans doute l'homme avait le sentiment que la vie lui échappait, que le monde s'effritait sous ses doigts, sans doute, il aurait donné tous ses livres et tous ses lecteurs avec pour revenir ne serait-ce que deux ans et demi en arrière, étreindre son grand petit, son bébé, ne plus le lâcher, jamais, se blottir pour toujours dans le creux de cette heure éternelle —— ouais, mais ce n'est pas comme ça que ça se passe, s'pas ? Le malheur est une horloge mariée à un tyrannosaure.

Kembell tomba assis dans les hautes herbes et, parce qu'il avait bon fond, , qui s'était installé en face de lui, commença à tracer dans l'air d'éclatantes broderies, un navire voguant vers le soleil, un monastère envahi par les fleurs, le visage de son fils dans les remous d'un nuage…

Un instant, il lui sembla que le charme opérait : la respiration de l'écrivain s'était apaisée, son cœur battait moins vite mais plus fort, il pleurait toujours mais ses larmes avaient perdu leur goût amer, c'étaient de bonnes larmes, de celles qu'une jeune femme (la sienne, par exemple, il y a trente ans) aurait pu cueillir du bout de la langue, et le messager sourit, parce que le regard de Kembell Gradey s'était perdu au-delà de la mer et du vent —— mais soudain, il lui fallut partir, une patrouille arrivait, le cliquetis des cuirasses, les aboiements des dogues géants couleur charbon, les ordres hurlés en langue elfique —— oh, pas envie de les croiser, ceux-là !

Désolé, marmonna-t-il tapotant l'épaule du maître de Dandelion Manor lequel, jetant un œil à l'endroit même où les doigts de fée s'étaient posés, put contempler, pendant une minute qui lui sembla une année, un papillon paon-du-jour, dont les ailes couleur rouille, mouchetées d'ocelles outre-mer aux bords grisés, frémissaient sous le vent du large.

BRINS DE FEUILLES

Dans le boudoir en désordre dont, la veille au soir, j'avais vainement tenté de forcer la porte, les mots de Kembell, allongé sur le tapis oriental, les bras en croix, résonnaient telle une confession.

Je n'étais pas partie, finalement. Trop fatiguée, trop perdue, j'aurais eu la sensation de fuir. Et puis le père d'Albert m'avait demandé de venir à son retour de promenade, me retenant par le bras devant la cuisine, « je tiens impérativement à ce que nous poursuivions cet entretien, ma chère, je ne transigerai pas » et, pour une raison ou une autre, je m'étais figuré que cette requête revêtait autant de sens pour moi que pour lui.

Le manoir, ouvert aux quatre vents, semblait déserté en cette matinée de soleil, et l'impression de désolation était nouvelle – l'écho d'un rêve mystérieux, souvenirs étiolés de dallages cyclopéens, d'un ciel de charbon. Chacun de nous retenu, empêché, de plus en plus seul.

Il parlait, et je m'imaginais les autres. Où était passé Flin ? La petite domestique m'avait dit l'avoir aperçu, cette nuit, rôdant dans la galerie, une bouteille à la main, décidément ! parlant tout seul. Je ne parvenais pas à savoir ce que j'éprouvais à son endroit. Un ressentiment aveugle, et qui entendait le rester ? Une immense déception, teintée d'espoir, de haine, de perplexité ?

Cassandra était partie à Knighton Mills, disait-on, le médecin venu en voiture l'avait déposée. Albert bouclait ses bagages, à en croire son père – et pour les autres, je ne savais pas.

— Vous ne prenez plus de notes ?

Kembell s'était retourné sur le ventre, son menton posé entre ses bras croisés. Le carnet était ouvert sur une page vierge, le stylographe passé dans la spirale. Le chat Ramses, qui avait sauté sur une table d'angle, à côté d'un pot de fleurs, suivait du regard une grosse mouche stupide. La brise du large gonflait un rideau blanc. Dans un cadre chantourné au-dessus de la porte, une scène de batifolage champêtre disait la douceur d'une vie où l'écriture n'avait pas sa place et où les idées n'étaient destinées qu'à être discutées, pas à empoisonner les existences.

Je me remis à griffonner.

— Le mari tout neuf de ma femme est américain. Il œuvre dans les pétroles, à en croire la rumeur. Au Texas ? Un type bien, si cette expression a un sens. Honnête, le cœur sur la main. Modeste, et pour de bonnes raisons, persiflerait James. Un *Yankee* pur jus, en somme. Daphne aime les grands espaces, les bêtes – elle doit être servie.

— Voulez-vous m'en dire plus sur elle ?

Il ferma les yeux.

— Pendant les six jours qu'a duré son voyage vers New York, j'ai rêvé que son paquebot sombrait corps et biens. Je crois que l'idée m'envoûtait. Maintenant, j'ai acquis la pesante certitude que personne ne pourrait la remplacer et mesure la, *ahem*, vastitude de mon isolement. Mais à quoi bon ressasser ? Elle m'a quitté trois mois jour pour jour après la mort de notre fils. Trois mois durant lesquels je suis resté claquemuré dans mon bureau, muet comme une carpe. (Il se redressa, se frotta les paupières de ses poings, puis cligna des yeux, hébété.) Techniquement, le divorce n'a pas encore été prononcé. Son avocat m'envoie des papiers, mais je ne puis me résoudre à les signer. Pour être honnête, le sens de cette comédie m'échappe.

— Il est pourtant clair... commençai-je, avant de secouer la tête.

— Vous me traitez d'imbécile ?

Il se redressa, les mains au sol, grimaçant. Soudain, il me dévisageait avec défiance.

— Pardonnez-moi, je ne sais pas pourquoi j'ai dit ça.

Mains sur les hanches, il se leva péniblement, effectua trois rotations de bassin, puis referma la fenêtre et tira les rideaux, avant d'aller s'asseoir derrière son secrétaire.

— Le tréfonds de l'âme humaine vous serait-il à ce point familier ?

— Loin de là.

— Il paraît que vous écrivez.

— C'est ce que les journalistes font, en général.

Il me gratifia d'un sourire mauvais.

— Que vous écrivez quelque chose de *vrai*.

La fixité de son regard me mettait mal à l'aise. Je sentais pulser comme une sorte de convoitise au fond de ses yeux. Décidément, il allait falloir que j'aie une petite discussion avec Carl Dodilus.

— Pas de quoi fouetter un chat, dis-je, lorgnant Ramses, qui me regardait aussi. Je vous assure.

— J'aimerais pouvoir me forger une opinion personnelle.

Un petit tableau au cadre doré était accroché au-dessus de son bureau, que je n'avais pas immédiatement remarqué. Une jeune marquise était avachie à l'ombre d'un rocher ; un cerf venait lui flairer les pieds.

Écoutez, Kembell – vous permettez que je vous appelle Kembell ? Vous racontez, vous aussi, ne prétendez pas le contraire. Vous racontez vos nuits blanches, l'absurdité de la mort, votre déchirant sentiment de culpabilité, le fouet qui mord votre peau, vos dents serrées, votre cœur meurtri. Moi aussi, j'aimerais vous lire. J'aimerais beaucoup.

— Beatrix ?

Lentement, je revins à lui. Coudes sur la table, mains jointes, il me sondait avec une attention nouvelle.

— Navrée, lâchai-je. Ce que j'écris n'est destiné qu'à moi-même.

— Alors on ne mentait pas.

Il y avait une fêlure, dans sa voix. La détresse d'un homme mis à nu, à qui l'essentiel avait été confisqué.

De mon visage, j'ôtai une mèche. J'avais rouvert mon carnet.

— Parlez-moi de vos relations avec vos collègues, dis-je. Ceux que vous avez fait venir ici sont plus que des amis, n'est-ce pas ?

Sur son visage, je ne lisais plus rien. Il s'était mué en statue. Je l'avais déçu ; je ne lui servais plus à grand-chose.

Entre ses doigts, un coupe-papier à manche d'ivoire pivotait. Les autres ? Que voulais-je savoir, au juste, que je n'avais pas encore constaté par moi-même ? Flin était un entrepreneur, un arriviste sans malice ; plus *yankee* que *yankee*. Le talent lui était venu par accident. Le problème, c'était qu'il avait le cœur sur la main et que la notion de mal lui était étrangère.

Comme c'est pratique, songeai-je. Kembell reposa son instrument.

— L'ami Boyce est pétri d'un humanisme infantile. « Croquons la vie à pleines dents », *et cetera*. Cela fait de lui un individu assez terne, mais un compagnon de banquet tout à fait recommandable. Le prototype du brave type, honnête au sens le plus odieux du terme.

— Carl Dodilus ?

— Carl est un poète logicien parfaitement unique en son genre. Il ne vous aura pas échappé que je nourris pour lui la plus grande affection.

Je griffonnai trois lignes. Ni lui ni moi n'y étions plus. Kembell n'avait aucune envie de parler de James. Il voulait simplement qu'il guérisse. « Il y a des choses plus importantes dans la vie que les romans », conclut-il d'une voix où perçait un certain regret.

Il se frotta les joues. Il était épuisé, et moi aussi. J'essayais de l'imaginer comme beau-père. Je me voyais, à la place de Cassandra. Piégée, une ribambelle d'enfants à mes trousses, un chien, deux chats, des perruches, sans doute. Une maison à colonnades en bordure d'Holland Park. Beatrix Gradey née Ardeen, debout devant une haute baie vitrée, souriant aux oiseaux mais sourde au monde, aux mondes – une fiole de cyanure entre les doigts.

Puis je songeai à Wilona. À la tête qu'elle ferait quand je lui ferais savoir que tout était terminé avec Albert, elle qui m'avait si souvent conseillé de mettre un terme à cette regrettable opérette. Je me voyais, dans les rues de Londres, sautant en marche d'un bus à impériale, puis courant, cheveux au vent – courant vers elle…

Mais j'étais folle, sans aucun doute. Qu'est-ce qui me disait que Wilona aimait les femmes ? Tout ce qu'elle m'avait appris, en vérité, c'était que *moi*, je les aimais.

Kembell se racla la gorge, remua quelques papiers. Il avait à faire. « Pas vous ? » Je me levai, bredouillai quelques mots, l'entretien allait se poursuivre, n'est-ce pas ?

Nous nous arrêtâmes sur le seuil. La clé de la porte était restée dans la serrure. Je fis tomber un mouchoir.

À LA POURSUITE DU COURAGE

Un wagon de chemin de fer deuxième classe. Peinture d'émail, châssis métallique, pelouse en feutrine – plus loin, un fouillis d'arbres renversés.

Derrière la vitre, le visage d'un géant, une moustache comme une forêt, des yeux injectés de sang.

Albert Gradey.

— Tu vois ces gens dans la voiture première classe ?

— Il n'y a personne, gémit Merlyn en se frottant les paupières.

— Imagine. Une jolie famille parfaite. Le père, la mère, la grande sœur, le petit frère. Regarde mieux. Tu veux bien faire un effort ? C'est nous, dans ce train.

Le petit garçon prit le wagon des mains de son père et l'inspecta avec attention, avant de le reposer sur ses rails.

— Grand-père soutient qu'il n'y a plus de trains.

— Ces jours-ci, c'est vrai, ils sont à l'arrêt. Mais bientôt, ils rouleront de nouveau. Alors, nous irons à Brighton, tous les quatre. Dès mon retour, je t'en fais le serment.

— Tu as déjà dit ça à Noël.

— Mais cette fois, c'est vrai. Tu ne crois pas que les gens peuvent changer ? Regarde-moi. Ton père va tenir ses promesses. Toi et moi, nous allons monter dans la grande roue. Nous achèterons des pommes d'amour. Du nougat.

L'enfant grimaça.

— Le nougat, ça colle aux dents.

— Autre chose, alors. Ce que tu voudras.

Près du coffre à jouets, Albert avait posé un sac carré en maroquin. Dix minutes plus tôt, une main sur son épaule, il avait annoncé son départ à son fils. Le mot « guerre » avait été prononcé.

— Mère est bizarre, maugréa Merlyn.

Son père posa un genou à terre, rajusta son gilet de coton, arrangea ses cheveux. Comme il grandissait vite.

— Il faudra que tu prennes bien soin d'elle.

L'enfant fronça les sourcils.

— Mais elle a changé.

— Allons bon.

— Elle nous aime moins.

— Ne dis pas de sottises. Rien n'est plus vaste que l'amour de ta mère. Seulement, nous sommes un peu fatigués, ces temps-ci.

— Vous êtes toujours fatigués.

— Ma foi.

Sur un coin de parquet, le soleil avait découpé un fin triangle doré. Albert se releva, vérifia ses boutons de manchette. Le regard de son fils ne le lâchait pas.

— Pourquoi tu es obligé de partir à la guerre ?

— Je dois défendre mon pays, Merlyn.

— Contre les Boches ?

Le père opina.

— Les Allemands, oui. Ou quiconque menacera notre liberté.

— Pourquoi les Boches nous détestent ?

Albert s'avança jusqu'à la grande baie vitrée. Encore une journée de soleil. Sur la pelouse, Klemens jetait une balle à la chienne.

— Je ne sais pas, Merlyn. C'est ainsi.

— Complètement idiot.

L'homme se retourna.

— Oui.

La réponse n'avait pas apaisé son fils. Boudeur, il laissait sa main traîner sur la table du train, renversant une série de poteaux électriques.

— Ce n'est pas vrai, que tu veux défendre ton pays. Tu veux juste être loin de nous.

— Arrête avec ça, fit Albert en s'avançant vers lui.

Mais, déterminé à lui échapper, le petit garçon avait déjà contourné la table.

— Je ne veux pas te dire au revoir. Et Esme non plus.

— À votre guise, répondit son père. Alors, à plus tard.

Pétrifié, Merlyn le regarda soulever son sac et gagner la sortie sans plus de cérémonie. Il fit un pas. Père allait se retourner sur le seuil ; il le faisait toujours.

Pas cette fois.

Assis en tailleur sous la table du train électrique, son écran de poche posé devant lui – calé par un exemplaire massif du *Nouveau Testament illustré* – pour la cinquième fois, le petit garçon se repassait le film de la chapelle.

Il se mordait la pulpe du pouce. À chaque visionnage, « quelque chose » disparaissait, sans qu'il fût capable d'en préciser l'essence : une silhouette, l'ébauche d'une ombre, un espoir, peut-être. Des images lui revenaient en mémoire. Une fontaine asséchée, une fresque à demi effacée, les débris d'une amphore. Tout puait la fuite et l'abandon.

INGÉNUE

Ce bruit de moteur… En sursaut, le cœur affolé, je me redressai. J'étais descendue dans ma chambre pour être au calme et essayer de réfléchir à la suite des événements, et je m'étais endormie, comme on tombe dans un ravin.

À la fenêtre, j'écartai un rideau. Ma voiture – ma Mercurio ! Ce salaud me l'avait-il volée ? Enfilant une jaquette, je descendis en hâte, laissant glisser ma main sur la rampe. Il n'était pas loin de midi.

Assise à la grande table, dans le hall, Cassandra tambourinait son bol à thé de ses ongles en parcourant un journal ouvert devant elle. Elle me sourit et, subitement, je sus que le renard avait raison.

— Tout va bien ?

Je secouai la tête, abasourdie – transpercée.

— Albert est parti…

— … avec votre automobile, oui. Je l'ai prévenu que vous seriez furieuse mais ça n'a pas eu l'air de le déranger plus que ça.

— À Londres ?

Elle haussa les épaules, avala une gorgée de thé, tourna une page de son journal.

— Ils racontent que les bombardements sont imminents. Que les avions allemands pourraient atteindre nos côtes dès demain. J'essaie de ne rien en penser.

Elle indiqua une place sur le banc. Je m'installai – pas trop près.

— J'ai besoin de cette voiture, dis-je d'une voix blanche. Comment a-t-il…

— Casaubon avait les clés du garage. Les vôtres étaient restées sur le contact. Mais rassurez-vous : nous disposons d'autres véhicules.

Je passai une main sur mes yeux, me raccrochai au bord de la table. Les perspectives s'étaient mises à tanguer.

Cassandra se rapprocha, me prit la main, me tapota une joue.

— Seigneur, vous êtes toute pâle ! Voulez-vous que j'aille vous chercher des sels ? Un cordial ? Peut-être qu'un simple verre d'eau…

Perdue, je secouai la tête.

— Pardon, je… je manque de sommeil et…

Elle se leva, me redressa le menton.

— Surtout, ne bougez pas. Je reviens tout de suite.

Et elle fila en cuisine.

Une minute plus tard, elle était de retour, avec un verre de tonic et une serviette pliée en deux, mouillée d'eau tiède.

Elle me tamponna les joues. Si elle n'avait pas chanté, me confia-t-elle, elle aurait été infirmière. Prendre soin des autres pour s'oublier.

Son regard ne me quittait pas : doux, immensément bienveillant. De grands yeux verts iridescents.

Je bredouillai. Je voulais la remercier des bontés qu'elle avait pour moi, l'assurer, aussi, que –

Elle posa une main sur ma bouche.

— Ai-je besoin de dire que je sens à quel point vous n'êtes pas sûre de vous ? On jurerait que vous passez votre temps à trébucher. Je ne vous ai pas lue, mais on peut parier que l'écriture vous siérait mieux…

Ses yeux brillaient. Elle recula pour mieux me jauger.

— Je ne sais que répondre, murmurai-je.

Du journal resté sur la table, elle commença à tourner les pages, s'arrêta à celle des sports.

— Vous êtes plutôt Chelsea FC ou Tottenham Hotspur ? Moi, c'est Chelsea. Jersey bleu roi, charme bourgeois... Oh, mon beau-père montrerait les poings ! Lui, c'est Heart of Midlothian, quelle surprise. Écossais un jour...

— Cassandra.

Elle se redressa, tête inclinée.

— Très bien. Parlons. Il va y avoir la guerre. Je ne sais pas à quoi joue Albert. Peut-être que vous si ? On entend toutes sortes de choses. Je ne pense pas qu'il sera enrôlé. Son souffle au cœur n'a pas disparu par miracle. Kembell est au lit. Qu'est-ce que vous lui avez fait, à lui aussi ?

Je secouai la tête, perdue.

— Je suis désolée.

Avec un sourire plein de tendresse, elle posa sa main sur la mienne ; le rouge, je crois, me monta aux joues.

— Ne le soyez pas, vraiment. Je sais tout de vous ; il m'a tout dit.

— Tout ?

— Tout : votre liaison cachée, vos galipettes au *Landmark*, au *Russel*, dans une loge de théâtre – lequel était-ce, déjà ?

Je secouai la tête. Ma main toujours prisonnière. Ensorceleuse.

— Je... Je vais partir, balbutiai-je.

— Pour le retrouver à Londres ?

Elle paraissait sincèrement curieuse – intéressée.

— C'est terminé. Ce qu'il y avait entre nous, c'est...

Elle ôta sa main enfin et, sans me quitter des yeux, rajusta sa robe, dont le dernier bouton était ouvert – gorge pâle, décolleté de dentelle. Ses cheveux dénoués tombaient sur ses épaules en torsades.

— Que savez-vous de notre mariage, Beatrix ? (Je plissai le front, secouait la tête.) Ma famille était ruinée quand j'ai épousé Albert. J'aidais mon père à payer ses dettes. Flordelis est le nom de ma mère, mais celui de mon père était Parthalan. Le scandale Parthalan – la compagnie d'assurances, ça ne vous dit rien ?

— Je crois que si.

— J'ai épousé Albert pour son argent, reprit-elle, pensive. Lui ? Pour ma taille fine, j'imagine, mon chic citadin, ce soupçon de malice, sans me vanter et puis, pensez ! une artiste dans la famille ! Il savait que son père serait charmé. Il l'a été, il l'est toujours. Un homme très étonnant, notre Kembell, même si, bien sûr, il n'est plus aujourd'hui que l'ombre de lui-même – mais je ne regrette rien, je savais où je mettais les pieds. À vrai dire, je suis étonnée qu'Albert ait réussi à me tromper. Je ne veux pas être blessante, mais vous auriez pu trouver mieux, non ?

Je fermai les yeux.

— Je sortais d'une passe difficile.

Elle rit ; un rire clair et sincère.

— Comme moi, exactement ! Oh, ce doit être son secret. Docteur ès demoiselles en détresse. Maintenant, c'est fini. Il a peur de me perdre, comme la vie est cocasse. Étiez-vous venue lui demander des comptes ?

— Je voulais la vérité.

— Eh bien, vous l'avez. Il m'aime, le pauvre. Il m'a peut-être toujours aimée. Et il ne le découvre qu'aujourd'hui.

Elle discourait, enjouée, surveillant du coin de l'œil le ballet discret des domestiques dans le grand hall, elle s'exprimait avec de grands gestes et des expressions tour à tour rieuses et mélancoliques – pas la moindre trace de duplicité dans son regard.

— Qu'allez-vous faire ?

Elle inspecta ses ongles, impeccablement limés. Tout était si net, chez elle, si soigné. Elle se tourna vers la porte d'entrée.

— Attendre, je suppose ? (De nouveau, elle posa son regard sur moi.) Où est Flin, Beatrix ? Avez-vous passé la nuit avec lui ?

J'ouvris de grands yeux.

— Quoi ?

— J'ai vu comment il vous dévorait des yeux. Vous êtes belle, Beatrix, ne me regardez pas ainsi, vous le savez, belle dans le genre sauvageonne rustique – petite chose indomptable. Quel homme resterait insensible ? Mais tout de même, expliquez-moi. L'avez-vous ensorcelé ?

Je déglutis. Je nous revoyais, lui et moi, dans les sous-bois. La marque de ses doigts sur mes hanches. Sa figure d'ébahi comblé. La fureur de son désir.

— Je n'ai aucune vue sur Flin Boyce.

Elle arqua un sourcil.

— Ah ?

— Lui si. Et je vous jure que j'en ignore la raison.

Cassandra acquiesça avec lenteur.

— Comment dit-on, déjà ? “Intéressant” ? Les arcanes impénétrables du désir… Moi, je le veux. J'ai 27 ans, je suis vieille, déjà flétrie.

— Vous n'êtes pas sérieuse.

— Vous avez vu ce que l'été fait aux roses ? Nous fanons, ma chère. Cassandra Flordelis – bonne pour le fumier. Et les bombes vont pleuvoir. La fuite, l'exil, la mort. L'avenir s'annonce peu riant, vous savez. Il me faut cet imbécile, Beatrix. Ne m'en demandez pas plus. Sa carrure massive, ses mains de gardien de vache, sa fierté mal placée, j'ai besoin de sa joie simple – je suis sûre qu'il fume le cigare au lit.

Je souris.

— Aucune idée.

Elle posa une main sur ma joue, approcha son visage du mien. Nous étions seules, à présent. Un silence d'été, les paillettes d'or de son regard – un océan à lui seul.

— Je vais aller m'occuper des enfants, souffla-t-elle en se séparant doucement de moi. Albert reviendra peut-être, et peut-être que je nous donnerai une chance – peut-être que c'est la guerre qui veut ça. Mais ce ne sera jamais une vie très amusante. Vous trouvez que je ris trop, n'est-ce pas ? Vous vous demandez bien pourquoi.

Mes yeux plongés dans les siens, j'essayais de la retenir.

— J'aime vous voir rire.

— L'amour, c'est drôle. Le faire, le vivre… Cela fait si longtemps que je n'ai pas été joyeuse. Que je ne me suis pas sentie exister dans les bras d'un homme. Albert m'a donné beaucoup de choses, mais jamais de la joie. C'est pour cela que je ris si souvent. Pour avoir l'air.

Elle se leva, soulevant ses jupons.

— Ne partez pas, murmurai-je.

Ses yeux brillaient de tristesse. Elle sourit pourtant, une fois encore, et je sentis ce que cela lui demandait de courage.

— Si vous ne voulez pas de lui – si vous ne voulez pas de Flin…. Dites-lui, s'il vous plaît. Dites-lui que je l'attends.

Vêtu d'une tunique à galons d'or, d'un pantalon élastique lui arrivant à mi-chevilles, [illegible] était monté dans la tour. À ses pieds : de hautes bottines en cuir de requin. Sur sa tête : un chapeau à large bord garni de plumes roses et bleues. À son poing : une rapière à garde italienne, dont il faisait siffler la lame.

Il entra.

Elle était là. Joy était là.

Pour un mortel : une souillon couverte d'un drap douteux, le visage masqué par un rideau de longs cheveux noirs, recroquevillée sur sa paillasse. Qui ne regardait personne dans les yeux —— jamais. Et qui préférait être seule. Parce qu'elle ne l'était pas.

[illegible] se glissa dans sa cage. Une aliénée, une irrécupérable, une biche farouche, hors de portée des mots ou de l'amour.

Il s'assit à son côté, et elle se poussa pour lui faire de la place. Tel un enfant, il agitait sa lame, découpait des morceaux de lumière.

Il avait déposé son chapeau sur ses genoux et, à la dérobée, observait Joy qui, ses bras serrés autour d'elle, oscillait d'avant en arrière sans desserrer les dents. Il ferma les yeux.

Quand il les rouvrit, il se trouvait dans une vieille soupente mansardée, au plancher fait de lattes disjointes. Des poutres noircies s'entrecroisaient, où était pendues trois casseroles d'étain. Une table de bois écaillé, quelques étagères branlantes, une lampe à pétrole éteinte, des couvertures de laine grise pliées dans un coin, ainsi qu'un matelas garni de kapok pour lit de campement, complétaient le tableau. Tout respirait, sinon la misère, du moins une grande indigence. Sur un réchaud à gaz sifflait une bouilloire.

Assis dans des chaises à bascule,  et Joy se balançaient mollement devant une fenêtre aux carreaux crasseux ouverte sur un ciel de cendre. Dans leur dos, au pied d'un vieux poêle en fonte, de singuliers personnages jouaient aux cartes.

Le messager s'étira. Il savait où il se trouvait : dans le livre de Carl Dodilus. C'était tout ce que connaissait la jeune femme, à qui le vieil homme, des années durant, en avait lu des passages. Pareille à un oiseau ou à un petit rongeur, elle en avait, au fil du temps, saisi des fragments, amassé des bribes pour se bâtir un refuge.

C'était dans ce monde d'usines et de toits gris, de rouages et de poussière, que Joy la frêle, en compagnie des amis imaginaires de Carl Dodilus, passait le plus clair de son temps, laissant à son pauvre corps, ailleurs, le soin d'assurer ses fonctions vitales.

L'eau doit être chaude, risqua 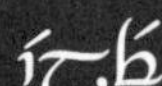.

En l'absence de réaction, il se leva, ouvrit la boîte à thé et remua le mélange, sous le regard inquiet des autres occupants. Il leur sourit.

Il y avait là une poupée animée, à la figure de cire figée et aux grands yeux liquides ; un loup à la fourrure de crème et au sourire fané, apparemment blessé à une patte ; un crapaud ventripotent qui, assis sur son séant, mâchonnait les restes d'un cigare ; et une oie des villes vêtue d'une tunique brodée, coiffée d'un chapeau bleu, dont la voix perçante dominait les conversations.

Où est le reste de la troupe ? demanda .

Sur son fauteuil, perdue dans sa contemplation, Joy se balançait toujours.

Le loup blanc haletait comme un chien. C'est moi, ou il n'a jamais fait aussi froid ?

Jadis, lâcha le crapaud, occupé à trier ses cartes dans sa pogne, les usines nous tenaient chaud. La fumée. Les délectables émanations. Mais on dirait bien que le bon temps toxique est terminé.

Je crois que notre ami a posé une question, murmura la poupée, en agitant devant ses yeux ses longs doigts articulés.

Notre ami ? siffla le loie. *Pff.*

Le loup blanc se pourlécha les babines. Y aurait-il un tantinet de thé teigneux *per tutti* ? (íᑕ,Ƃ, qui avait rassemblé une demi-douzaine de timbales en fer étamé, approuva.) Fort bien. Conséquemment, ajouta l'animal, veuillez trouver ici l'expression de notre mercitude éplorée. Les autres, les autres… Bah, monsieur 42 erre dans les étages inférieurs à la recherche d'une trace de vie. Autrement dit, il cause aux gentils spectres. Nous sommes les derniers à habiter encore ici, *to jest prawda.* La ville se vide. Écoutez ce silence. Cap sur nulle part. Quant à celui-qui-bâille, j'ai cru comprendre qu'il avait faim d'enfants ou de bateaux, vous savez comment c'est —— vous savez comme on sait.

íᑕ,Ƃ fit couler l'eau dans les tasses, en passa quatre au loup et à ses amis, emporta les deux autres.

Puis-je vous demander ce que vous attendez ?

Il se tenait debout devant eux. Le crapaud était sur le point d'avaler son cigare.

Voyez pas qu'on est occupés ? marmonna-t-il. On joue, petit pendard.

La poupée aux membres articulés leva sur le messager son doux regard incurable.

Nous sommes dans la mansarde d'Edith et de Lorina, monsieur. Pensez-vous qu'elles vont revenir ?

íᑕ,Ƃ posa une main sur sa poitrine. Si j'avais la réponse, mademoiselle, soyez sûre que je vous la ferais connaître.

Mon cul, commenta le crapaud. Mon énorme cul. Bien sûr qu'il sait.

L'Exil. Le Grand Départ. Églogues inachevées, toiles à huile restées vierges, scènes de théâtre offertes au silence. Les usines qui ne fument plus. Les rues vides, on a baissé les rideaux de fer. Entre les tours, les ponts tressés par les prêtresses, ces araignées blanches de la taille d'un braque, douées d'une intelligence suraigüe, bercés par les vents solitaires —— certains, déjà, commençaient à s'effilocher. Les monarques étaient partis. Les familles avaient fait leur paquetage. Les ouvrières avaient lâché leurs outils, les soldats déposé leurs armes, les écoliers déserté leurs bancs. On avait éteint les lampadaires, jeté des draps sur les statues, coupé le courant, les lignes de téléphone, ouvert les portes de la ville aux rats, aux quatre vents. Les trolleybus étaient figés, les barouches abandonnées, des calèches gisaient dans des contre-allées, des chevaux libres galopaient le long des avenues. Une eau fangeuse s'avançait dans les quartiers bas. Sur le port, les derniers navires appareillaient.

Assis devant la fenêtre, , qui avait remis son chapeau sur sa tête, inspectait la lame de sa rapière, et de son pouce en éprouvait le tranchant. Posée sur le parquet, sa timbale de thé aux épices fumait encore. Edith et Lorina étaient parties, lui avait confié le loup. Ne le répétez pas à la poupée, elle est sensible. Qu'est-ce que vous merdouillez ici ? avait demandé le crapaud, faisant disparaître le cigare au fond de son gosier. Silence ! avait hurlé le loie. Vous savez qui je suis ?

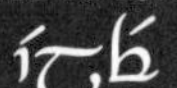 avait pris congé. Désormais, du coin de l'œil, il surveillait Joy. Inutile de lui demander pourquoi elle restait ici, il connaissait la réponse : parce c'était comme ça. Parce qu'elle était prisonnière.

De l'autre côté du fleuve St Job, un mortel, pareillement, attendait. Assis sur un trône d'or massif, dans l'écrin d'une clairière chamarrée de fleurs des bois, celui qui, en des temps anciens, s'était appelé Delvin, fixait le néant, baigné d'un halo ensoleillé tandis qu'à ses pieds, des dentelles d'ombre tissaient sur l'herbe des motifs tremblants. Lui aussi était immobile. Lui aussi condamné. À la vérité, il n'avait été capturé par la Reine que pour remplacer numériquement la jeune fille. Tant qu'il resterait dans le monde des fées, elle ne pourrait pas quitter celui des hommes.

Pourquoi pleures-tu ?

La poupée, qui s'était approchée sans bruit, considérait Joy —— tête penchée selon un angle à 90°.

Je ne pleure pas, fit la jeune fille.

Elle voit tout le monde s'en aller, lâcha ítb́ qui, dans l'éclat de sa lame, zyeutait son reflet déformé. Ça lui cause de la peine.

On ne peut rien faire ?

Des tractations sont en cours. En des palais radicalement ignorés. Je serais surpris qu'elles aboutissent.

Pliant ses genoux, laissant pendre ses bras, la poupée s'assit au côté du messager, comme en prière.

Où va tout le monde ?

ítb́ gonfla les joues. Sujet suivant, siouplaît —— et l'addition.

Est-ce que le décor va s'étioler avec moi ?

Le messager des fées se lécha les lèvres. On l'ignore Igor, j'en sais rien Valentin. La ville n'en était pas réellement une : une construction de l'esprit tout au plus. (Mais n'est-ce pas le cas de tout ce que nous tenons pour réel ? La question le tenaillait, ces derniers temps. Le fameux doute humain, délicieusement infertile, avait contaminé ses pensées.) Autrefois bordé de jardins enchantés et de collines semées de blanches villas, le St Job était un fleuve si ample et généreux que, par endroits, il ressemblait à un lac —— pareils à des insectes, les hydravions aux flancs bombés de la Brigade Légère venaient effleurer sa surface. Et puis, année après année, à mesure que la glorieuse création refluait dans la mémoire de son démiurge aux mains ridées, les brumes avaient gagné du terrain, le décor s'était évaporé.

Joy était restée là, confinée dans sa mansarde, jouant parfois aux cartes avec ses amis (ils avaient abandonné les échecs après que le loie avait instauré de nouvelles règles selon lesquelles aucune pièce autre qu'un pion ne pouvait en prendre une autre, condamnant fous, tours et cavaliers à des errances sempiternelles), restant parfois des jours ou des nuits entières à regarder la cité industrieuse cracher ses amères fumerolles et se replier sur elle-même…

Et moi j'attendrai, dit-elle, j'attends, j'ai attendu. J'attends mon père. Depuis toujours.

Crapistouille, soupira 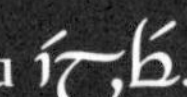.

Il tendit un bras vers elle, dans l'espoir que, répondant à son élan, elle lui saisisse la main, la presse, peut-être ; elle n'en fit rien.

Quand la conscience m'est venue, reprit-elle d'une voix de sépulcre (tandis que, dans sa cage, au sommet de sa tour battue par les vents, elle s'était couchée sur la paille en position fœtale), quand l'esprit a jailli en moi, je baignais dans le ventre duveteux de ma mère, je n'étais rien mais tout était déjà arrivé. Je suis née d'une explosion, sais-tu ? Un flot enragé charriant les débris d'une forêt couchée par la déflagration. Dans la nuit de ma mère, je voyais comme en plein jour, je voyais et j'étais comblée, le lait des étoiles épandu sur mon visage. Le murmure des deux mondes coulait dans mes veines…

Je sais tout cela, fit 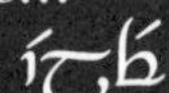 qui, ennuyé, s'était remis à se balancer sur sa chaise. Je ne peux d'ailleurs m'empêcher de m'attribuer une part de responsabilité.

La jeune fille le dévisagea.

Ils partent, chuchota-t-elle. Ils partent tous sans moi.

Joy…

Elle se retourna ; ses compagnons de solitude, le crapaud, le loie, la poupée et le loup blanc, ne semblaient nullement se soucier d'elle ; tout bavards et préoccupés d'eux-mêmes, ils abattaient leurs cartes avec une férocité joyeuse.

À la fin, eux aussi, ils auront disparu.

Le messager opina. Que restait-il à dire ? Sur la chaise, il avait cessé de se balancer. Il prit sa timbale, en jeta le contenu sur la vitre, ou voulut le faire. Ces lieux, dorénavant, étaient vides de sens.

Sur le seuil de la petite chambre, une dernière fois, il s'arrêta. La poupée fredonnait une ritournelle à fendre le cœur. Il était question d'un chardonneret à l'aile brisée, d'une plante vivace sur un mur raboteux, d'une princesse endormie dans sa baignoire —— un rasoir ouvert sur le carrelage, l'eau du bain teintée d'écarlate.

Il descendit, sortit dans la rue, respira à pleins poumons et, fendant la brume de sa rapière, avança droit devant lui, heureux de disparaître.

La situation de Joy était sans issue. Somme toute, le Roi et la Reine n'avaient jamais vraiment essayé de régler le problème.

Contrairement aux mortels, les fées ne craignent pas la douleur : elle les habite. Elle les façonne.

En confiant un peu de poudre de lune au messager, le couple royal avait tenté de jouer selon les règles des hommes. Pas un hasard si le Haut Peuple aimait tant le théâtre. Ils savaient bien, eux, que l'avenir ne peut être changé. Ils savaient bien que l'espoir n'est qu'une parure, une histoire que l'on se raconte en espérant qu'elle prendra la place de l'autre — la vraie — sans réaliser que, chaque fois que les événements tournaient en leur faveur, ce n'était pas parce que leurs voeux avaient été exaucés mais parce que la réalité, en sa noble insolence, n'a besoin de personne.

Les choses sont : ainsi parlent les fées, et le Haut Peuple accepte. Les choses sont, et c'est d'une infinie tristesse, mais c'est justement parce que ces êtres en sont tissés qu'ils demeurent immortels.

Si nous nous laissions aller à la faiblesse de croire, avait confié un jour la Reine à son messager, si nous nous nourrissions d'espoir, nous mourrions dans l'instant.

 sourit. Oui, il y voyait clair, à présent. Il n'était pas le messager exclusif des fées, tant s'en fallait. Le Roi et la Reine disposaient d'une multitude de serviteurs, d'une infinité, sans doute. Alors pourquoi l'avaient-ils choisi *lui* ? Pourquoi le plus maladroit, le plus distrait des brigands, le ménestrel boitillant, affligé de surcroît d'une curiosité pathologique à l'endroit des humains ? Et pourquoi, malgré la colère tonitruante de ses commanditaires, les troupes de jaspe et d'or lancées à ses trousses, les longues-vues et les chiens à trois têtes ululant de conserve, pourquoi, en dépit des espions au regard d'aigle montés sur leurs libellules, les fantômes de la pourriture, les blaireaux-éclaireurs flairant la terre pour le compte de Sa Majesté de l'Humus, Son Altesse des Recoins et des Souches, pourquoi ne le capturaient-ils pas de nouveau, lui, le corniaud au visage de lune, l'égaré, le perdu ?

La réponse était contenue dans la question. Ils ne *voulaient pas* l'attraper. Rien ne devait être réglé. Ils savaient ce qui allait arriver. Ils le savaient parce que, dans le seul livre qu'ils avaient jamais lu (tous les autres ne servent à rien si l'on sait vivre), au sein du grimoire unique dont chaque page tombe en poussière dès lors que vous posez les yeux sur elle, le temps n'existait pas, tout était déjà écrit.

Cela signifiait-il qu'il allait rester ici, sur Terre, une fois la dernière porte close ? Cela signifiait-il qu'il allait, hum, est-ce bien ainsi que s'agencent les lettres ? m.o.u.r.i.r. ?

Jaillissant de la brume, il eut comme un sursaut de surprise et ouvrit les yeux dans la tourelle. Son chapeau déplumé : à terre. Sa rapière émoussée, hors de portée. À quatre pattes, nu comme la vérité, il se redressa.

La Mort, se répéta-t-il, ébahi, le Grand Sortilège —— tout devenait Solennel : la Mort qui Délivre, la Mort qui porte le Sens, la Bonne Amie des Hommes.

Agenouillé devant la cage, Carl Dodilus avait passé sa main à travers les barreaux, comme on se risque à flatter un fauve.

Joy, qui lui léchait les doigts, pleurait en grand silence.

De l'autre côté des volutes, au cœur d'une prairie ridée par les vents, sous un soleil éternel, un homme attendait. De temps à autre, quoique encore verte, une feuille se détachait de lui, et il avait beau secouer ses branches, bander sa volonté au point de faire craquer l'écorce, il n'était rien qu'il puisse tenter pour inverser le cours du fleuve.

AVIS DE GRAND VENT

J'étais allée chercher Kembell, j'avais frappé trois fois à la porte mais c'était Casaubon qui, pour finir, s'était présenté. Tiré à quatre épingles, le menton relevé.

— Monsieur est sorti.

— Oh.

— Puis-je laisser un message ?

Machinalement, j'essayai d'arranger mes cheveux. À quoi pouvais-je bien ressembler, à ses yeux ?

Une intrigante. Une experte en volte-face et en impostures. Vêtue de robes et de corsages qui ne m'appartenaient pas.

— C'est à propos d'Esme, commençai-je.

Moue dédaigneuse.

— Monsieur est au courant.

Nous nous observâmes sans rien dire, puis il ferma la porte. Trois secondes plus tard, alors que je m'apprêtais à redescendre, Carl ouvrit la sienne. Sous le morne regard de sa servante, avec force grimaces, il poussait devant lui une malle-cabine en contreplaqué épais. Il l'appuya contre le mur. Je clignais des yeux.

— Eh bien ?

— Nous r-rentrons, mon enfant.

— Vous rentrez…

— À O-Oxford.

Je le contemplai, stupéfait. Traînant les pieds, Sybille était retournée dans la chambre ; elle en ressortit sans tarder, tirant à sa suite deux gros sacs en toile tannée.

— Je ne comprends pas, avouai-je.

Rajustant les manches de sa chemise, il ne trouva même pas la force de sourire.

— Hélas ! Ce p-pauvre James est bien m-malade, il a besoin de calme, de repos et, sans lui, l'idée d'une action c-commune n'a plus lieu d'être. Et Joy est f-fatiguée. Rester ici ne lui f-fait aucun bien – j'aurais dû m'en d-douter.

Je l'arrêtai.

— Carl, cette décision me semble hâtive ; je crois que vous devriez la reconsidérer. Êtes-vous fâché contre quelqu'un ?

Il regardait mes doigts, fermés sur son bras.

— Hier, j'ai v-volé, savez-vous ? (Sa main, dans les airs, décrivait de gracieuses arabesques.) P-personne ne me croit, mais pendant quelques secondes, oui, j'ai été un ange. Qu'est-ce… Qu'est-ce que ça veut d-dire ? Des b-bouleversements surviennent, qui nous engagent de m-mille façons, et nous sommes incapables de… de…

Je le relâchai.

— Me ferez-vous l'amitié de descendre avec moi ? Ensuite, vous déciderez.

— D-descendre ? Descendre où ?

— En cuisine. Venez.

Je l'entraînai. Il quêtait sa servante des yeux.

— S... Sybille !

— Elle nous suit, pas d'inquiétude.

Deux minutes plus tard – Carl avait affronté l'épreuve de l'escalier avec un luxe de précautions légèrement exagéré –, nous franchissions le seuil du domaine de Patience.

Assis autour de la grande table, rassemblés autour d'un poste TSF en bois clair et bakélite, la grande prêtresse des lieux et ses deux commis écoutaient un bulletin spécial. Sans aménité, ils se poussèrent pour faire de la place à Carl, agrippé à sa canne, ainsi qu'à sa servante. Quant à moi, je préférais rester debout.

La voix du speaker, à travers les grésillements, était empreinte d'une gravité solennelle. Les nouvelles, incontestablement, était très mauvaises. L'Allemagne était passée à l'offensive. Plusieurs villes du Nord de la France avaient été pilonnées, des colonnes se massaient derrière la frontière, des mouvements de troupes inhabituels avaient été signalés en mer du Nord. Au petit matin, l'empereur Napoléon IV avait déclaré la guerre à son bouillant voisin, et mis une bonne partie de ses unités en branle. L'Angleterre n'avait eu d'autre choix que de voler au secours de son alliée et d'entrer elle aussi dans le conflit. Des navires cuirassés partaient de Brighton et de Southampton, chargés de troupes d'infanterie et de matériels militaires. Toutes les grandes villes du pays étaient passées en état d'alerte. L'éventualité de bombardements avait été maintes fois discutée au cours des derniers jours, et les stratégies de défense anti-aérienne expertement soupesées. Le mauvais rêve devenait réalité. Des avions ennemis pouvaient surgir n'importe quand au large.

Ma main posée sur l'épaule de Carl lui fit relever la tête vers moi.

— C'est du s-sérieux, n'est-ce p-pas ?

— Vous comprenez, à présent, pourquoi je vous conseille de différer votre départ ? (Il opinait – un enfant pris en faute.) Aucune route n'est sûre.

Et Oxford est une grande ville. Il n'est pas absurde d'imaginer qu'elle soit prise pour cible.

L'un des commis se leva, ouvrit un four, en tira un plat. Une agréable odeur de viande épicée nous chatouilla les narines.

— Où est Kembell ? demanda Carl, qui se laissait gagner par l'affolement. Flin ?

Je me rassis à son côté.

— Esme a fait une crise. Elle voulait absolument rentrer à Londres, rejoindre son père. Cassandra s'en est allée avec elle à la gare de Muckletown pour lui montrer qu'il n'y avait plus de trains, que ce n'était pas une plaisanterie. Mais la petite lui a faussé compagnie, et Dieu sait où elle est passée. Cassandra se trouve toujours là-bas, avec son garçon, elle a appelé il y a une demi-heure. Flin est parti à leur rescousse. Vous avez remarqué ? Tout le monde disparaît, ici, tout le monde tente de fuir. Albert : par deux fois. Ce lieu exerce sur les êtres une force centrifuge.

Le vieil homme ne répondit pas. Je ne lui avais raconté qu'une partie du feuilleton, sans préciser que c'était l'Américain qui m'en avait fait le récit, dans un mot glissé sous ma porte – sans doute espérait-il, en me montrant sa bonne volonté, regagner mes faveurs.

Kembell, venait de m'apprendre Patience, avait finalement insisté pour partir avec lui. Restait-il une personne responsable à Dandelion Manor ?

RÊVE D'UNE NUIT D'ÉTÉ

Devant la gare, le vieux Suffolk Punch à robe rouge du jardinier Klemens grattait la terre d'un sabot impatient.

— Tu préférais travailler aux champs ? s'enquit son maître en lui tapotant le museau. Pense à autre chose, mon garçon ; on va en avoir pour un bout de temps.

Une chaleur lourde, écrasante, s'était abattue sur la campagne du Dorset. Pour protéger ses occupants des rayons du soleil, le jardinier avait abaissé la capote en toile de la voiture. Depuis combien de temps ne l'avait-il pas sortie, cette charrette ? Lorsque Cassandra était venue le trouver tout à l'heure, flanquée de ses deux marmots, pour lui demander d'apprêter un véhicule « sur-le-champ », il était parti vers le hangar sans même marmonner. Il connaissait cette femme. Quand son regard brillait ainsi, parlementer était inutile.

Malcom, le cheval de trait que lui avait cédé il y a six mois le propriétaire d'une ferme amie, approchait de l'âge de la retraite mais pouvait encore, à l'occasion, rendre quelques menus services. Le maître des lieux y recourait pour son usage personnel, s'accordant, seul, quelquefois, une promenade sous les pastels du crépuscule. Klemens confia à ses passagers qu'il ne s'était jamais aventuré aussi loin.

Signalée par une enseigne au lettrage d'étain, la gare était une petite maison de brique et de bois rouge, garnie d'imposants pots de géraniums, avec bancs assortis. Un panneau « fermé jusqu'à nouvel ordre » avait été accroché à la poignée de la porte, sans précisions supplémentaires. Sur le quai, de l'autre côté, Cassandra Gradey née Flordelis avait pris la main de son fils dans la sienne. Des herbes folles poussaient entre les rails ; juste une voie à traverser pour atteindre les sous-bois, en face, mais le petit garçon secouait la tête.

— C'est dangereux.

Sa mère s'accroupit, défit le bouton le plus haut de sa chemise.

— Pas pour un sou, messire Merlyn, fit-elle en lui essuyant le coin des paupières d'un index mouillé. Il n'y a plus de trains, c'est tout.

— Alors comment Esme a fait pour disparaître ?

Sa mère se redressa, remit son chapeau à broche bien en place. Avec sa blouse à col officier beige albâtre et sa jaquette sur mesure, elle n'aurait pas dépareillé dans les allées de Regent's Park. Agitant un éventail à branches de nacre décoré d'une scène galante, elle essayait de se donner un semblant de fraîcheur.

— Esme n'a pas disparu, lâcha-t-elle d'une voix qu'elle voulait sûre, laissant glisser son regard sur la lisière des sous-bois, de l'autre côté des rails.

L'enfant désigna un banc.

— Je peux rester ici.

Sa mère replia son éventail. Dans le délicat sillon de sa cambrure, elle avait senti perler une goutte de sueur.

— Hors de question, mon jeune ami. J'ai déjà perdu une fille, restons-en là. Nous allons marcher gentiment – pas entrer dans forêt.

— Pourquoi Ninette n'est pas avec nous ?

— Ninette se repose.

— Pourquoi tu n'as pas voulu que je prenne ma caméra ?

Elle baissa les yeux sur lui.

— Pourquoi, pourquoi, pourquoi ? Nous ne sommes pas en train de jouer, comprends-tu ? Nous cherchons Esme.

— Elle est partie à Londres, grommela le jeune garçon d'une voix lugubre – fâché, en vérité, qu'elle eût pu entreprendre ce voyage sans lui.

— Tu sais bien que c'est impossible, répliqua sa mère, qui serrait sa main plus fort.

Merlyn se laissa tirer sur le quai. Ses pieds étaient lourds, il regardait sans cesse en arrière.

Il lui avait semblé s'être beaucoup rapproché de sa sœur, ces derniers jours. Cachés derrière les fourrés, tapis dans les alcôves, recroquevillés sous les tables ou derrière les lourds rideaux, ils avaient épié les adultes avec assiduité, les avaient suivis, caméra braquée, avaient filmé leurs disputes et leurs grands discours, capturé le ballet incohérent de leur quotidien sans que, le plus souvent, les acteurs se doutent de quoi que ce soit. Mais en définitive, frondeuse comme au premier jour, Esme était partie sur un coup de tête, sans laisser le moindre indice, et le petit garçon sentait sa mère lutter contre les prémices de la panique.

— Vous m'avez perdue.

Elle secouait la tête, à court d'air. Bêche sur l'épaule, le jeune fermier en tricot de corps et culottes bouffantes dégagea une mèche noire de son front.

— Désolé, m'ame. Mais c'est comme je vous dis, pas d'erreur.

À l'ombre des ruines, dix minutes auparavant, la charrette à cheval s'était arrêtée, et Klemens était descendu pour aller questionner l'adolescent. Son récit les avait plongés dans des abîmes de perplexité.

— Répétez-moi l'histoire, murmura Cassandra, qui tenait son fils serré contre elle, ses petits bras à lui fermés autour de sa taille.

Le fermier acquiesça.

— Ben j'étais là-bas, près du puits, fit-il en pointant l'endroit de son outil. Je prenais ma pause, j'avais sorti mon casse-croûte, et c'est là que je l'ai vue entrer dans les ruines et tout de suite je me suis dit, tiens, ça serait pas la petite des Gradey ? Les enfants du coin aiment bien grimper dans cette vieille tour, m'ame, mais il n'y a pas de danger, ils ont fait des travaux il y a trois ans, à cause des éboulements qu'il y a eu. Alors, que je me suis redit, Loghan, occupe-toi de tes oignons, laisse la demoiselle vaquer.

— Et après ?

Le jeune gars remit sa bêche sur son épaule.

— Après, rien : je l'ai jamais vue ressortir.

Malcom, nerveux, s'était mis à piaffer. Klemens passa sa main sur son licou, et glissa trois mots à son oreille. Puis, revenant à Loghan :

— Ça ne tient pas debout, ce que vous nous racontez. On est allés voir : pas de cachette dans cette tour. Vous ne vous seriez pas assoupi, des fois ? Un relâchement d'attention ? Je ne sais pas, moi – une petite sieste ?

Le fermier eut un haussement d'épaules.

— Je comprends, m'sieur. Vous êtes pas obligés de me croire. Mais ce que je vous ai dit, c'est la vérité vraie. Je peux pas inventer – ce serait une menterie.

Cassandra porta deux doigts à son front. Son fils, qui s'était redressé, l'examinait avec inquiétude.

— Mère ?

Elle secoua la tête. Sous l'ombre de son chapeau, sa bouche tremblait.

— Je ne me sens pas très bien.

Klemens, qui ne la quittait pas des yeux, alla ouvrir le coffre à bagages et lui tendit une gourde d'eau fraîche.

— Tenez. Je vais aller refaire un tour.

Les yeux rivés sur la tour en ruines, la jeune femme opina misérablement. Elle avait l'impression qu'un méchant kobold – l'un de ces génies férins que l'on trouvait dans les illustrés pour enfants – lui lardait le dos de coups de lame minuscules. Le sang coulait lentement, en rigoles d'espoir. Peu à peu, elle se vidait de son âme.

On retrouva Esme à Knighton Mills. Leslie, le dépanneur, l'homme à tout faire que chacun, à Dandelion Manor, connaissait, l'avait apparemment repérée, rôdant aux abords du vieux mur romain sinuant dans la lande, au bas du village et, à toute allure, il avait dévalé la pente herbeuse à sa rencontre (c'est, à peu de choses près, ce que confia la fugueuse à son frère). Le villageois, à sa mère, avait décrit une petite fille perdue, désorientée – anxieuse. Sa robe était déchirée par endroits, elle avait perdu un soulier, ses mollets étaient griffés ; à part cela, elle se portait bien.

Merlyn imaginait le film. Tout le monde est en place ? Action ! Le vieil homme, donc, avait amené Esme chez lui, lui avait donné à boire, et un morceau de fromage, du Blue Vinney à pâte persillée – elle en raffolait –, puis il s'était rendu avec elle au bureau des postes, le seul, au village, à disposer d'un téléphone. Monsieur était sorti, lui avait expliqué le majordome à l'autre bout du fil, il était parti, justement, à la recherche de sa petite-fille, vous m'annoncez là une excellente nouvelle, nous allons nous efforcer de le prévenir au plus vite, je vous saurais gré de rester à proximité du bureau, mon brave.

Mon brave ? Leslie avait raccroché, et il était ressorti dans la chaleur de l'après-midi, tenant la fillette par la main. Alors, tu ne veux pas me raconter ce qui s'est passé ? Elle lui avait jeté un regard courroucé : ce n'est pas que je ne veux pas, c'est que je ne *peux* pas.

Rentrés à Dandelion Manor au cœur de l'après-midi, Kembell et Flin, informés par Casaubon, étaient repartis sans tarder – avec lui. Dix minutes plus tard, le grand-père serrait sa petite-fille dans ses bras. Puis sortait son portefeuille. Protestations du vieil homme. Vous n'y pensez pas, monsieur Gradey. Et il faut que je vous raconte. L'Américain avait alors frappé dans ses mains, lorgnant l'enseigne du *Red Swann*. Si on allait boire une bière pour fêter ça ? Aussitôt dit, aussitôt fait – Casaubon restant dehors avec la fillette.

L'église de Knighton Mills venait de sonner cinq heures lorsque la charrette anglaise parut au bout de la route. Le film s'arrêtait là, la réalité le prenait par la main. Merci pour tout, je m'occupe de la suite.

Cassandra sauta à terre et se précipita vers son aînée qui, debout près de la voiture de son grand-père, la regardait approcher sans réagir. Pareillement inerte, elle se laissa étreindre, cajoler, embrasser, sa mère en larmes, à bout de nerfs, susurrait à son oreille des serments déraisonnables, la relâchait – hoquetant, des traces de Rimmel sur les joues.

— Mais où est-ce que tu étais, hein ? Qu'est-ce qui s'est passé ? Esme ?

Merlyn frissonna. Ce regard ! Cette absence de regard, plutôt… Hébétée, madame sœurette secouait la tête, marmottant des « je ne sais pas » tandis que son grand-père et Flin, alertés par le vacarme des effusions, étaient sortis de la taverne en compagnie du capitaine Pellam, laissant le vieux Les à l'intérieur.

— Mon enfant… soupira maître Gradey.

La jeune femme se tourna vers elle, éperdue, tenant toujours la petite serrée.

— Oh, Kembell, Kembell ! Qu'est-ce qui est arrivée à ma fille ? Elle refuse de me le dire !

— Gardez votre calme, mon petit. L'homme qui l'a trouvée a tenté de lui tirer les vers du nez pendant un bon quart d'heure, sans résultat. L'essentiel est qu'elle soit saine et sauve, non ? (La jeune femme confirma en reniflant.) Avant tout, il faut que cette enfant se repose. Nous reparlerons de tout cela au manoir.

Esme jeta un œil à son frère. Tu ne peux pas comprendre, disait son regard. Mais je sais que tu essaieras quand même.

Bras croisés, Flin s'efforçait de se tenir à l'écart. Mais Cassandra, qui avait relevé la tête, le dévisageait à présent avec ardeur.

— C'est vous qui avez pris les choses en main, n'est-ce pas ?

Il eut un mouvement de dénégation.

— Pas du tout, je me suis contenté de…

La jeune femme fondit sur lui, se jeta contre sa poitrine.

— Merci, oh, merci ! Serrez-moi fort. Fort ! S'il vous plaît.

Désarmé, l'Américain n'eut d'autre choix que de refermer ses bras autour d'elle. À Kembell, qui le regardait en fronçant les sourcils, il adressa un sourire contrit.

La jeune mère se détacha de lui.

— Mère ? faisait Merlyn, en la tirant par la manche. Quand rentrerons-nous ?

Elle rajusta sa jaquette avec humeur.

— Rassure-toi, nous n'allons pas camper ici. (Puis, se tournant vers Flin.) Pourquoi une telle froideur ?

Avant qu'il ait pu répondre, elle avait tourné les talons.

Flin Boyce et Kembell repartirent avec Casaubon, qui conduisait la voiture. Cassandra et ses enfants remontèrent dans la charrette à cheval, avec Klemens le jardinier.

Calme retour. Bercée par les cahots, blottie contre son frère, Esme sentait ses paupières tomber. Toutes les trente secondes, sa mère se retournait vers elle, la secouait, « ne t'endors pas, ma chérie ». À Merlyn, intrigué, elle ne pouvait que tristement sourire. Moi non plus, mon petit, je ne comprends pas ce qui se passe.

Enfin, les tourelles du manoir apparurent.

Ninette, qui se tordait les mains sur le seuil, dévala les marches et courut à leur rencontre. Bonnie, ravie, bondissait autour d'elle, manquant la faire tomber, jusqu'au moment où elle reconnut les enfants. Alors, oreilles au vent, elle fondit sur eux avec des jappements de joie. Esme s'accroupit pour l'accueillir. « Mon Dieu..., répétait la jeune gouvernante en tournant autour d'elle, agitant les doigts (on aurait dit qu'elle craignait de se brûler en la touchant), où étais-tu passée ? » Finalement, la petite se releva, et se laissa une fois de plus étreindre.

— Donnez-lui un lait chaud au miel, décréta Cassandra. Et mettez-la au lit.

— Mais Madame... bredouilla la gouvernante, considérant le jour bien clair encore, il n'est que six heures !

— Faites ce que je vous demande, cingla la mère avant de disparaître à l'intérieur, courant presque.

Merlyn s'était mis à jouer avec la chienne – couchée sur le dos, pattes en l'air – et gardait les yeux rivés sur sa gouvernante.

— Moi aussi, je dois aller me coucher.

— Que dites-vous ?

Le petit garçon se frottait les yeux.

— J'ai sommeil.

— Je comptais vous faire prendre un bain.

Esme intervint.

— Je veux qu'il vienne avec moi. Sinon, sinon... je serai toute seule. Et j'aurai peur.

La gouvernante, perdue, les dévisageait tour à tour.

— Le souper devait être servi dans une demi-heure, il faudrait...

— C'est comme ça, décréta la fillette, prenant son frère par la main.

Déjà, ils regagnaient le manoir.

Une pénombre bienfaisante envahissait la chambre plongée dans le silence. Derrière les rideaux de taffetas, le jour déclinait, les aboiements furieux de Bonnie résonnaient dans le parc, elle avait dû repérer un colvert. Assise sur son lit, son drap tirebouchonné ramené contre elle, Esme avait les yeux perdus dans le vague : la rescapée d'un naufrage. Son petit frère, lui, s'était installé au pied de sa couche, assis en tailleur. Sa caméra, éteinte, était restée sur son lit.

— Raconte.

Ahurie, sa sœur se tourna vers lui.

— Je suis tombée dans la tour.

— Tombée… ?

— J'ai manqué une marche. Je me suis cognée et quand j'ai relevé la tête, il n'y avait plus que la forêt. Une dalle en pierre, avec des mauvaises herbes, trois marches, et la forêt. Mais ce n'était pas ici, ça c'est sûr. Ce n'était pas une forêt qu'on connaît.

— Comment tu le sais ?

Cette fois, elle le regardait véritablement.

— Les arbres. Beaucoup, beaucoup plus grands ! Je distinguais à peine le ciel. Et la lumière… Les rayons du soleil à travers les branches… Les ombres, les senteurs. Tout était tellement plus fort. Même les feuilles qui craquaient sous mes pas. J'ai posé ma main sur un tronc. Je sentais battre mon cœur.

— Et tu pleurais.

Elle hocha la tête.

— Oui, et après ? Je m'en moquais. Parce que tout était si… important ?

Il lui tapota la main.

— Je t'avais dit.

Elle lui sourit.

— C'était un rêve, Merlyn.

— Quoi ?

— Ce qui m'est arrivé : ça n'est pas *vraiment* arrivé.

— Là, tu répètes ce que racontent les grands. Mais souviens-toi : ils ne peuvent pas se rendre là-bas. C'est ça qui les rend tristes.

Elle prit une large inspiration.

— C'est comme si j'y étais restée des jours et des jours. Ou des nuits ? Beuh, quelle différence ! J'avais été suivie : ça, j'en suis certaine. Suivie, épiée, moquée. Il y avait des yeux, là-haut, des silhouettes, comme un jeu de cache-cache derrière les arbres. Ça bruissait, ça rigolait sous les fougères – ça grouillait d'espions miniatures ! Et les couleurs des oiseaux ! Sauf que, chaque fois que je tournais la tête, ils n'étaient plus là, ils n'avaient laissé que des souvenirs – nacarat, bleu dragée, amarante...

— Ama quoi ?

La poitrine de la fillette se dégonfla.

— Et puis, j'ai rencontré quelqu'un.

Merlyn écarquilla les yeux.

— Un elfe ?

Elle secoua la tête.

— Un arbre – très jeune, et très triste. Avec une peau d'écorce, des branches comme des bras et, tout au creux du feuillage, un regard si profond...

— Tu as eu peur ?

— Il me suivait, à distance. Je savais qu'il ne me voulait aucun mal, mais moi, j'aurais préféré qu'il me laisse tranquille. Ses gémissements ! Ses bras traînaient au sol, ils raclaient la terre, soulevaient des tourbillons de feuilles chues. Il me parlait de... de cette fille dans la tour.

— La fille dans la tour...

Esme se gratta l'oreille.

— À un moment, il a disparu. C'est ce qu'il m'a semblé. J'ai débouché sur une clairière, il y avait des flammes, de longues lignes de flammes, et je savais que c'était lui qui avait fait ça, je savais qu'il était là, retranché dans l'obscurité, à m'observer. J'ai reculé, pas à pas, je… (Elle s'essuya le coin des yeux ; soudain, elle se laissa tomber, sa tête sur l'oreiller. Son regard était redevenu fixe.) Un mot flambait dans l'herbe, écrit en lettres de feu, trois lettres, J, O, Y, et je sentais que c'était très important pour lui. Il chantait, au fond des bois, il m'appelait, tu comprends ? Il répétait mon nom, « Esme », il disait qu'il fallait que je parle aux grands, alors j'ai couru. Mes pieds légers, mes pieds nus dans la forêt, j'ai couru, je voulais sortir de là, m'enfuir de mon rêve.

Le garçonnet se pencha sur elle.

— Esme. Si tu avais pris la caméra avec toi, tu te serais aperçue que ce n'était pas...

Boudeuse, elle tenta de l'écarter.

— La paix.

— Écoute. Tu tombes dans les escaliers de la vieille tour, tu te cognes la tête mais, quand tu te réveilles, tu es au bord de la rivière de Knighton Mills, à deux lieues de là. Dis-moi que ce n'est pas toqué ! Et d'abord, elle est où, ta bosse ?

Elle se cala sur le flanc, lui présentant son dos. Pleurait-elle, ou s'était-elle endormie, seulement, pour retrouver les rires et les parfums perdus ? À pas feutrés, le petit garçon regagna son lit et s'allongea à son tour, calme, une main posée sur le cœur.

Esme ne dîna pas. Devant son sauté d'agneau aux olives, elle secoua la tête, mimant la nausée. Sa nurse, qui était allée la réveiller en dépit des consignes, dut se résigner à ce manquement aux règles. Dépitée, elle la dévêtit – la petite fille se laissait faire comme une poupée –, lui passa un gant d'eau tiède sur la figure, parfumée à la lavande, puis la fit se rallonger, « vous avez gagné ». Dehors, une pluie d'orage crépitait sur le gravier et les feuilles des arbres ployaient, accablées.

Du bout de sa fourchette, Merlyn, lui, taquinait pensivement sa viande. Claquemurés dans leurs chambres, les grands guettaient la cloche du dîner. Quand elle sonna enfin, plus tardivement que d'ordinaire (une requête de Kembell), l'averse avait cessé, et un vestige d'arc-en-ciel enjambait les collines mais au loin, déjà, par-delà la mer convulsive, de rudes nuages noirs préparaient leur revanche.

Merlyn, qui n'avait « absolument pas sommeil », demanda à sa mère, qu'il était parti trouver dans ses appartements, la permission de sortir promener Bonnie. Assise devant sa coiffeuse, un peigne à friser en main, Cassandra eut un geste agacé. Tu ne crois pas que ça suffit pour la journée ? Buté, le petit garçon secoua la tête. Il ne pleuvait plus. La chienne était seule.

Sa mère le congédia avec humeur. Comme tu veux. Mais pas longtemps. Et Ninette t'accompagnera.

Cinq minutes plus tard, il descendait les marches du perron avec sa gouvernante, tirés en avant par une Bonnie ivre de joie, qui s'étranglait avec sa laisse en labourant le gravier. Des oiseaux blancs tournoyaient haut dans les promesses du crépuscule. Les arbres fatigués dégouttaient en un bruissement pensif. Silencieux, l'enfant et sa nurse cheminèrent sur l'allée qui faisait le tour de l'étang. Puis, tandis qu'ils longeaient les sous-bois, la jeune femme se tourna vers l'enfant avec un sourire ébahi – un sourire qu'il ne lui avait jamais connu.

— Tu entends ? Quelqu'un chante...

Elle avait lâché sa main, et elle avait lâché la laisse de la chienne aussi, qui courait en cercle sur la pelouse. Merlyn plissa le front.

— Est-ce qu'on ne devrait pas...

Sans lui prêter attention, la nurse continuait d'avancer, les bras le long du corps, comme prise de langueur. Devant un banc tout ruisselant de pluie encore, elle s'arrêta.

— Faire une halte ? souffla-t-elle. Bien sûr qu'on devrait !

L'enfant la regarda s'allonger sur le côté avec un geignement d'aise et, ses poings serrés contre son visage, s'endormir dans l'instant, ses vêtements détrempés.

— Hey-hey, fit une voix à son côté. Tu l'entends, la musique qui vient ?

Merlyn ouvrit la bouche. Son ami se tenait au milieu du sentier, vêtu d'un pull-over à col polo et d'une jaquette croisée à large revers. Dans les poches d'un étrange pantalon à la coupe évasée, il avait enfoncé ces poings. Sous sa casquette de velours penchée, la fumée imaginaire d'une cigarette à la saveur mentholée. Au loin, un *boum-boum* feutré semblait se rapprocher, pareil à un battement de cœur.

— Tu es habillé bizarre... s'étonna le jeune garçon.

Pook tira sur sa cigarette, l'examina d'un air narquois, puis la jeta au loin.

— Et après ? C'est bath, non ?

Sur son banc, jambes repliées, Ninette sommeillait comme un chaton. Il se pencha sur elle.

— C'est toi qui l'a endormie ?

Le dandy souriait.

— Elle va sans doute se joindre à la danse. Mais dans son intérêt, crois-moi, il vaut mieux que ça se passe en rêve. Écoute, ça commence !

Doigt levé, il s'avançait vers le garçonnet. « *Sugarplum Fairy, Sugarplum Fairy* », susurrait une voix à la façon d'un décompte. Puis les mots se firent plus clairs.

I read the news today – oh, boy
About a lucky man who made the grade

And though the news was rather sad
Well, I just had to laugh

Merlyn secoua la tête. Qu'est-ce que ça voulait dire ? Pook lui prit la main et l'entraîna vers les sous-bois.

Dans le déclin du jour, il chantait lui aussi, à l'unisson : à propos d'un regrettable accident, à propos de trous dans la chaussée, à propos de l'armée anglaise qui venait de gagner la guerre, et à la guitare acoustique des débuts s'ajoutaient d'autres instruments, un piano, des maracas, une caisse claire, une… guitare basse ? Le petit garçon, évidemment, n'entendait rien à cette fanfare, personne en ce monde ne connaissait cette chanson aux paroles cabalistiques, une voix et puis une autre, « *somebody spoke and I went into a dream* », gné ?

Ils s'étaient enfoncés dans la forêt ténébreuse, hachurée d'une pâle lumière d'or, les sous-bois moussus pleuraient des restes de pluie, ils s'avançaient dans le ruissellement du crépuscule, foulant l'herbe chétive, faisant craquer les branches – au-dessus d'un amas de fougères, un scarabée égaré bourdonnait et Merlyn leva la tête vers son protecteur. Était-ce la nuit, ou ses yeux s'étaient-ils gorgés de suie ?

Bientôt, la forêt s'ouvrit sur un lieu qu'il ne connaissait pas, une clairière cernée de troncs noirs, une herbe fraîche et tendre où des fées avaient formé une ronde et dansaient en cercle, dans une tourmente de pétales multicolores.

« Nous y voilà », murmura Pook avec une grimace, lâchant la main du garçonnet pour tapoter ses poches. « Merdre, t'aurais pas un clope ? »

D'instinct, le petit garçon avait reculé d'un pas, comme pour se mettre à l'abri. Tous les nerfs de son corps frémissaient. Il aurait pu pirouetter et s'enfuir en hurlant, quelque chose lui criait de le faire, mais qui aurait entendu ses cris ? Et puis, le projet n'était rien moins que risible – comment aurait-il pu détacher ses yeux de cette ronde blanche et virevoltante, de ces pieds nus, de ces robes diaphanes, de ces rires joyeux, de ce tourbillon de chevelures ? La planète tanguait, vacillait sur son axe. Des monstres d'argile s'extirpaient de la terre, des ombres filiformes descendaient des hêtres et des châtaigniers, un ruisseau sortait de son cours – une nymphe translucide, des oiseaux aux plumes de feu, tous convergeaient vers le cercle, la ronde endiablée, cependant que la musique, si on pouvait encore lui donner ce nom, enflait vers un hourvari tintamarresque, une débauche de violons, de harpes, de flûtes, de trombones – les fées tournaient, vociféraient, s'élevaient de terre puis retombaient, leurs bonds répondant aux assauts des bassons, des tubas, des trompettes, des timbales, partout, le décor cédait à la déraison, des arbres s'avançaient, leurs branches alourdies d'oiseaux et de fantômes, la terre s'ouvrait en balafres, le brasier des cabrioles et Merlyn, tombé à genoux, arrachait des touffes d'herbe pour s'en frotter le visage tandis qu'ailleurs, quelque part, une petite chienne noire frappée de convulsions, renversée sur le dos, se débattait en galopant dans le vide.

« Sympa », firent les lèvres de Pook qui, épatamment placide, sortit un harmonica de sa poche histoire d'épaissir encore les stridences de la cacophonie – on aurait dit que tous les orchestres du pays, pris de frénésie, avaient uni leurs forces en un irrésistible crescendo pour...

Une porte. Une simple porte de bois, dressée au milieu du cercle et qui, doucement, presque paisiblement, était en train de partir en flammes.

La musique enflait, et la ronde ne s'arrêtait plus : s'y mêlaient des trolls hirsutes aux battoirs d'enclume, des hidalgos insectoïdes cuirassés d'étain, des nabots rouquins à culotte de cuir, de lentes naïades aux seins d'opale et, au cœur de ce foisonnement d'étoffes, de peaux luisantes et de picas médiévales, la porte flambait, tombait en morceaux – déjà, les débris se rétractaient sur l'herbe bleue.

Merlyn s'avança. La ronde s'amenuisait, il n'en percevait plus que les contours. La symphonie s'était achevée sur un accord de piano définitif en mi majeur, dont l'écho refusait de s'atténuer et faisait trembler les sous-bois d'une rumeur invincible.

Le gamin était nu comme un ver. Une nymphe lui souriait – une parfaite déesse dont la chevelure blonde descendait tel un fleuve jusqu'aux hanches.

La ronde s'était ouverte. Les débris de la porte, réduits à un amas de braises, se mouraient dans la nuit naissante, jusqu'à ce que quatre giclées d'un épais liquide noir charbon viennent en éteindre les derniers grésillements.

La musique cessa d'un coup. Sidéré, le petit garçon baissa les yeux sur son entrejambe, son intimité poissée de – de quoi ?

« Une autre porte close », commenta Pook dans le silence nouveau du soir, glissant son harmonica dans la poche arrière de son pantalon. « Joli coup, polisson. Tu devrais remettre tes vêtements. »

Puis, le raccompagnant à travers les sous-bois (tandis que, sur son banc, une Ninette hagarde se frottait les yeux dans une semi-pénombre en répétant Mon dieu, mon dieu) : « Prépare-toi à ce que plus personne ne te croie. »

JOUR 6

L'AUDIENCE

Une pendule, quelque part, avait sonné treize coups moins un. Minuit furieux, tenant une lune morte entre ses mâchoires. Sommeil, où te caches-tu ? Un dirigeable en flammes ; des bombes sur la ville ; une jeune femme s'extrayant des décombres. Je ne sortais d'un cauchemar que pour replonger dans un autre.

Je me levai, allai ouvrir la porte. Il était là, recroquevillé en chien de fusil. Il se redressa.

— « La nuit grouillait de rêves saumâtres »… hoqueta-t-il. Bien le bonsoir.

Maillot de corps douteux, pantalon de lin froissé. Il tenta d'arranger ses cheveux, souffla dans sa paume pour vérifier son haleine, grimaça. Soudain, il faisait exactement son âge.

— Qu'est-ce que vous fabriquez ?

Je portais une chemise de nuit trop étroite pour moi, mouillée de sueur – col et manches brodés de dentelles.

— Je voulais vous voir. Entendre le doux timbre de votre voix.

Je clignai des yeux.

— Objectif atteint, félicitations. Dois-je appeler la police ?

Il sourit tristement, ramassa une bouteille posée dans le couloir dont l'étiquette, ornée de lettres gothiques, figurait une perdrix grise.

— La quoi ? C'est le plus mauvais whiskey que j'ai pu dénicher. Je n'ai pas de verre, mais je peux boire seul au goulot pendant que vous m'accablez d'injures.

Laissant la porte entrouverte, je partis m'asseoir sur mon lit et repliai mes jambes contre ma poitrine.

Il avisa un fauteuil, le tourna dans ma direction, s'y laissa choir. La chambre était plongée dans une semi-obscurité. Dehors, surplombant la scène, les rides noires de la Manche se teintaient d'argent.

Flin avait fait tomber ses chaussures en s'aidant de ses pieds. Tétant son eau de vie, il se mit à bavasser.

Son monologue ressemblait à une confession. Quel monde, non ? Une gracieuse cantatrice le poursuivait de ses assiduités ; lui était tombé en amour.

Mais de moi.

— N'est-ce pas risible ? Allons, Beatrix, regardez-moi dans les yeux et dites-moi que nous ne nous amusons pas. Dites-moi que les contorsions et les afféteries sauvages de cette tragi-comédie ne sont pas – *burp* – de votre goût.

Il espérait un assentiment ; l'aumône d'un regard, au moins.

— La guerre arrive, fis-je, lassée. À deux chambres d'ici, votre meilleur ennemi est en train de se laisser mourir.

— Comme si c'était la première fois.

— Avez-vous parlé aux enfants, Flin ? Ils sont plus perturbés qu'on le pense, et pas uniquement à cause de ce qui s'est passé hier – du reste, que s'est-il passé ?

Mon invité secoua la tête.

— Je voudrais dormir avec vous. La plus belle chose qu'une femme puisse offrir à un homme. La plus innocente. Reposer contre votre flanc, sous les étoiles. Je ne désire rien d'autre.

— Je me fiche complètement de ce que vous désirez, mister Boyce.

Un demi-sourire brilla dans les ténèbres.

— Le sommeil vous emportera comme une vague lente, mais je serai là, je vous tiendrai la main. Il ne pourra rien vous arriver.

Je me tournai vers lui.

— Vous avez abusé de moi.

— Sur un plan étymologique, c'est inexact. Et je regrette tellement ce qui s'est passé que je pourrais me jeter par la fenêtre sur-le-champ si vous me le demandiez.

Un vent léger soulevait les rideaux. Mon menton était posé sur mes genoux.

— C'est ouvert. Ne vous gênez pas.

— Je n'étais pas dans mon état normal, lâcha-t-il, croisant ses jambes étendues, inspectant sa bouteille. On m'a lancé un foutu sortilège.

Je fermai les yeux.

— Savez-vous ce que c'est, un homme fort ? C'est un homme qui ne sait pas qu'il l'est, un homme qui s'en moque. Un homme qui n'a que sa douceur à offrir. Vous êtes le contraire d'une victime, Flin. Vous êtes le pouvoir, la volonté en action, vous êtes celui qui ne doute jamais. Je ne suis pas loin de vous haïr.

Nouvelle gorgée bruyante.

— « Pas loin. » *Yee-ha* ! Au point où j'en suis rendu, je prends ça pour un demi-pardon.

Il se leva, se gratta la tempe, déposa sa bouteille sur le parquet puis, croisant ses doigts sous sa nuque, vint s'allonger au pied de mon lit.

— Oh, bon sang, dis-je.

Un long moment de silence s'ensuivit ; vaguement, j'espérais qu'il allait s'endormir. Mais ça ne faisait pas partie de ses projets. Ces bruits qu'il produisait avec sa langue ! Je me penchai, appuyée sur un coude. Il souriait béatement au plafond.

— Parlez-moi d'écriture.

Il tourna la tête vers moi.

— Requête sérieuse ?

— Je suis journaliste. Vous êtes romancier. Vous préférez que nous jouions au whist ?

Il croisa ses bras sur sa poitrine.

— Je suis mort.

— Voyez-vous ça.

— En tant qu'écrivain : j'ai rendu mon tablier.

— La fameuse fuite de la grâce… Le mal de l'époque, on dirait. C'est pour cela que Kembell vous a fait venir. Vous et les autres.

L'Américain ne cillait pas.

— Permettez-moi de rester dubitatif. Traquer les muses, gambader main dans la main à travers la lande ? C'est du folklore, tout ça – la nostalgie de l'âge d'or. Non, ce que voulait Kembell, je crois, c'était retrouver ses camarades de jeu. Se raconter que nous étions toujours là, inoxydables, que nous pouvions résister aux assauts du temps. (Il se redressa, les yeux dans le vague, resta assis sur son séant.) Je vais vous dire ce que je crois. Dans l'industrie du cinématographe, les producteurs ne jurent que par l'intrigue, les personnages, les arcs narratifs, *et cetera*. Ce qui importe, c'est l'édifice, le réceptacle, la solidité du canevas. Le prurit de l'inspiration ? Un truc de poètes. La première rose de mars, la main calleuse du capitaine, une volée de passereaux sur une place vénitienne, ça ne fait pas une histoire. Un frôlement involontaire, l'émeraude vive d'un regard ? Là, peut-être que si. (Il se tourna vers moi, il avait l'air convaincu.) Mais ce n'est pas une immense découverte, fit-il avec un geste de dédain. Juste un fil sur lequel tirer. (Il tendit une main vers sa bouteille de whiskey, en avala deux longues gorgées, se lécha les lèvres.) L'inspiration, c'est la présence au monde. Or nous vieillissons, madame la journaliste. Peu à peu, le flot impétueux de la vie se tarit ; un jour, il nous quittera tout à fait. Il faut l'accepter. Moi je l'accepte.

Je l'écoutais, troublée. Le flot de la vie… Était-ce cette impatience-là qui, désormais, me tenait en éveil ? « L'irritante insistance du réel », avait lâché Kembell l'autre jour, comme si le rôle de l'écrivain ne consistait qu'à contenir ses assauts.

— Le bruit court que vous écrivez, lâcha Flin.

Je retombai sur le dos, soulevai le drap, me poussai pour lui faire de la place.

— Les couloirs sont longs : toutes sortes de bruits courent. Venez dormir, maintenant. Si vous me touchez, je hurle.

íɀƃ avait attendu que le gamin traverse en un zig-zag ahuri le parc baigné de pénombre et grimpe l'escalier du perron en reprenant son souffle à chaque marche avant de s'en retourner. L'innocente gouvernante, elle, ronflottait encore avec aux lèvres un sourire qu'un mortel épris d'intrigues faciles n'aurait pu décrire que comme « mystérieux ». Elle en serait quitte pour un mal de crâne tenace et une aversion inexplicable pour les accords de piano en mi majeur. À moins que ? Avec une commisération amusée, le gentleman s'approcha de son oreille, souffla un sortilège en forme de poème fleuri, puis posa son haut-de-forme à terre, et shoota dedans avec entrain —— prends ça, nuit.

Assis à l'orée du sous-bois, le renard suivait ses faits et gestes avec une attention inquiète. L'autre lui montra son index et son majeur dressés en V. Plus besoin de toi, merci. Queue basse, l'animal se volatilisa.

En trois pas de danse, le messager regagna la clairière. Messager de quoi, au juste ? Plus tôt dans la soirée, enlevée par une bourrasque, une feuille couverte de chiffres posée sur la table de travail de Carl Dodilus s'était enfuie par la fenêtre pour se déposer à ses pieds. Avec un soupir, il l'avait ramassée, l'avait parcourue, un sourire s'élargissant sur son visage — 21656848745687795371731957 — avant de la rendre au vent du soir. Ô joie, félicité rieuse, topinambours glacés ! c'était bien un ordre de révocation, non ? Un bon de sortie, une mise à l'écart, un abandon royal. Et si la prédominance des "7" indiquait la colère, il fallait reconnaître qu'une certaine distance ironique se faisait sentir, aussi, dont la quasi-absence de "2" accentuait le caractère acerbe.

L'ex-messager retrouva la clairière… Sur l'herbe mouillée, des fumerolles s'élevaient encore. Porte close. Fini pour toi, íɀƃ. Reste donc avec ceux-qui-crèvent. Tu grignoteras de *vrais* topinambours, tu discourras lourdement sur la mort avant l'envie, l'amour comme chandelle parmi les vents contraires, et le temps, tu sais ? ce gadget tape-à-l'œil qui empêche que tout se déroule simultanément.

À quatre pattes, íƮb́ colla son oreille au sol. Les cris des haleurs et des porteurs de blé, le clapotement des eaux du port, tout s'éloignait dans l'empressement du Grand Départ, des voiles s'évanouissaient dans la brume. Revenez ! aurait voulu crier messire des grands lacs, courant sur le quai tel un orphelin de quartier en agitant les bras. Où allez-vous, mécréants ? Il se serait arrêté, enfin, mains sur les cuisses, haletant, en larmes. Qui écrit quoi ? demandait une voix au-dessus de la scène.

Il se releva, s'épousseta, bondit avec énergie, s'éleva au-dessus du bois, du parc, du domaine, des landes —— se hissa au-dessus du Dorset, la mer dans son dos, le nord offert, Londres.

Il faisait nuit sur Gable Street, non loin des docks, une nuit tiède et huileuse, le halo sale des réverbères poissait la chaussée d'une lumière olivâtre. Les pans de son manteau claquant dans son sillage, Albert pressait le pas.

Réformé ! Quelle mascarade. De toute évidence, il n'y avait rien eu à faire. Reformé : mordienne, foutrebleu, vérole asiate ! Le médecin avait écouté son cœur — toussez plus fort, combien de doigts ?, tirez la langue, rejoignez-moi en fermant l'œil droit, non, le droit ! — puis, doucement, il avait déposé son stéthoscope sur son bureau, était allé se rasseoir et, à la lumière d'une lampe en bronze fondu, avait jeté quelques lignes sur un morceau de papier que, arraché à son bloc-notes, il lui avait tendu en jetant un œil au jeune teckel à poil dur, couché au pied de sa chaise, à l'oreille duquel un íƮb́ en habit de berger susurrait une ballade irlandaise.

Désolé.

Comment ça, désolé ? avait rétorqué avec humeur Gradey « ecce homo » junior, au point que [illegible], sursautant, avait effectué une cabriole arrière de principe, dois-je vous rappeler que je viens de la part de Lennox Padruig ? Il m'a bien certifié qu'il ne s'agirait que d'une formalité, et ——

Lennox ! Sacrée crapule ! Son épouse s'est-elle remise de ses dérangements gastriques ? Mais entendez-moi, monsieur Gradey : *comprenez-moi.* Ce pays va avoir besoin de l'ensemble de ses forces vives. Chacun à sa place, au mieux de ses capacités. Votre muscle cardiaque présente un préoccupant syndrome arythmique, sans parler de votre pathétique vision de l'œil gauche. Personne n'a envie de vous renvoyer chez vous au bout de deux semaines dans une boîte en carton dur.

Insinuez-vous que je ne sais pas me battre ?

Non : que vous ne pouvez pas.

Oh, Albert ! Cher, pauvre, formidable Albert éruptif ! Il avait bondi, saisi le docteur par le col (vas-y, champion, montre-z-y !) et commencé à le soulever de sa chaise —— avant que (ah, merdre) un uppercut aussi foudroyant qu'inattendu vienne le cueillir au menton, et *vlan* ! v'là l'dingue, valdingue sur le parquet.

Le médecin s'était avancé. Euh, comment ça ? disait le regard d'Albert.

Boxe anglaise poids welters, cracha le vieil homme, qui se massait le poing. Vice-champion du Sussex 1876. Foutez le camp de mon cabinet.

Écroulé de rire, [illegible], qui s'était introduit en pagne dans un bocal rempli de formol, déposa un baiser d'adieu sur un foie métastasé (un vagabond de Spitalfields, mort huit ans plus tôt) et s'extirpa de l'âcre solution pour rejoindre Sa Majesté des clowns.

Il était près de trois heures du matin lorsque Albert Gradey, prenant appui contre le tronc d'un hêtre, escalada en ahanant le mur d'enceinte du cimetière de Highgate —— se râpant le coude au passage, déchirant un pan de sa veste. Retombé de l'autre côté en plein dans un buisson qui se révéla joyeusement épineux, il étouffa un juron, se releva, se traîna à cloche-pied jusqu'à une pierre tombale et y posa son postérieur, massant sa cheville de ses deux pouces sous le sourire de la lune impavide, ça te fait marrer, couillonne ?

Un squelette le suivait : íτ,b́, une trompette à la main —— on ne sait jamais, une fête, la fin du monde ? Ah, Highgate ! Stèles et sépulcres plongés dans une mer de végétation furieuse aux obscènes extravagances (une pensée d'Albert, ça, ses représentations mentales, se figura le íτ,b́ osseux, ressemblaient de plus en plus à de petits pets contrits), poème de pierre froide sur qui chialaient les saules (aurait écrit son père un soir de cuite) et, pour le messager lui-même : des anges de marbre, des sentiers de peine, une propension délirante à la remémoration stérile et ces dates, au milieu des ronces et des bosquets sauvages, ce tiret entre la naissance et la mort —— c'était donc ça, la vie ?

Pourquoi le cadet des Gradey avait-il tenu mordicus à se faire enterrer ici, pourquoi l'avait-il spécifié dans son testament en lettres capitales, c'était là une longue histoire, qui tenait autant, apparemment, à la révulsion que lui inspiraient Édimbourg et son caveau familial qu'aux brûlants sentiments qu'avait éveillés en lui feue Mildred Dymphana, la mère d'une actrice embauchée pour jouer avec lui dans la pièce de son père, et qui (thrombose, pas de chance) avait succombé trois jours avant les premières répétitions.

Et maintenant ?

Une question que les mortels auraient dû se poser à chaque minute de chaque heure de chaque jour de leur vie, et qui ne leur venait, inopportune, qu'en des circonstances très particulières, lorsqu'il leur semblait que le metteur en scène exclusif de leur petit drame maison, un trublion ganté et chapeauté de cuir, au sourire engageant et à la répartie facile, avait soudain été porté disparu —— soit parce qu'il était passé à autre chose soit parce que, dans le recoin d'un parc anglais, à l'abri d'un massif de gardénias tout juste arrivé à floraison, il s'était discrètement brûlé la cervelle au moyen d'un pistolet Buffalo Stand au canon bronzé noir de guerre enveloppé dans un mouchoir brodé à leurs propres initiales.

Et maintenant ? répéta Albert.

Ricanement du silence. Le squelette se fit craquer les phalanges.

Gradey Jr. se tenait devant la tombe de son frère, déjà mangée de mauvaises herbes, paupières closes, main sur le visage, il vacillait, anéanti par l'ampleur de la perte, sentait 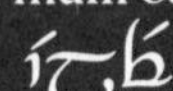, qui aspirait ses sentiments sucrés comme on boit un jus à la paille, tout se passait comme s'il venait de comprendre le sens du mot "jamais", et une tendresse poignante le submergeait, des souvenirs arrachés à un album clandestin, une flûte d'améthyste brisée au sol, ne pleure pas, on ne dira rien à maman, à personne !, une abeille prisonnière d'un verre à thé, écrasée au pied d'un tilleul en fleurs, une église de pierre de Volvic couverte d'échafaudages, un orage dans les Highlands, au temps où leur père croyait encore en un dieu de miséricorde, la main ridée d'une grand-tante octogénaire leur caressant la joue tour à tour, ils avaient été si proches, si jeunes, si éternels, ils avaient roulé dans l'herbe fraîche au milieu des moutons, sauté dans l'écume des vagues, échangé mille et un secrets sous leur tente-refuge, une couverture de laine rêche —— le bougeoir d'émail blanc, c'était lui qui le tenait, la lueur si fragile, son frère frémissant, larmes séchées…

Il s'essuya le coin des paupières. Petit Pantin Pathétique. Sois donc un homme. Pour une fois dans ta vie ! (Il s'exhortait, se filait des gifles ; , lui, avait détaché son crâne de sa colonne vertébrale, il le tenait sous le bras, amical.) Hé, tout doux, Bébert ! Cet imbécile songeait à sa femme, à présent, ouverte sous le poids d'un autre, des mains velues, des mains d'Amerloque pétrissant ses ——

Il faut que je sorte d'ici.

Tu m'étonnes, John. Dans l'allée tapissée de feuilles mortes, le fils Gradey se mit à cavaler. Les morts le regardaient, surpris, gringottant derrière des mains en coupe, hé, l'ami, gaffe à ton chapeau ! ; le squelette, caracolant à sa suite, avait quant à lui perdu un fémur au passage.

Merci, grommela Albert sans comprendre, qui était revenu sur ses pas pour récupérer son couvre-chef. Il leva la tête. Séléné montait en diva derrière les nuages.

Il allait boxer le vent. Il allait mugir et mordre son poing. Un vieux gardien allait surgir, claudiquant. Mon garçon, vous ne devriez pas traîner ici en cette heure. La grille s'ouvrirait en grinçant. Excusez-moi, marmonnerait Albert, et le vieux allumerait sa pipe, occupez-vous des vivants, ce sera déjà pas du luxe, et l'autre opinerait avant de jeter un ultime coup d'œil par-dessus son épaule. La cité des morts, les cèdres noueux, les ifs centenaires, les sycomores tristes, l'empire affligé, hérissé de stèles et de cénotaphes, la foule grise minérale au milieu des fougères, les chats en maraude, les anges aux ailes rognées, le chuchotis terreux des âmes…

Il s'en irait, oui, secouant la tête, imaginant la pluie des bombes, les mausolées éventrés, les cratères fumants, les crânes blanchis, les ossements, et son petit frère, là-dessous, terrorisé, Albert ? Albert, par tous les diables…

Il redescendrait à pied, gagnerait le cœur de la ville, aux abords de Primrose Hill, et  non loin jouerait à la marelle, vêtu d'un vison, les lèvres peinturlurées de mauve velours et, comme il se doit, au pied d'un réverbère, une femme aborderait le malheureux, ciel ! chaussée de bottes hautes et d'une blouse en dentelle échancrée, la trace fugace d'un sourire sous un chapeau à plumes d'autruche, besoin de compagnie, mon beau ? et il poursuivrait sa route, tête rentrée dans les épaules, et elle le suivrait, de quoi as-tu peur, hé ! pourquoi tu t'en vas si vite ?, alors, irrité, il finirait par lui glisser un billet pour qu'elle déguerpisse et elle le dévisagerait, interdite, demain, c'est la fin des temps, mon mignon, la Révélation, tu ne veux pas en profiter encore un peu avant de tout savoir ?

Et partout, partout sur les toits, sortant des cheminées, des bouches de métro, s'extirpant des rouages et des turbines, des êtres aux membres fuselés paraîtraient, les fées du zinc, les enfants de la ferraille, les princesses du smog, et ίϚ,ɓ́ redresserait son col, marcherait tête baissée, je ne suis pas là, ne faites pas attention, autour de lui, une armée crissante, cohortes de fumée et bataillons de métal, des créatures aux dents de charbon, aux haleines accablantes et, pendant une minute entière, au milieu de Regent Street, Albert se figerait, suivant la procession du regard, la foule aux jambes d'acier, caparaçonnée, « c'est dans ma tête », se dirait-il —— c'est toujours dans la tête, mon gars.

Sur le duvet bourgeonnant d'un *cumulus congestus* dérivant vers le sud avec majesté, ίϚ,ɓ́ le paria, couteau et fourchette en main, avait pris place devant une table habillée d'une nappe blanche en rêvant ce qui précède. Jetées sur de larges plats d'argent, des victuailles fumantes lui avaient été servies, un redoutable banquet de gibiers, potages et pâtés, poulardes, tourtes aux rognons, pigeons laqués, homards à la nage, gigots de lait, perdrix festonnées de lard et autres abats, accompagnés de soupières débordant de sauces camelines et de pain bis, le tout arrosé d'ales moussues et de vins noirs aux épices de Pondichéry.

À pleines poignées, et dans le plus simple appareil, le feu follet aux cornes d'auroch s'empiffrait, maculant ses babines et son torse bouclé, suçotant ses doigts graisseux, adressant au ciel de sincères baisers d'extase, gloire à la ripaille !

Et vraiment, votre Majesté, je dois vous remercier de toutes vos indulgences, jamais je n'oublierai les moments passés parmi vous, depuis la nuit inarticulée de temps jusqu'à celle-ci-jolie-dernière, arrêtez-moi si je divaguationne mais j'ai l'intuition que la poussière des éons révolus pourrait toute entière être contenue dans un dé à coudre, et pas un gros, hein ! l'éternité ramassée en une toux glaireuse, l'envol d'un passereau, ta main à toi dans sa main à lui, fillette —— le passé est une invention des hommes, ce soir, rien n'existe d'autre que cette coupe que je lève à votre santé, à votre départ, ô Roi, et à ma mort.

Londres était loin. Nuages au-dessus du Surrey. Chiens comptant fleurette aux étoiles, *aouuh* ! Enfant repoussant les volets en un claquement majeur, tête penchée à la fenêtre —— un mauvais rêve, mon chéri ? Vieille bique ridée, sur le seuil de sa ferme, chemise de flanelle, portant une main à sa poitrine. Sursaut brusque d'un astronome amateur, sa lunette rivée sur le nuage, *badaboum* !

Et, là-haut, à table, vociférant, couteau dressé, haranguant le ciel, insultant la terre : le Roi , potentat nouveau, soliste en son royaume. Le Roi qui tirait sur la nappe, catastrophe et hourra ! Comètes cliquetantes, pluie de couverts sur les champs !

Son corps de liane bascula en avant, ses cornes cognèrent la table, *poc*, ne bougeons plus. Sa gueule béait, ses crocs de loup luisaient de bave, en son sommeil, il marmonnait —— toutes ces choses qu'il n'avait pas dites encore… Des lacs, déjà, débordaient sous ses paupières.

Le Dorset ! enfin. Sombres collines et falaises de craie, danse venteuse des forêts, I têtus des clochers au creux moelleux des vallons…

Ayant fermé la porte de son presbytère, un jeune pasteur en redingote qui s'apprêtait, plein d'entrain, à descendre le chemin des ormes, observa soudain l'aurore et, front plissé, retourna chez lui pour décrocher son parapluie de la patère. Chacun le sentait, à présent : il allait faire triste.

TRANSFIGURATION

J'étais sortie sans un bruit, laissant Flin étendu en travers de ma couche, torse nu, une main posée sur l'entrejambe.

Nous n'avions fait que parler. À quatre heures, la grande, l'inévitable comédie avait été jouée. Mon épaule effleurée d'un baiser chaste, un coup de coude dans le visage, lui gémissant, moi redressée, « bon sang, Flin ! » Son regard penaud. « Pas ma faute si je vous aime ! »

J'avais secoué la tête. « J'ai oublié l'essentiel de mes déclinaisons grecques, j'ignore combien font 14 multipliés par 15 et je n'ai jamais ouvert le moindre roman d'Honoray de Balpanzac, mais je sais au moins une chose, monsieur Boyce, c'est que je ne vous aimerai jamais. Pas comme vous le souhaiteriez. »

Il s'était touché la joue, comme si je l'avais souffleté. « Dans cinq minutes, vous allez me proposer que nous devenions amis, et je vais me planter une paire de ciseaux dans l'œil. »

Soupir appuyé.

« Dans cinq minutes, je serai dans la cuisine en train de boire mon café. Vous feriez bien de regagner votre chambre et de réfléchir sérieusement à la possibilité qui vous est offerte de… »

Je m'étais mordu la lèvre. Et lui, décontenancé, attendant la chute : « La possibilité de quoi ? »

Il pleuvait doucettement ; tête renversée, je tendis les bras pour goûter le chagrin de l'aube, la première goutte du matin dans ma bouche – mmm, oui.

— Beatrix ?

Elle arrivait à ma rencontre, un enfant à chaque main. Tenue d'été, jupe d'or froncée et chapeau à large bord.

— Bonjour, les enfants. Bonjour, Cassandra.

Merlyn tenait sa caméra en bandoulière.

— Je vais filmer la guerre.

— Cesse tes sottises, fit sa mère, qui rajustait sa veste de velours.

— L'averse n'est pas fatiguée, madame maman. Peut-on rentrer ?

Esme, qui n'avait pas lâché la main de l'intéressée, m'avait à peine regardée.

— Je n'appellerais pas ça une averse…

— Mais peut-on rentrer ?

Cassandra inspira.

— Allez jouer dans la nurserie, fit-elle sans me quitter des yeux. Vous prendrez votre petit déjeuner quand Ninette sera levée.

Elle les lâcha, et ils tournèrent bride sans demander leur reste.

— Vous faites une drôle de tête, dis-je. Tout va bien ?

Elle m'attrapa par le bras, et nous mîmes à marcher sur le sentier qui bordait l'étang.

— Je l'ai vu sortir de votre chambre.

— Il ne s'est rien passé.

— Comment pourrais-je vous croire ?

Nous fîmes halte. Je plongeai mon regard dans le sien. Ma lèvre inférieure tremblait.

— Je voudrais… Je voudrais vous montrer quelque chose, dis-je.

Nous nous remîmes en route. Elle avait lâché mon bras. Oh, reprends-le, aimée. Serre-le, serre-moi – avant que je tombe à tes pieds.

— C’est ici.

Je lui montrai l’arbre.

— Ici quoi ?

— Qu’il m’a emmenée. Il voulait me forcer. Si je ne l’avais pas assommé…

Goût de sang dans la bouche. Je regardai ailleurs.

— Qu’est-ce que vous me racontez ?

— Il ne se souciait aucunement de moi, Cassandra. Pour lui, j’étais devenue une proie. Un trophée à ravir.

Je fermai les yeux.

Quand je les rouvris, elle me regardait, stupéfaite.

— Qu’est-ce qui vous a pris ? murmura-t-elle, deux doigts sur sa bouche.

— Pa-pardon, bafouillai-je, reculant d’un pas.

Je l’avais embrassée. Il n’existait pas de fruit plus doux.

— Beatrix, attendez…

Je secouai la tête, reculant toujours. Elle allait annoncer quelque chose, mais je n’avais pas envie de l’entendre.

Je pivotai d’un coup et m’enfonçai dans les sous-bois.

ÂME EN PARTANCE

— Bonjour, fit le petit garçon, approchant sa figure comiquement sérieuse de la caméra posée sur la table de banquet du grand hall. Je m'appelle Merlyn Mortimus Gradey, j'ai 8 ans, nous sommes le 27 juillet 1914, et il est un peu plus de 8 heures dans le Dorset. Aujourd'hui, il paraît que ça va être la guerre. Mon père est parti se battre, mais il y a un tas de gens qui sont restés à Dandelion Manor et je vais essayer de vous les présenter.

Il attrapa la caméra, jeta un coup d'œil par l'œilleton, se mit en route ; ce matin, en se levant, il avait noté que les réserves de pellicule commençaient à s'épuiser, mais cela ne semblait pas le tracasser plus que cela.

— Voici la nursery, annonça-t-il, marquant une pause devant la porte close, sous l'œil intrigué d'une domestique, qui passait avec un panier de linge. Normalement, ma sœur devrait s'y trouver.

De sa main libre, il ouvrit la porte et entra.

Il avait vu juste. La fillette était là, assise près du coffre à jouets, plongée dans un roman de Fendor Penrith.

— Éteins ça, soupira-t-elle en abaissant son livre.

— Je fais un reportage sur le manoir.

— Je ne suis pas le manoir.

— Deux minutes. C'est quoi, comme roman ?

Elle se frotta une paupière.

— *Perdu dans la vallée des ronces*. T'es trop petit.

— Ça parle de quoi ?

— D'un homme qui se promène dans le jardin de son oncle défunt, et qui s'égare.

— Parce que c'est un jardin très grand ?

— On peut voir ça comme ça.

L'enfant sourit.

— Ça m'est arrivé, l'autre jour.

— Formidable. Dégage.

Merlyn s'inclina, et fit volte-face. Il allait ressortir lorsque Ninette parut sur le seuil. Le chignon défait, des cernes sous les yeux, elle ressemblait à une souris apeurée.

— Ah, messire Gradey ! Je vous cherchais.

— Messire-rien-du-tout, fit l'intéressé, braquant la caméra sur elle. Je ne vais pas prendre mon bain maintenant. Et vous avez boutonné lundi avec mardi.

Elle baissa les yeux sur sa blouse.

— Oh.

Les doigts tremblant, elle s'affaira à rectifier son erreur.

— Vous avez lu le journal ? demanda Merlyn.

Elle releva la tête.

— Ce sont là des affaires de grandes personnes.

— Les Allemands ont bombardé Paris.

Elle avança une main vers sa caméra.

— Ce machin ennuie tout le monde.

— Pas touche.

Il la contourna lestement et, ignorant ses protestations, se dirigea vers l'escalier qui menait à l'étage.

Mais voici que, au même moment, son grand-père descendait en criant des ordres aux domestiques. D'un coup de talon, continuant de filmer, le garçonnet ouvrit la porte du garde-manger, entra et referma doucement, en attendant que passe l'orage.

Il se retourna. De chaque côté, des étagères métalliques montaient jusqu'au plafond, envahies de jarres et de bocaux en tous genres. Au fond de la pièce, une lourde trappe en chêne, donnant, il le savait, sur la cave à vins. Il s'approcha, caméra baissée. Un motif stylisé était gravé – une sorte de trèfle à quatre feuilles entouré d'un cercle. Esme lui avait raconté que leur grand-père avait installé un abri, dans les profondeurs, pour le cas où les choses tourneraient mal ; un temps, il considéra l'idée d'aller jeter un œil. Mais il n'avait pas de lampe, et savait le lieu frappé d'interdiction. Mieux valait ne pas s'attirer les foudres des grands, ces jours-ci. Revenant à la porte, il y colla l'oreille. L'agitation paraissait s'être transvasée dans le grand hall. Il entrouvrit ; la voie était libre. Vite, les marches ! Parvenu au premier étage, il n'eut que le temps de reculer dans l'ombre, derrière le grand ficus en pot : une domestique était passée en courant.

La porte de la chambre de James Balfour était entrebâillée. Tiens, curieux. Caméra en marche, il s'avança. Drap remonté sous le menton, le malade semblait dormir. Merlyn s'avança à la fenêtre. Les cygnes noirs se dandinaient sur l'allée. Sales bêtes ! Il pensa à Bonnie, la pauvre Bonnie, qu'ils avaient laissée sur le tapis de leur chambre, et qui avait passé la nuit à geindre en son sommeil. Que lui était-il arrivé, dans la clairière ? Esme parlait d'« une mauvaise rencontre ». Dix fois, cent fois – avec lui, avec Ninette –, elle avait tenté de reconstituer le fil des évènements. Vraiment, vous ne vous rappelez rien ? « Si », avait gémi la gouvernante avant de fondre en larmes. Mais elle s'était révélée incapable d'en confesser davantage. « Non », avait répondu Merlyn. Alors qu'en vérité…

Avisant le lit de James Balfour, qui n'avait pas bougé d'un cil, il s'approcha, hésita, s'arrêta à un pied.

— Monsieur Balfour… chuchota-t-il.

Il savait que l'intéressé préférait être appelé « James », mais il ne parvenait pas à s'y résoudre. Des trois amis de son grand-père, l'auteur du cycle des Parnassiens était, pour une raison jamais élucidée, celui qui l'intimidait le plus.

— Monsieur Balfour ?

— Il est mort.

L'enfant tourna sa caméra. Pieds nus, une chemise en lin bâillant sur son pantalon, Henok se tenait au chambranle de l'autre porte.

— Quoi ?

— Le cœur a lâché.

Le petit garçon recula d'un pas.

— Quand ?

L'adolescent s'esclaffa.

— Attends – tu enregistres ?

— Peur d'oublier.

Reculant d'un pas, il vit le jeune homme s'avancer, tendre une main vers sa caméra et tourner la molette. « Clic ».

— Terminé.

— Pourquoi tu fais ça ?

— On ne filme pas les défunts.

Le jeune homme renifla. Merlyn le suivit dans sa chambre. Découvrant le grand lit bateau drapé d'un voile de cachemire, il émit un sifflement. Devant une psyché cintrée en bois de merisier, Henok examinait son profil.

— Je vais rentrer à Londres.

— Je croyais que tu habitais chez monsieur Balfour.

— Pas si simple.

Au pied de son lit, il se baissa pour ramasser ses souliers. Petit Gradey observait ses faits et gestes avec attention.

— C'est vrai que monsieur Balfour n'était pas gentil avec toi ?

— Laisse tomber.

Sur un guéridon aux pieds galbés, une rose noircie dépassait d'un vase de cristal fin. Henok la porta à ses narines.

— Ça sent quoi ? demanda Merlyn, qui hésitait à remettre sa caméra en marche.

Ouvrant les doigts, l'adolescent lâcha la fleur et l'écrasa d'un coup de talon, minutieusement.

— On ne peut pas faire confiance aux grands, déclara-t-il, rentrant sa chemise dans son pantalon. On ne *doit pas*.

— Pour quelle raison ? demanda ingénument l'enfant, tandis que le jeune homme rassemblait quelques effets – un peigne d'acajou, un pince-nez à verres teintés, un porte-monnaie en vachette qui pouvait fort bien ne pas lui appartenir – pour les fourrer dans un cartable-musette.

— Tu ne t'es jamais demandé pourquoi on voyait de moins en moins bien, en vieillissant ? (Il se redressa, le regarda droit dans les yeux.) Pourquoi on devenait sourd ?

— Non.

Henok glissa le sac à son épaule.

— En fait, on voit et on entend toujours pareil. C'est juste le monde qui s'éloigne. À présent, si tu veux bien m'excuser…

De toute évidence, il désirait sortir. Mais Merlyn lui barrait le passage.

— C'est toi qui as tué monsieur Balfour ?

Personne n'avait de temps pour lui. Son déjeuner avalé, Merlyn était parti jouer dans le parc, suivi par une Bonnie boitillante. Le soleil cognait dur – grand tourbillon de chaleur au-dessus des fleurs, bourdonnement des abeilles… Sous sa casquette, le petit garçon plissait les yeux. À la demande d'Esme, la tente de toile blanche avait été remontée, un rocking-chair installé, une pile d'illustrés posés sur une caisse en bois. Il s'assit, se balança, gratouillant le crâne de la chienne qui le dévisageait, langue pendante. Quel ennui ! Posée sur ses genoux, sa caméra donnait des signes de faiblesse ; il aurait fallu acheter des piles, mais à qui s'adresser ? Sa mère était passée en coup de vent, puis repartie on ne sait où. Ninette, pour sa part, se disait affligée d'une migraine aux proportions bibliques, il fallait qu'elle garde la chambre. Le médecin blond – celui qui était venu pour James –, était passé lui rendre visite, il avait écouté son cœur et lui avait prescrit des somnifères. Merlyn avait tenté de l'interviewer, lui aussi, sans succès. « Tu m'excuseras, petit, mais tu choisis mal ton moment. »

Flin épluchait des dossiers avec son grand-père, rédigeait des courriers, signait des papiers, courait partout. Carl Dodilus errait dans la galerie, dans le grand hall, dans la chapelle, suivi comme une ombre par sa servante. Le vieil homme se mouchait bruyamment, faisait une pause toutes les dix secondes pour reprendre son souffle, le contour de ses yeux était rougi, il avait perdu des cheveux pendant la nuit, beaucoup. Henok ? Les grands lui avaient demandé de rester, « en attendant » ; le mot « autopsie » avait été prononcé. Qu'est-ce que c'était, exactement ? Oh, et Beatrix, la jolie journaliste, ne s'était pas montrée de la journée.

Sur le chemin bordant l'étang, Merlyn s'arrêta à l'ombre d'un saule pour regarder défiler les cygnes noirs. Avaient-ils vu passer son sous-marin ? Assise sagement, Bonnie haletait. « Hé oh », lança le gamin d'une voix mal assurée.

Il espérait une présence. Un signe, à tout le moins. Caché dans les frondaisons, un phragmite des joncs faisait entendre des *tchrrr* râpeux et des *tsèc* affilés. Le petit garçon leva les yeux pour essayer de le voir. Son père lui manquait.

L'ÎLE, LE TRÉSOR

— Et si on se tuait ?

Elle me sourit. Sa beauté me foudroyait.

— Merveilleuse suggestion, dis-je.

Sur les rochers, les vagues ardoise venaient se fracasser, explosant dans des gerbes d'écume, laissant dans leur sillage des trombes de mousse compacte.

Cassandra remua des galets, en choisit un, rose et rond comme un œuf, le fit rouler entre ses mains.

Sur son épaule salée, je déposai un baiser.

— Je suis sérieuse, poursuivit-elle, le regard dans le vague, tandis que droit devant nous, un grand oiseau blanc au bec effilé – un fou de Bassan ? – survolait la mer en émoi. Mon mari ne reviendra pas. J'aime un homme qui t'aime.

— La boucle est bouclée.

Elle se tourna vers moi, happa ma bouche avec fureur, suçota perfidement ma lèvre – avant de me repousser d'une gifle légère, reprenant sa contemplation butée.

— S'il te plaît. Ne prétends pas connaître ces choses. (Elle respirait fort.) Si demain tu me demandes ce qui m'a pris, je te dirai que je n'en sais rien, et ce sera vrai.

À nos pieds, le drap de bain gisait – un linceul. Nous étions nues, à peine si j'osais poser mon regard sur elle. Ses seins menus, d'une perfection d'opale. Son ventre plat où des grains de sable, pareils à des paillettes de quartz, restaient collés obstinément. Ses fesses de pêche, le creux de ses reins, la peau fine de ses cuisses, et le triangle, les folles torsades de son royaume, ce sillon palpitant où, des heures durant, me semblait-il, j'avais promené ma langue pour lui arracher des gémissements que, probablement, elle n'avait jamais émis encore.

Le plaisir devient suave
Et nous le faisons durer, durer
De plus de manières
Que vous n'en sauriez rêver

— Continue… susurra-t-elle.

— Quoi ?

— À réciter du Eadmund Spencer pendant que tu me – oh.

Mais je ne récitais rien – vous délirez, très chère. Elle s'était cabrée, ivre de langueur, avait feint de lutter pour mieux s'abandonner. Tout était fini, maintenant, tout commençait. Son goût de miel dans ma bouche encore, sur mes doigts, partout. Sur sa nuque, dénouées, des mèches blondes frémissaient.

— Dès la seconde où je t'ai vue… soufflai-je.

Elle secoua la tête, ses cuisses ramenées contre sa poitrine, triturant ses orteils aux ongles vernis d'un blanc laiteux.

— Nous pourrions grimper au sommet de la falaise, dit-elle, et sauter. Qu'est-ce qui prouve que nous ne volerions pas ?

Je raflai le drap de bain, me levai pour le secouer, vent dans le dos. Elle me considérait, intriguée.

— J'ai envie de te manger, reprit-elle. C'est parfaitement inexplicable. De te griffer, de te faire le plus grand mal.

Je lui souris, revins vers elle.

— Tu ne pourrais pas, murmurai-je.

Elle s'agenouilla, agrippa mes fesses, plongea son visage dans ma toison. Je laissai le drap s'envoler, vivre. Un frisson me secoua, sidérant.

Couchée sur la grève noire, une jambe relevée, chatouillée par le vent – de mes doigts tendus, j'effleurai l'eau stagnante. Au bord du trou d'eau, un petit crabe pressé galopait.

Allongée contre mon flanc, Cassandra s'était redressée pour lécher un téton offert, le titiller, le mordiller, puis elle m'avait embrassée, encore, accueillant dans sa bouche mon geignement implorant. À présent, blottie, apaisée, elle faisait courir son majeur et son index sur mon bas-ventre.

— Ne me dis pas que tu n'as jamais fait ça avec une femme.

Je souris.

— C'est important ?

Elle planta un coude dans le sable.

— Il y a dans votre duplicité quelque chose de joliment diabolique, Beatrix Ardeen. J'ignore à quoi cela tient. Ce petit nez en trompette, peut-être. Ou ton parfum.

— Quel parfum ?

— Tes yeux noisette – bah ! En temps normal, je n'ai aucune inclination pour cette couleur. (Elle passa ses doigts dans ma chevelure.) Tu es effroyablement banale.

— Je sais.

De sa langue brillante, elle effleura mes paupières, mes lèvres.

— Et Albert ? Qu'est-ce qu'il te trouvait ?

Couchée sur le côté, elle avait repris sa place.

— Bon sang, est-ce qu'on doit…

Sa main à plat sur mon ventre – elle rit.

— Je m'en moque. Je te l'ai déjà dit cent fois. Tu crois que je restais inerte, moi ? Tu veux que je te raconte la grosse queue veinée de Ramsey Castle ? Ses couilles rasées ? Délicieuses à gober, tu peux me croire.

Je fermai les yeux.

— Je ne veux pas parler de ça.

— De quoi, alors ?

— J'aimerais que le temps s'arrête – nous emporte. Nous garde en lui. Que le monde nous oublie.

Son rire cascada.

— Ils sont sans doute déjà à notre recherche, tu sais. Qui va nous trouver en premier ? Mon beau-père ? Ce pauvre Carl ? Attends un peu – mon fils ?

Je rouvris les yeux.

— Tu es une mère horrible.

— Oui, fit-elle, s'étendant sur le dos. Une épouse lamentable, et une belle-fille tout juste acceptable. Mais ma voix est pure, et ma mère m'a appris à coudre.

J'aurais donné n'importe quoi pour qu'elle chante, en cet instant mais, bien sûr, lui demander aurait été sacrilège. Alors j'écoutais le bruit du ressac et j'imaginais sa voix mêlée à celle des vagues et nous étions ailleurs, une chambre ouverte, un palace au bout du monde, un endroit où personne ne pouvait nous trouver.

Au-dessus de nos vies, de longs nuages passaient, effilochés et, au loin, il me semblait déjà entendre le fracas de la guerre. Et si Wilona m'avait réveillée ? songeai-je, languide.

Je tressaillis ; sur le sable, les doigts de Cassandra cherchaient les miens.

Elles revenaient de la falaise, et il était trop tard pour faire demi-tour. , cette fois, portait un pantalon droit en laine, une veste en coton côtelé et une cravate de soie rayée, blanc et bleu ciel. Plus de chapeau : terminé, les chapeaux, vu que plus personne à saluer (croyait-il). Ses cheveux allaient roux au vent, des petites cornes de bouc ornaient son crâne, un vrai gentil démon —— impression que sa barbiche taillée en pointe ne démentait point.

À sa main pendait un automatique neuf-coups en acier chromé. Levant le bras droit, il tira un coup en l'air, qui ne résonna que pour elles, puis jeta l'arme par-delà les roseaux, où elle se métamorphosa en un menu rapace grisâtre.

Les trois fées approchaient en ordre dispersé. Il les connaissait, *natürlich*, il les avait aimées, elles et tant d'autres. La première, montée sur des échasses pour compenser sa petite taille, était vêtue de guenilles noires, soie rapiécée et dentelle. Ses cheveux richement emmêlés étaient noirs eux aussi, filandreux, pleins de nœuds —— ses bracelets, ses bagues, ses colliers, le contour de ses paupières, jusqu'à la longue cape de corbeau qui s'accrochait aux ronces, tout était de nuit. Courbée, parfois, elle effleurait les ajoncs, laissait filer entre ses doigts des tiges de fleurs sauvages, et tout ce qu'elle touchait s'effritait comme cendre. La seconde, sanglée d'un haut manteau gris tissé de mille vents & mille atmosphères, était là sans y être. Le satin de sa peau outremer évoquait une nuit d'été nimbée d'étoiles. Elle pleurait, apparemment, les oiseaux se taisaient sur son passage et, à chaque larme que le vent lui ôtait, une minuscule pixie avide de refuge bondissait des roseaux pour se lover dans la perle de son chagrin. La troisième, qui fermait la marche, avait des allures de gitane, avec ses jupons et ses fanfreluches, ses colliers et ses breloques, les cercles d'argent cliquetant à ses poignets. Dans sa chevelure d'herbe tendre et de jacinthes, une floraison exultait, mouchetée de pâquerettes, de pervenches, d'anémones.

Genou à terre,  s'inclina et la fée des fleurs pouffa, main blanche sur le menton. Allons, Bogy Boy, relève-toi, pourquoi tant de simagrées ? Debout, Will o'the Wykes, hardi, Ignis Fatuus, garde-à-vous, Noble Docteur Lune Morte !

L'interpellé se releva. Que me vaut le plaisir ? La fée nocturne ouvrit la bouche, et un petit scorpion noir parut sur sa langue, qu'elle croqua nonchalamment sans le quitter des yeux.

N'aie crainte, presque-mortel. Nul ne nous a donné mandat. Nous voulions voir une dernière fois le monde.

Dans les vallées chantonnait la fée des fleurs, dans les forêts et les prairies…

… auprès des claires fontaines, ou des ruisseaux bordés de joncs, termina 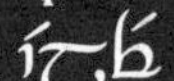 à sa place. Sur les plages de la mer, danser vos dernières rondes au sifflement des vents, tradéri-déra, je sais tout ça. Mais pourquoi être venues *ici* ?

Nous voulions entendre la jeune femme chanter, susurra la fée spectrale, dont l'image, déjà, commençait à se brouiller. Et quelle beauté ! L'imperceptible fêlure du timbre, la sublime imperfection. Mais, mes sœurs, ajouta-t-elle, paupières mi-closes, l'heure du départ est proche, j'entends grincer le haut mât et claquer les vergues, les dernières caravelles appareillent.

Les deux autres opinèrent. Celle-de-la-nuit passa sur ses lèvres une langue charbonneuse, puis sortit une vipère de son corsage et la jeta dans les fourrés.

Ainsi, tu as choisi de rester.

 acquiesça.

Avec la mort au bout, minauda la fée des fleurs. Tu nous raconteras ?

Raconter quoi ?

À quoi ça ressemble, rien.

Il leur sourit tour à tour. Il n'y a plus de portes, ici, on vous a dit.

Ne te tarabistouille pas pour nous, intervint la fée spectrale.

De ses longs doigts aux ongles noirs, la dame nocturne lui effleura la bouche. Adieu, fol étalon vibrant, vil garnement vorace, *fare thee well*, aimable bandit gourmand !

Nous emportons le souvenir de ton corps avec nous, fit l'autre en se passant une main sur l'entrejambe, car tu nous as aimées, de tes mains, de ton regard, de ton poids, de tes fabuleuses giclées.

Il joignit les mains. Tout le plaisir, *et cetera.*

Elles l'effleurèrent en gloussant, trois pas de valses, un vieil air des plaines du Nord, et le caressèrent de leurs étoffes, de leurs mains pâles, le grisèrent de leurs parfums puis, se tenant par la taille, riant et chantonnant toujours, elles s'éloignèrent et, bientôt, quittèrent le sol —— disparurent.

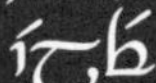 se tourna vers le crépuscule vague et bleu, les colères feintes de la mer. Au départ de ses bonnes amies, par-delà le vent et les cris stridents des mouettes, au-dessus des crêtes grises, un silence désolant se déployait, dont il n'avait jamais encore fait l'expérience.

Albert était de retour. C'était bien lui, là-bas, sur cette route de campagne, fonçant dans l'air du soir au volant d'une Mercurio Sauvage 6 cylindres à capote, un modèle Grand Tourisme Sport de 1909. Il venait de passer Camberley, il lui faudrait s'arrêter pour la nuit, perché sur un autour des palombes,  s'imprégnait du suc de ses pensées —— regrets, remembrances, et tout le toutim.

Bonjour, purulent passé ! Bonjour, tout-ce-qui-ne-reviendra pas. Permettez que je m'installe ? Je me tiendrai coi. (Je ne mens jamais, jure le menteur.)

Albert était allé au bordel, la veille, un établissement bas de gamme du côté de Barbican, il avait porté son choix sur une cocotte opulente, vêtue d'un seul boa fuchsia et de bottines en peau d'autruche (salut la compagnie ! avait clamé un 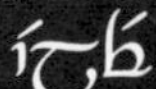 juvénile, manteau de cuir noir, lunettes à verres teintés, chiquant un tabac bon marché). Albert avait jeté un coup d'œil par-dessus son épaule, inquiet, il ne s'agissait pas d'apaiser les appétits de la chair, non, il voulait seulement qu'elle l'écoute se lamenter, sa vie de couple loqueteuse, l'échec annoncé de son entreprise de reconquête. Peste brune, avait marmonné  des faubourgs, installé en tailleur sur son oreiller, je dors déjà, mais il devait reconnaître que la drôlesse s'était acquittée de son rôle avec une pudeur toute professionnelle, elle l'avait fait asseoir à sa droite, comme le Bon Larron, là, pose ta tête sur les cuisses de môman, tu verras, c'est doux, c'est moelleux, ça console, et elle avait essuyé ses larmes, en goûtant le sel au passage, avant de dévider pour lui le chapelet attendu des mots de réconfort.

Albert avait fermé les yeux. À quoi tu penses, machin ? Le fils Gradey ouvrit les yeux ; il croyait que sa conscience lui parlait. À quoi je pense ? À me lever d'un bond et à me jeter par la fenêtre —— une course, un bond, un fracas et un corps ramassé sur le trottoir, serti d'une riante constellation d'éclats de verre.

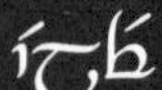 souripira. Cette capacité qu'avaient les mortels à imaginer les vies qu'ils ne vivaient pas, les morts auxquelles, de temps à autres, ils aspiraient sans songer que, tandis que l'existence qui se déroulait dans leur esprit se prolongeait, la vraie, elle, demeurait en stase, restait pour lui un constant objet de fascination. Quant au trépas dont ils se figuraient les détails, c'était sans doute une façon de le réduire à une péripétie, au chapitre d'une histoire qui se poursuivait après lui alors que, selon toute vraisemblance, le livre même où était consigné ce récit était appelé à tomber en poussière (mais qui soufflait sur cette poussière, et qu'est-ce qu'il advenait d'elle, cela, ils n'y pensaient pas, ne *pouvaient pas* y penser.)

Albert s'était rassis ; il avait enfoui son visage entre ses mains tandis que cette femme au cou de dindon et aux flasques bajoues, au rouge à lèvres violacé et aux gros seins pendants, cette femme, donc, qui aurait pu être sa tante, lui câlinait la nuque et que [illegible], plongé dans la Bible chopée sur la table de chevet, ânonnait de tragiques prières pour le repos de son âme ; il avait recouvré ses esprits, repris pied dans son histoire à lui, s'était levé, avait tendu à sa confidente deux autres billets pour sa peine, après quoi manteau, après quoi escalier, après quoi pluie d'été, marche solitaire, etc.

Il était passé au siège de sa firme, ensuite, à Holland Park, un bâtiment de pierre ocre flanqué d'un porche à colonnades, sans se rendre compte qu'un elfe coiffé d'un tricorne, lorgnons doucement baissés, avait entonné sur son épaule un hymne au productivisme bestial truffé d'allusions grivoises, puis, arrivé dans le hall, il avait secoué son pardessus, rejoint l'étage – les employés, surpris, s'étaient écartés –, avait longé des couloirs lambrissés, gagné son bureau au deuxième, un assistant s'était raidi, au garde-à-vous, il avait tiré les rideaux, un vrai mausolée, ici ! ([illegible] : et ta sœur ?), deux baies vitrées donnaient sur un jardin dégoulinant de pluie, on dirait que l'écureuil ne vient plus, avait déploré Gradey Jr. —— quoi, un queue-poilue ? présente-nous ! Il avait trié deux-trois papiers, bavardé avec un collègue, les mines étaient sombres, les visages fatigués, on se préparait au pire, tu viens quand même boire une bière, sacripant ? ça te ferait du bien, peut-être la dernière occasion de lever le coude, ha, ha ! Albert avait tenté de sourire, très aimable à vous mais je ne vais pas rester, je ne tiens pas une forme légendaire et la vérité, c'est qu'il me faudrait une voiture, je dois rentrer dans le Dorset, tu crois que tu peux me trouver quelque chose ? Ouais, avait appuyé [illegible], crachant sur le parquet une giclée de chique noire, et tu peux toucher ton nez avec ta langue, ton cul avec ta bite ! attends, je te montre !

Suite du programme : décharge signée, poing refermé sur trousseau scintillant, au revoir tout le monde, puis halte méditative sur le trottoir, horizon dégagé, nuages de traîne, reflets d'or dans les flaques, Albert, attends, no picolade, finalement ? ( déçu, pas traînants), tu ne vas ni brailler, ni vomir, ni chialer ? ah, formidable, parole ! je ne regrette pas d'être venu dans la Grande Ville Noire avec toi, dis, trouduc, tu écoutes quand je te parle ?

La voiture était garée deux rues derrière, le temps était venu de claquer la portière, Albert ressemblait à un coupable se croyant lavé de ses péchés, il était sorti de la ville en essayant de ne plus penser à rien, à quoi les mortels, comme chacun sait, échouent inévitablement, et davantage encore quand ils s'efforcent de faire le vide, le vide demande à être rempli, Flin, sa femme, la guerre, les enfants, la honte, son père, la vieille garde, Beatrix, *ad nauseam.*

Le soir tombait quand il s'arrêta enfin ; il avait roulé aussi déraisonnablement que possible, 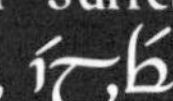 à sa gauche, jetant des cartes de tarot par la fenêtre, il avait passé Southampton (le Chariot), mais mieux valait se montrer raisonnable (le Fou ?), maintenant, mieux valait reprendre quelques forces (la Tempérance), se débarrasser de ce mal de nuque pour commencer (la Mort.) Albert réfléchissait à ce qu'il dirait à sa femme —— 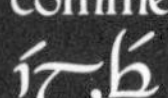 lui soufflait des idées parmi d'autres, on baise ? tu veux une glace à la framboise ? Ils allaient changer de vie. Il allait revendre ses parts. Ils allaient s'installer en Écosse : l'opéra de Glasgow ne cherchait-il pas une nouvelle tête d'affiche ? Il allait être un époux attentif. (*Pff.*) Il allait apprendre la fantaisie (*Moi,* je vais te l'apprendre), accueillir l'imprévu, il allait s'astreindre à de longues promenades dans la lande et lire au coin du feu, il n'allait plus aimer qu'elle. Il était prêt à forger des serments de métal dur, à écrire des poèmes avec des mots rien que pour elle, à polir de grandes résolutions comme on brique un cheval d'or, il allait ——

Le tenancier posa une chope en grès sous son nez et Albert trempa ses lèvres dans l'ale. , lui, gobait des graines de tournesol, gosier grand ouvert. Au fond de la salle aux arches de pierre, cette semi-crypte qui sentait la sciure, trois petits vieux lapaient leur potage de potimarron en le surveillant du coin de l'œil. Et si j'allais pisser dedans ? Non, restons charitable.

Albert hocha le menton, « messieurs »… mais le trio ne répondit pas à son salut. Ils parlaient des zeppelins qui, cette nuit, et pour la seconde fois, allaient bombarder la Bretagne. Leurs voix résonnaient sous la voûte. Albert n'avait rien commandé à manger ; les nausées diffuses du matin étaient devenues plus sérieuses. Soudain, l'un des aînés se leva et vint se poster devant lui. Chauve — à l'exception d'une mince couronne blanche au-dessus des oreilles —, il portait un costume trois pièces à la coupe hors d'âge, et arborait une moustache en fer à cheval. Le bleu de son regard était celui d'un glacier interdit. Ça ne sent pas bon, songea [illegible]. Albert avait à peine touché à sa boisson. Bonsoir, dit-il. L'autre secoua la tête. Il lui demanda s'il voulait lire le journal. Déjà lu, fit Albert. Ah oui ? Dans ce cas, comment se faisait-il qu'il se trouve ici, ce soir, à déguster peinard sa bière, pendant que les autres, ayant serré femme et enfants contre leur poitrine, puis chargé leur fusil, fonçaient s'entasser dans des navires en partance pour le front ? Le Jugement, énonça [illegible], goguenard.

Albert invita le vieil homme à s'asseoir, mais ne récolta qu'un sourire méprisant. Répondez juste à la question.

JOUR 7

ADIEU, PARADIS

Avais-je seulement dormi une heure ? Qui sait. La frontière entre l'état de veille et celui de sommeil était bien menacée elle aussi.

Cassandra et moi nous étions quittées peu avant que le rideau de la nuit ne s'abatte sur la scène – elle était partie en premier, munie d'un alibi dérisoire (une promenade solitaire, nous n'avions pas trouvé mieux, nous n'avions pas cherché) et, debout au milieu du sentier, les mains jointes devant ma bouche encore meurtrie de ses baisers, je l'avais regardée se fondre dans l'obscur, cependant que le dieu de l'amour, bourreau consciencieux, m'enfonçait une lame dans le cœur et la tournait avec application.

La statue du coq de Kembell me toisait avec mépris. J'avais laissé le vent sécher ce qu'il pouvait. J'avais humé mes doigts, les avais suçotés jusqu'à la dernière molécule. Je m'étais assise sur un banc, attendant que mon cœur s'apaise et comprenant qu'il ne le ferait pas. Pourquoi ne nous étions-nous pas jetées de cette falaise ? Notre amour à jamais enkysté au creux du soir. Dans un état second, je m'étais traînée jusqu'au manoir, j'avais bavardé cinq minutes avec le maître des lieux (mon excuse à moi ? tout le monde s'en moquait, nous étions en deuil), j'étais montée sans souper et j'avais fermé ma porte à clé. Sur ma table de chevet, un roman de Fendor Penrith prêté par Esme : l'histoire d'une femme qui revenait d'entre les morts pour se venger de l'amant qui l'avait éconduite. J'avais lu dix pages – une nuit hantée de grillons, une lame brillant sous un cyprès – et j'avais refermé le livre, toute pénétrée, encore, de ma tragédie personnelle. Ouvrant mon carnet à spirales, je m'étais remise à écrire, le torrent, la déferlante – il était question d'étreintes et de scandales, de bombes sifflantes et de renards aux yeux d'or, un ballet se déployait, une farandole de déesses lointaines qui, chargées de nos destinées, tiraient soudain un fil trop fort, ou le tranchaient. On appelait ça un premier jet, avait dit Kembell. Un jaillissement séminal : oups, pas fait exprès.

Peu après 3 heures du matin, j'avais laissé de côté mon récit pour gribouiller une lettre. Perdu pour perdu… Cassandra ! Cassandra, une fois, dix fois, la foudre a frappé mais mon cœur bat encore, sais-tu le rien dans lequel tu me laisses ? Je meurs, Cassandra, par moi le monde t'adore, laisse-nous grandir dans la féerie de l'instant.

N'importe quoi.

Je me tortillai sur ma chaise. Bientôt, il me fallut m'interrompre pour apaiser le feu nouveau qui me consumait, et nous refîmes l'amour en reines, en putains, en sœurs et en amies, à ceci près que cette fois, je jouais son rôle aussi, mes mains devenues siennes – jusqu'au moment où, le plaisir implosant entre mes doigts mouillés, le visage de Wilona apparut près du mien, « c'est bien, soufflait-elle tandis que je me tordais, tout ce qui arrive est merveilleux, ne pense qu'à toi… ».

Pour finir, j'avais plié le mot et, dans la fraîcheur de l'aube, pieds nus et furtive, j'avais glissé l'enveloppe sous sa porte.

À présent, dans le matin lumineux délivré de ses brumes, j'étais de retour à Knighton Mills, assise sur la margelle d'une fontaine clapotante, parcourant le journal du jour tandis qu'un vieux chat gris, pelotonné à mes pieds, accueillait en ronronnant la douceur du soleil.

J’avais envoyé un télégramme à Wilona, lui demandant de quitter Londres. Et ce n’était pas tout.

— Pas brillant, hein ?

Je baissai mon journal. Leslie se tenait là, mains dans les poches, cheveux blancs en liberté.

— Bonjour. Je me demandais si vous étiez parti.

Il rit.

— Pour aller où ? (Et, tapotant sa cuisse.) Arrivera ce qui devra. Je n’ai plus l’âge de détaler comme un lapin.

— Certains lapins ne détalent pas, dis-je.

— Quoi ?

— Rien. Vous avez bonne mine.

Il sourit.

— Les journalistes et leurs jolis mensonges. Quelqu’un est mort, chez vous ?

— James Balfour.

Il opina.

— J’ai vu passer un corbillard, il y a une heure. C’est bien triste. J’imagine que ça a été soudain ?

— Si vous m’invitiez à boire quelque chose ?

— Il n’est pas 11 heures. Et, comme vous l'avez vu, le *Red Swann* est fermé jusqu’à nouvel ordre – courage, fuyons.

— Je parlais d’un café. Ne pourrions-nous pas aller chez vous ?

Il sourit.

— Ne le prenez pas mal, mais je n’ai jamais fait entrer une représentante du beau sexe chez moi depuis la mort de ma femme, et je n’ai pas l’intention de faire une exception pour vous.

Je hochai la tête.

— Elle avait de la chance, madame… Madame comment, au fait ?

Il me toucha le bras.

— Ils seront là ce soir, vous savez. Je sais que Dandelion Manor est équipé d'un abri, mais j'ignore s'il est sûr.

Je repliai mon journal, le lui tendis. Il fit non de la tête.

— Merci pour la conversation, dis-je. Et pour votre accueil, le jour de mon arrivée. Vous êtes une belle personne, Leslie. Je vous garderai une place de choix dans mon roman.

— Parce que vous…

Je posai mes lèvres sur son front.

L'IMBÉCILE

— Vous avez des piles ?

Combien de fois avait-il posé la question depuis ce matin ? Son grand-père était trop occupé. Le vieux Carl l'avait gratifié d'une chiquenaude – mon pauvre petit ». Casaubon avait promis qu'il allait « lui dénicher ça », et n'en avait plus reparlé. Ninette n'avait rien trouvé à répondre, mais Merlyn sentait bien qu'elle était heureuse de ne plus avoir à se soucier de lui. Beatrix ? Partie à bicyclette pour Knighton Mills – à peine s'il avait eu le temps de la tirer par la manche. « Madame ? » Elle avait secoué la tête. « Il est fort probable que la quincaillerie soit fermée, mon pauvre. » Quant à sa mère et à Flin, ils étaient, assez simplement, les deux derniers grands auxquels il avait eu affaire, l'une sortant au petit matin de la chambre de l'autre, pieds nus, les cheveux dénoués, anormalement inquiète – « notre cow-boy ne va pas fort, il faut le laisser tranquille, d'accord ? » (Puis, baissant les yeux sur sa caméra.) « Tu ne m'as pas filmée, n'est-ce pas ? » Et son fils de secouer la tête. « Je n'ai plus de batteries. » Elle lui avait promis qu'on s'occuperait de cela plus tard. Elle avait ajouté qu'il y avait des choses plus graves et plus importantes dans la vie et, quand il lui avait demandé quoi, elle l'avait congédié d'une petite tape sur le derrière, « allez, file ».

Plus tard, dans la nurserie, Esme, refermant son livre, lui raconta qu'elle avait vu les croque-morts sortir le corps de James Balfour de sa chambre, suivis par Henok (ah bon ? songea Merlyn) et que, vraiment, il était regrettable qu'il n'ait pas eu l'occasion d'immortaliser cette scène. Au sujet des piles, ajouta-t-elle, se relevant, faisant basculer l'un après l'autre les wagons du train électrique, inutile de se bercer d'illusions, avant ce soir, sans doute, on aurait quitté les lieux, du moins l'espérait-elle parce qu'une domestique lui avait annoncé que les Allemands arrivaient – des avions chargés de bombes incendiaires, des navires à cuirasse hérissés de mille canons et lestés de Boches armés jusqu'aux dents.

Estomaqué – autant par les implications de cette nouvelle que par le calme imperturbable avec lequel sa sœur semblait l'accueillir –, Merlyn sortit à reculons, mains levées, un soldat implorant une trêve.

Il ne voulait pas en entendre davantage. Il ne voulait pas penser à son père, surtout, terré, tremblotant, dans quelque forteresse de bord de mer, sanglé d'une cartouchière, comme dans ce livre sur la guerre du Texas trouvé dans la bibliothèque il y a deux jours, que Mère lui avait arraché des mains. Avec qui se remarierait-elle, tiens, si papa venait à mourir ? Partiraient-ils habiter à Édimbourg, chez leur grand-père ? Seraient-ils, pour de bon, envoyés en pension à Oxford – une hypothèse fréquemment formulée par Ninette et qui, dans sa bouche, sonnait comme une menace ?

La pendule de la galerie venait de sonner 11 heures lorsque Kembell Gradey, assis dans un large fauteuil sorti de son boudoir, releva lugubrement la tête à son passage et, comme s'il venait de se remémorer un détail primordial, lui demanda s'il voulait « partir en excursion ». Le garçonnet écarquilla les yeux.

— Qu'est-ce qui s'est passé, avec le tableau ?

Son grand-père se retourna, un bras sur le dossier.

— Que veux-tu dire ? Ce n'est qu'un port.

— Il y avait des navires, avant.

— Tu dois te tromper.

— Je suis sûr que non.

Le maître de Dandelion Manor avait posé ses mains sur ses genoux.

— Alors ? Cette promenade ?

Côte à côte, perdus dans leurs pensées, ils allaient le long de la falaise, sans prêter attention à la houle écumante qui, cent pieds plus bas, se déchaînait contre les rochers sombres. Des mouettes criaient, ballottées par les vents. Merlyn écartait les bras en ailes d'avion, courbant les ajoncs, les yeux rivés sur l'horizon bleu.

Il n'y avait pas de quoi s'alarmer, lui avait promis son grand-père, aucune raison de penser que les Allemands largueraient leurs bombes dans la région, à supposer qu'ils la survolent, ce qui paraissait tout aussi improbable. Quant aux piles, on en rachèterait dès que la quincaillerie rouvrirait, les paysans du coin étaient un rien inquiets, c'était humain, mais ils reprendraient leurs esprits sous peu.

— Tu es triste ?

Poings dans les poches, Merlyn avait regardé son grand-père se moucher sans grand succès, puis s'essuyer le coin des yeux.

— Oui.

— À cause de James ?

— La douleur que nous inspire le départ des êtres est proportionnelle à l'amour que nous leur avons porté. Et j'aimais beaucoup James.

— Mais il frappait Henok.

— Qui t'a raconté ça ? demanda le maître des lieux, posant une main sur son épaule.

— Personne.

— Allons. Tu ne l'as pas sorti de ton chapeau.

— Esme. Beatrix.

Son grand-père branla du chef, remit son canotier en place.

— Beatrix fait partie de ces personnes qui aiment parler même quand elles ne savent pas de quoi.

— Alors, ce n'est pas vrai, que James le frappait ?

— C'est une discussion de grandes personnes, répondit Kembell Gradey après un long silence. Les choses sont rarement aussi limpides qu'on le pense.

Ils s'arrêtèrent pour regarder les nuages, leurs déguisements étranges, les ombres immenses qui passaient sur la lande. « Paréidolie, murmura le grand-père. Les plus beaux mensonges sont ceux auxquels nous finissons par croire. » Merlyn soupira. Quoi ?

Un jour, ils s'étaient promenés dans la forêt, pendant des longues heures, et son grand-père lui avait montré les mousses, les fougères, les champignons, « tu vois, c'est ici que viennent les fées, la nuit », lutins, kobolds, leprechauns – leur danse virevoltante dans le secret du soir. Où étaient-ils passés, ces étés bénis bercés de violons lointains ? Qui avait volé la poussière dorée des crépuscules ?

Le grand-père pleurait, à présent. Il prétendait le contraire, « dis-moi où tu vois des larmes, petit malin ? » mais Merlyn savait bien : il pleurait à l'intérieur, une tristesse rentrée et muette, une tristesse de grands.

— Est-ce que les fées sont parties ? demanda le garçonnet tout à trac, alors qu'ils venaient de faire demi-tour.

Kembell Gradey tourna son regard vers la mer – un banc de brouillard blanc s'était levé à l'horizon.

— L'été déroule ses ors, mon garçon. Mais il est possible que les choses aient changé, oui.

— Moi, je les ai vues. Plusieurs fois.

— Quelle chance.

— Tu ne me crois pas ?

— Si, bien sûr que si, lui assura son grand-père, qui le considérait avec le plus grand sérieux. Que faisaient-elles ?

— Elles se préparaient.

— À quoi ?

Merlyn ferma un œil.

— Les portes se ferment. Mon ami m'a montré une danse.

— Ton ami – ah.

Ils s'étaient remis en route.

— Il n'a pas de vrai nom. Pas de vrai visage non plus – enfin, ce n'est jamais le même. Et il vient quand il veut.

— Ce doit être un ami bien spécial.

— Oh oui.

Kembell Gradey se frotta la tempe droite. Merlyn l'observait. Épuisé, devinait-il, et plus encore, il avait entendu le médecin en parler. Accès de mélancolie aiguë, avait lâché le praticien en lui prescrivant des fortifiants. Je ne pensais pas vous dire ça un jour, mais vous devriez changer d'air. Réévaluer certains éléments de votre mode de vie, peut-être ? (Casaubon s'était retranché dans l'ombre.)

— Ce compagnon… reprit Kembell. Est-il encore ici, au moment où nous parlons ?

L'enfant plissa les yeux.

— Non.

— Parti lui aussi ?

— Je ne crois pas.

Le grand-père se gratta le menton.

— Le mystère s'épaissit.

Ils arrivèrent à un croisement. Un chemin bordé de futaies descendait vers le bois, l'autre continuait le long de la falaise.

— Pas la forêt, décida Merlyn.

— Non ?

— Ce serait trop triste.

Dans le ciel d'été, un chapelet de nuages cotonneux s'éloignait vers le levant. De son canotier, Kembell s'éventait mollement. Il posa des questions sur la caméra, les films, la rémanence des rêves, l'effacement des prodiges. Son petit-fils n'avait pas grand-chose à lui répondre. Les images pâlissaient, voilà tout, elles perdaient de leur intensité. Comme des songes, peu à peu, se détricotent.

Il ébouriffa la tête du petit garçon.

— Tu as faim ?

— Pas du tout.

La poitrine du grand-père se gonfla. Il éprouvait, sentit Merlyn, l'envie irrépressible de le serrer dans ses bras, d'enfouir son visage dans la tiédeur de son cou, de lui demander pardon. Pardon de quoi ?

Là-bas, au-dessus des roseaux, un tremblement de lumière, les vestiges d'une présence.

LES SOUFFRANCES DU JEUNE ALBERT

Midi ! chantait une fauvette cachée dans un buisson, à la sortie du sous-bois où je venais de crever.

Ma bicyclette retournée, j'examinai les dégâts en jurant entre mes dents. Que faire ? Abandonner l'engin ici ? Deux lieues au moins me séparaient de Dandelion Manor, et je ne me voyais pas le traîner sur une telle distance. Sans doute me suffirait-il de le laisser dans le fossé, couvert de branchages. Personne n'empruntait jamais cette route.

Une minute plus tard, comme pour me donner tort, le bruit caractéristique d'un moteur de voiture montait au-dessus des chaumes. Ma chance ? Bientôt, un véhicule apparut, un modèle de sport, décapotable.

Non…

Il m'avait vue, évidemment. Sur le bas-côté, il tira le frein à main et sortit sans son chapeau. Il avait l'air exténué, et pas du tout heureux de me croiser.

— Qu'est-ce qui s'est passé ?

Il guignait ma bicyclette.

— Si je le savais. Un tesson de bouteille ?

Il s'avança à mon côté, jeta un coup d'œil, haussa les épaules.

— On peut la mettre sur la banquette arrière.

— Loué soit mon sauveur.

Il écarta une mèche, se tourna vers la direction du manoir.

— Tu es la dernière personne que je m'attendais à trouver.

— Tu pensais que je serais partie ?

Il se tourna vers moi.

— Tu étais venue pour moi, à l'origine. Tu te rappelles ?

Nous restions là, bras ballants, à un pied l'un de l'autre.

— Tu as l'air si triste. Si changé. Je peux te serrer dans mes bras ? Je ne ferai rien de plus.

Il s'avança vers moi, m'étreignit. Puis me repoussa, recula d'un pas. Foin de sentimentalisme, disait son regard ; tentons, pour une fois, de nous comporter en adultes.

Empoignant ma bicyclette, il la hissa sur la banquette arrière et fit le tour de la Mercurio Sport pour m'ouvrir la portière côté passager. Ce modèle n'avait pas grand-chose à voir avec le mien. Le tableau de bord était métallisé, la plupart des cadrans restaient incompréhensibles à mes yeux de profane. Quant aux fauteuils, ils étaient bas, inclinés – on conduisait à demi allongé. Au moment d'introduire la clé de contact, Albert se tourna vers moi.

— À propos de Cassandra…

Je souris.

— Mm ?

— Toujours entichée de ce butor d'Amerloque ?

Je lui tapotai la cuisse.

— N'y pense plus.

— Tu as vu comment elle le regardait !

— Elle t'aime, Albert. Elle n'aime que toi. Elle me l'a dit.

Vibrant d'espoir, soudain, il me scrutait avec fièvre, à la recherche, j'imagine, d'un tressaillement de paupière – n'importe quoi qui eût pu me trahir.

— Quand donc ?

— Il faudra te contenter de ma parole.

Il hocha la tête, songeur.

— Tu as raison.

— Raconte-moi Londres, dis-je, pleine d'une ardeur forcée.

Il se retourna sur son siège. Nous étions seuls. Au milieu du pré, en contrebas, un vieil âne nous surveillait. Albert baissa la tête.

— Un désastre. L'armée n'a pas voulu de moi. Je pensais pouvoir passer au travers des mailles, mais...

— Tu t'en doutais, non ?

— Cette histoire d'arythmie. Je me disais que, peut-être, ils avaient pu se tromper. Tu comprends, jamais je n'ai ressenti le moindre symptôme. (Je hochai la tête ; pâle sourire de reconnaissance.) Et il y a mon œil faiblard. Mon frère, c'était l'autre. Drôle, non ? À nous deux, on aurait pu y voir correctement.

Le rugissement du moteur me surprit. Cette fois, résolument il avait tourné la clé. Il y eut un tressautement, et nous nous mîmes en route. Mains serrées sur le volant, Albert regardait droit devant lui.

— Je vais me jeter à ses genoux, voilà ce que je vais faire.

— Serre plus à gauche.

— Merci, mais il n'y a personne sur cette route. Me jeter à ses genoux, implorer son pardon. Tu ne crois pas ? Je ne la mérite pas, Beatrix. Je vais tout rebâtir. Maison rasée, première pierre.

Je l'observai, à la dérobée. Mon gros bull-dog aux abois. Lippe tremblante, si perdu. Retour à la niche – gentil chienchien.

Le pire, c'est que j'avais presque envie qu'il parvienne à ses fins. Que leur mariage ressemble enfin à quelque chose. Je crois que je serais partie sans regret.

Et puis, dans le même temps, je le méprisais. Et je me dégoûtais plus encore d'avoir pu m'éprendre de lui, me convaincre que j'en étais éprise.

Je repensais à nous, dans cette affreuse chambre du *Russel*, moi juchée sur lui, paumes plaquées sur son poitrail, face à l'ovale du miroir cerclé d'or.

Je m'étais contemplée, en nage, éperdue, tandis qu'il pétrissait mes seins et répudiait sa famille entière – et ce que j'avais vu m'avait paru tellement irréel que j'avais décidé de continuer.

— Comment va mon père ?

— James est mort.

— Quoi ?

La Mercurio fit une embardée ; nous faillîmes verser dans le fossé.

— Albert, Doux Jésus…

Il se tournait vers moi – bouleversé, haletant.

— Mais quand ? Quand est-ce arrivé ? Pourquoi ne me l'as-tu pas dit avant ?

— Regarde la route.

— James. Pauvre James. Le cœur ?

— Je ne sais pas.

Cassandra avait-elle lu ma lettre ? Disparais, Albert. Laisse-moi descendre, fais demi-tour, mets le cap sur la falaise – écrase la pédale d'accélérateur.

— Quand était-ce ? insista-t-il.

Moi : ouvrant délicatement la porte de sa chambre. Elle : endormie ou tout comme, sa hanche nue satinée de soleil, brise volage, rideau de soie gonflé…

— Il n'a pas souffert, dis-je sans y penser, il s'est endormi, voilà tout, il n'était pas… n'était pas…

— Qu'est-ce que tu racontes ? Il avait 54 ans !

Tes lèvres entrouvertes, Cass. Cuisse voluptueuse, l'ivoire brillant d'un demi-sourire, ma main glissant...

— C'est ainsi.

La route grimpait à l'assaut d'une colline. Au sortir des sous-bois, une route mouchetée d'or s'élançait – une caille apeurée bondit dans les fourrés.

— Il nous faut quitter les lieux aussi au plus vite, siffla Albert entre ses dents. Aujourd'hui même. Personne ne doit rester à Dandelion Manor.

J'acquiesçai d'un sourire distrait. Perdu dans un monologue hachuré, où perçaient des accents de panique, l'héritier des Gradey serrait son volant à s'en brûler les paumes.

J'avais l'impression, dorénavant, que tout était possible.

Quand les tourelles du manoir surgirent, au détour d'un lacet, Albert se tourna une dernière fois vers moi.

— Il s'est passé quelque chose, dit-il.

— Sans blague.

— Tu ne me réclames plus le texte de mon père. Tu n'essaies même plus de m'embrasser par surprise.

Un petit rire m'échappa.

— Déçu ?

Il secoua la tête.

— Je voulais vous remercier, miss Ardeen. D'avoir été là. De nous avoir permis de vivre cette histoire – même si nous savions qu'elle ne mènerait nulle part.

— Peux-tu arrêter la voiture ?

— Je ne voulais pas...

— S'il te plaît. Maintenant.

Il freina, coupa le moteur à l'ombre d'un alisier. Il tortillait sa moustache.

— Je t'ai blessée.

Quel être absurde, songeai-je. Au fond, il n'avait été bon qu'à me baiser. Maladroitement, en bon coupable, mais avec une ferveur assez intéressante.

Je descendis.

— Je préfère terminer seule, dis-je, taquinant ma portière comme on flatte la croupe d'un cheval. Bonne chance.

Il me contempla longuement, bouche entrouverte, puis, secouant la tête, remit le moteur en route, et s'éloigna dans un nuage de poussière crayeuse.

Lentement, à ciel ouvert, la transformation de íτb́ s'opérait ; il partait vers un état que ni lui ni un autre ne pouvait nommer. Comprendre était un mot qui avait perdu sa couleur. Tout, en cet être obstiné, se côtoyait désormais sans altération. À certaines heures du jour, un volcan l'embrasait et il songeait à son peuple, la multitude enfuie vers les contrées les plus reculées, et sa face devenait un masque d'albâtre, et sa robe noire flottait autour de son corps étique. À d'autres moments il ne s'appartenait plus, incapable de prendre la mesure de la tempête, du cataclysme lent qui se dépliait en lui, pour excéder ses propres limites et imprégner le monde de son suc. Il était le 0 sur la feuille, perdu au cœur d'une suite sans fin ; il était ce visage impassible, cet homme assis à l'avant du trolleybus et qui n'existait pas, cette jeune fille inconnue vous fixant d'un regard vide, dont vous vous souviendrez soudain à l'heure de votre —— de votre quoi ? ; il était la pourriture, le nuage désagrégé, la vague qui se retire, la flammèche éteinte dans un poing ; il était le mot qui jamais ne franchissait les lèvres du pasteur, du mourant, du bambin, du poète, celui que seul le plus fou des fous pouvait énoncer, cracher, hurler, avant de se fracasser le crâne contre la porte de sa cellule ; il était cette pensée comique, cette tragédie qui ne procède de rien et ne mène nulle part ; il était le papillon aux ailes de nuit, constellées d'argent et qui, devant une fenêtre ouverte, refuse de prendre son envol ; il était le contraire de l'imagination, le geste non esquissé, le jour étrange avant le jour, le rire dénué de raison, l'espace infini et glacé, le regard tourné vers l'intérieur.

Il allait dans le parc, sans limite et sans but, déployé telle la nuit.

Dans le hangar ouvert aux quatre vents, juché sur un escabeau en bois, Flin Boyce était occupé à briquer au chiffon le fuselage de son Adrastus quand Cassandra, main en paravent, s'avança sur le terre-plein, et ίζ,ɓ́ roulait dans l'herbe à sa suite, torse nu-poilu et pantalon de lin blanc, parfumé de rose, mâchonnant une tribu d'insectes. La jeune femme, ignorante, portait une robe sans manches, assortie d'un décolleté carré. Comment s'appelait cette couleur, déjà ? Cuisse de nymphe ? Elle demanda à l'Américain si elle pouvait lui parler. Dis oui ! l'encourageait ίζ,ɓ́, remis sur ses pieds, dis oui et va, agis ! la vie est courte, surtout la tienne ! Mais Flin considérait sa visiteuse avec une méfiance très humaine. Ma parole, ce sourire l'inquiétait ? Cassandra s'avança malgré tout. Des volants de dentelle frissonnaient à sa taille, ornés de fleurs de tissu —— un lourd collier de perles descendait jusqu'à ses hanches.

À sa main, une feuille de papier pliée défroissée, en partie déchirée.

Flin descendit de son perchoir, s'essuya les mains, jeta dans un coin son chiffon taché de Cirémail.

De quoi s'agit-il ?

Elle lui tendit la missive.

Il la défroissa, la lut en diagonale, releva la tête vers la jeune femme. Je ne comprends pas, dit-il. Une lettre d'amour ? À qui ?

Elle sourit. Ne reconnaissait-il pas cette écriture ?

Il secoua la tête. Crétin, pesta ίζ,ɓ́.

Beatrix Ardeen, expliqua Cassandra. Ce billet enflammé était destiné à mon cher époux.

Oh, répondit Flin en lui rendant la missive, avant de se passer une main dans les cheveux. Euh, eh bien, euh. J'ignore ce qu'il convient de proférer en pareil cas.

Simple, fit Cassandra. Quelque chose comme « je peux vous aider, madame, votre mari est un malotru, un scélérat, il ne vous mérite pas. »

Haha, fit .

Flin grimaça. Ce serait aller un peu vite en besogne.

Elle leva les yeux au ciel. Vraiment, vous croyez que nous avons le temps ? (Elle clignait des yeux face au soleil.) Vous pensez que vos aimables atermoiements, à la fin des fins, seront portés à votre crédit ?

Flin le regardait. Comment se tirer de ce guêpier ?

Elle fit un pas vers lui, avec une moue impudique. Vas-y, ma jolie ! s'enthousiasmait . Pas de quartier !

L'Américain déglutit. Elle était belle, évidemment, mais de ce genre de beauté qui s'impose au premier regard et n'a rien d'autre à dévoiler qu'elle-même. Des hommes se seraient damnés pour elle, des hommes l'avaient sans doute déjà fait, comme on part à la guerre : dans un élan irréfléchi.

Mais il y avait Beatrix, comprit  qui, réduit soudain à la taille d'un pouce, flanquait des coups de bottine à un lucane brun-noir. Beatrix et son air perpétuellement renfrogné, ses traits si fins, sa peau si pâle, son expression querelleuse. Beatrix et son inappétence manifeste au bonheur, compensée par une énergie incoercible et un intraitable sens du sarcasme. Beatrix et ses gestes mal assurés, le frémissement de sa bouche, les mèches brunes qui, parfois, voilaient son regard, et lui donnaient des airs de reprise de justice.

Beatrix que Flin ne possèderait jamais.

Elle lui demanda à quoi il songeait. Devait-il répondre ? Depuis quelques jours, il se sentait vieillir, terriblement ; il songeait aux années enfouies, à sa femme dont le visage, peu à peu, s'effaçait, aux mille façons dont il avait essayé de l'oublier, au désespoir qui l'étreignait, parce que le temps l'avait oubliée à sa place.

Flin ?

Sans ménagement, il la tira par le bras, plaqua ses lèvres sur les siennes (*mazel tov* ! gémit  qui, les yeux fermés, recevait son plaisir en ondes ouatées), tout de suite, il la sentit trembler, depuis quand une femme n'avait-elle pas tremblé si fort ? Déjà, elle répondait, le quêtait de ses gestes, esquisses, réinventions, éveillant en lui des appétits qu'il pensait perdus.

L'escabeau vacilla ; il le retint d'une main, de l'autre retroussa sa robe comme il pouvait, la trouva vite, presque sans effort, était-il possible que

—

Elle s'abandonnait, sans volonté, une fleur mouillée sous ses caresses, si insupportablement douce qu'il dût, un instant, la tenir loin de lui pour ne pas défaillir, ses vingt ans étaient de retour, et , son cœur devenu tambour, dansait, ensauvagé, parmi les herbes. Il embrassa son épaule, sa main remonta le long de son dos, dans le sillon de ses reins, une traînée de sueur décupla le désir qu'il avait d'elle.

Il se redressa. Quoi ? Quoi ? Il y avait quelqu'un là-bas, un homme qui sortait, il l'amena à elle, l'attira dans la pénombre tiède, venez, souffla-t-il, ne restons pas là, il y a une porte derrière, et la lande folle, et le vent d'été.

UN ÉTÉ EN ENFER

Il m'attendait au bout de la route. Il venait de refermer le capot et ses mains étaient couvertes de suie.

— Je sais, fit-il tandis que j'arrivais à sa hauteur.

— Tu sais quoi ?

— Je n'ai pas *non plus* l'étoffe d'un mécanicien.

Je jetai un œil au tableau de bord.

— Tu vas la laisser ici ?

— Pas le choix. Klemens viendra mettre un coup de clé à molette. Ou ce type du village – comment, déjà ?

— Leslie.

Il approuva, prit son chapeau, s'en éventa, les yeux rivés sur les tourelles de Dandelion Manor, glorieuses dans la lumière du midi.

— En route ?

Je me tournai vers la mer – les falaises.

— Nous pourrions longer la plage, dis-je. Remonter par le chemin de derrière. L'escalier dans la falaise.

Il fronça les sourcils.

— C'est ce qui te ferait plaisir ?

— Oui, tiens, changeons les règles : préoccupons-nous de ce qui me ferait plaisir.

Il prit ma main dans les siennes.

— Je suis un homme neuf, annonça-t-il, effleurant mes doigts de ses lèvres. Je voudrais… Je voudrais qu'en ces heures graves, nous restions amis.

— Ta femme sait tout, dis-je.

(Mais toi, ajoutai-je en pensée, tu ne sais rien de ce que j'ai connu avec elle, et je doute que tu la connaisses un jour comme je la connais désormais. Rester amis ? Autant m'offrir un souper au cyanure, cher Albert. Tu ne m'inspires plus qu'un invincible ennui.)

— Je lui parlerai.

Je ne répondis rien. Laissant la voiture, nous coupâmes à travers champ, passâmes à côté du vieux pommier qui, à en croire Merlyn, ne donnait plus de fruits. Au temps pour le péché originel. Là-bas, lovée au soleil, la mer scintillait encore, tandis que de gros nuages blanc-gris se déposaient sur la ligne d'horizon.

Albert me demanda comment allaient les enfants. Je restais vague : Esme plongée dans ses romans, Merlyn lançant la balle à Bonnie, tout va bien.

Je revoyais le regard de son fils quand, petit garçon perdu, il avait compris – confusément, mais l'instinct des enfants les trompe rarement – quand il avait compris, donc, que sa mère et moi désirions immensément rester seules.

Une barque de pêche avait été halée, un filet vide laissé à l'abandon en travers de la grève. Albert s'approcha, soupçonneux.

— Qui a pu laisser ça ?

Il examina une rame, la laissa retomber. Des vagues venaient rouler des galets, une mouette attaquait le sable en nous surveillant du coin de l'œil.

— Des gens sont partis se réfugier vers l'intérieur des terres, dis-je.

— Se réfugier ?

J'eus un geste évasif. Il revint vers moi, me prit par le bras, et nous nous éloignâmes côte à côte – il ne le savait pas encore, et moi non plus, mais c'était la dernière fois qu'il éprouvait quelque chose qui ressemblait à du bonheur.

— Cela me semble exagéré. Tu veux mon avis ? Nombre de nos concitoyens prennent plaisir à la peur ; ils s'en délectent, la caressent tel un trésor. Que craignons-nous, au vrai ? Que le Kaiser fasse pleuvoir sa rage meurtrière sur nos chers vieux refuges côtiers ? Au nom de quoi ? Quelque chose comme la haine du beau ?

Il pérorait, emporté par un élan lyrique que je ne lui connaissais pas. Plusieurs fois, il se tourna vers moi, et je vis que la flamme de désir qui, longtemps, avait hanté son regard, s'était définitivement éteinte. J'étais devenue une amie, oui, une complice des jours anciens. Le témoin de sa renaissance.

Nous passâmes au large du rocher au pied duquel son épouse et moi nous étions allongées, la veille au soir. Et goûtées. Et dévorées, bon sang. Le cœur au bord des lèvres, je marquai le pas. Tu vois ça, Albert ? C'est ici. Mes mains incrédules, ses cuisses brûlantes, c'est ici. J'ai plongé et je me suis perdue. Veux-tu que je te parle de sa douceur d'ange, mon ami, de l'impitoyable précision de ses gestes, du filament de salive pendant à son menton, brillant sous les derniers ors du soleil ?

— Tu parais pensive.

— Je le suis, dis-je, et nous nous remîmes en route.

Nous avions rejoint les marches de l'escalier de pierre, creusé à flanc de falaise, seulement bordé d'une rambarde de bois.

Il ouvrait la marche, soliloquant. Il s'inquiétait pour son père. Qu'allait devenir le « club des quatre », que Kembell Gradey avait eu tant de mal à reconstituer ? Ce pauvre vieux Carl, aussi ! Sais-tu qu'il raconte à tout le monde qu'il a volé, ces jours derniers ? Je veux dire, *littéralement* ? J'ai le sentiment qu'il éprouve les plus grandes difficultés à distinguer ses rêveries de la réalité. Il faut dire que l'on s'y perd.

Au-delà de la mer rayonnante ridée de blanc, embrasser l'horizon tuméfié. Pleuvait-il, là-bas ? J'avais l'impression que quelque chose nous échappait.

Enfin, nous arrivâmes au sommet. Albert, qui m'attendait sur la dernière marche, me hissa d'une traction excessivement vigoureuse, de sorte que je tombai dans ses bras. Il eut un rire gêné, me repoussa sans aménité. « On va encore jaser. » Je ne sais pas pourquoi, mais je me mis à rire aussi.

Nous avançâmes sur le sentier ; une sterne rosée survolait les hautes herbes. Et puis, tandis que nous montions encore, Albert, à l'arrêt, me serra le poignet.

Là-bas, contre un mégalithe, un homme et une femme, entièrement nus, se livraient à une copulation effrénée. Elle lui offrait son dos, son cul, il la besognait avec rage – on distinguait leurs vêtements, éparpillés dans l'herbe.

Les amants ne nous voyaient pas. À côté de moi, je sentis le mari vaciller ; je secouai la tête, blessée moi aussi, mais d'une autre peine, naturellement – plus diffuse, plus inattendue.

Il fondit sur eux à grandes enjambées. Tentai-je de le retenir ? Je n'en suis plus très sûre. Il se trouvait à dix pas quand Flin Boyce, saisi d'un instinct tardif, lâcha sa partenaire et se retourna. L'uppercut du bafoué le cueillit au coin de la mâchoire. Un coup sincère mais maladroit.

Cassandra recula, nos regards se croisèrent, ils n'avaient pas grand-chose à se dire.

— Écoutez… commença Flin – une proposition purement rhétorique.

Soufflant comme un taureau, le mari fonça tête baissée. Son rival, plus rompu que lui à ces joutes, s'écarta d'un bond, le saisit par la taille et l'envoya rouler à terre. Albert se releva, rigolard, le pantalon taché d'herbe. Il pointait l'Américain du doigt.

— Tu es mort, Boyce. Tu n'existes plus !

Cassandra, muette, avait commencé à rassembler ses affaires. Bien trop avisée pour tenter de s'interposer. À l'écart, sur une jambe, elle enfilait sa culotte, sa tunique – le reste gisait plus loin, hors de portée.

— Albert, murmurait Flin, me jetant des coups d'œil désespérés tandis que, paumes levées, il reculait pas à pas, comme un dresseur essaie de calmer un fauve, vous devez comprendre que rien de tout ça n'était prémédité.

Le mari émit un rire, quelque chose à mi-chemin entre le hennissement et le sanglot. J'avais de la peine pour lui, du chagrin pour nous. L'histoire, nous le savions tous les quatre, ne pouvait pas bien se terminer.

De ce qui se passa ensuite, de l'enchaînement précis des faits, j'aurais du mal à offrir un récit dûment circonstancié.

Albert tourna soudain les talons, et s'enfuit vers le manoir, comme s'il avait le diable à ses trousses (peut-être l'avait-il).

Sans un mot pour Flin, Cassandra partit ramasser son soutien-gorge – un modèle de dentelle, décoré de broderie – puis, secouant la tête, me le lança à la volée, avant de s'en retourner elle aussi.

Flin et moi restions seuls. Il m'adressa un regard piteux.

— Je sais ce que vous vous dites.

— Contente pour vous.

Je pris le chemin du retour, le laissant rassembler ses frusques à son tour.

J'arrivai à la hauteur des écuries lorsque je vis Albert ressortir, tenant Cassandra contre lui, et tirant Esme par la main.

Sur la tempe de son épouse, il avait posé le canon d'un pistolet chromé.

Je m'arrêtai. La petite pleurait. L'épouse, elle, gardait un visage fermé. Albert la forçait à avancer.

Il m'avait vue, mais il n'en avait cure. Il se dirigeait vers le hangar.

Flin, qui m'avait rejointe, s'immobilisa à mon côté.

— *Jeez*. Qu'est-ce que ce cinglé…

— Hé, Boyce ! Arrive un peu par ici !

L'Américain me regarda, comme si j'allais lui indiquer la marche à suivre. Albert cria de nouveau. Ses intentions étaient claires. Il tenait sa femme en otage. Il voulait que Flin sorte son avion du hangar.

C'était ridicule. Plaisamment terrifiant, aussi.

Frappant Cassandra d'un coup de crosse, son époux la força à s'agenouiller. Esme se jeta sur sa mère, l'étreignit, je vis la jeune femme refermer ses bras autour de sa fille.

Flin essaya de parlementer. « Enfin, qu'est-ce que vous espérez ? »

Il n'était plus question de ça, cingla Albert. Plus question d'avenir, de projet – plus question de réfléchir. « Fais rouler ce putain d'appareil hors de sa cachette ou je brûle la cervelle de ta traînée, tu m'as compris ? »

Sur le perron, alerté par les cris, Kembell Gradey était sorti. Son fils lui fit comprendre qu'il ferait mieux de rester là où il se trouvait. C'est une affaire d'hommes, père. C'est une affaire d'honneur.

La mort dans l'âme, et pour gagner du temps, probablement, Flin Boyce partit s'installer aux commandes de son engin.

J'aurais été à sa place, songeai-je, j'aurais mis les gaz et je me serais envolée.

Mais je n'étais pas à sa place. Avec sa triste placidité de *Yankee*, l'Américain obtempérait.

Bientôt, l'Adrastus-DC2 pointa son nez fuselé hors de son repaire et s'engagea sur l'allée centrale.

Kembell donnait des ordres à ses domestiques ; arrivé en renfort, Casaubon avait chargé une carabine.

Albert fit signe au pilote de laisser le moteur en marche, et de descendre. Flin obéit.

— Albert, je crois que le moment est venu de parlementer. Dites-moi ce que vous souhaitez – je veux dire, à part me voir disparaître de la surface du globe.

Toujours ce rictus. Ce flegme de la raison.

Albert serrait les dents. « Ce que je souhaite, c'est que tu fermes ta putain de grande gueule et que tu aides ma fille à monter là-dedans. »

Flin secoua la tête. « Je ne vais pas faire ça, mon vieux. »

— Je pense que si, répliqua Albert, pointant son arme sur lui. Il faut qu'on t'explique le sens du mot "conséquences".

L'Américain voulut répliquer, le sujet n'était pas là, ne serait-il pas préférable, pour commencer, de s'asseoir autour d'une table, et de reprendre ses esprits ?

— Donne-moi des conseils, ricana Albert, vas-y. Et pendant que tu y es, explique-moi pourquoi je ne devrais pas te loger une balle dans l'œil.

— Parce que... vous ne voulez pas tout gâcher ?

Albert haussa un sourcil. « D'où est-ce que vous sortez, Boyce ? À part de ce trou poussiéreux du Kansas, je veux dire ? (Il secoua la tête.) Je n'arrive pas à le croire. C'est la guerre, on ne vous a pas mis au parfum ? »

Flin voulut rétorquer – ce qui n'était pas possible. Pointant son pistolet sur lui, Albert lui intima de hâter la manœuvre. Mâchoires serrées, l'Américain attrapa la malheureuse Esme et la hissa jusqu'au cockpit, où elle prit place en tremblant.

Je ne me souviens pas avoir prononcé un mot. Je ne me souviens pas avoir pensé que ça pourrait servir à quelque chose.

Je connaissais Albert : ses emportements d'enfant, ses jaillissements de violence désordonnée. Mais je découvrais un homme nouveau, aussi, un homme… révélé ? Ce pli haineux au coin de la bouche, cet effrayant sang-froid, cette faconde de roman policier…

La minute d'après, c'était au tour de Cassandra de monter. Les mains sur le dernier barreau de l'échelle, elle se retourna pour nous regarder, tour à tour. Puis elle disparut à l'intérieur et, pendant un moment, nous n'entendîmes plus que les pleurs de la petite. J'avais la sensation que quelqu'un, quelque part, tournait un film. Où était Merlyn ?

Albert grimpa en dernier, et retira l'échelle. Kembell, qui avait descendu les marches, était accouru pour lui parler.

Trop tard.

Le moteur de l'avion que Flin, obéissant aux ordres, avait laissé ronronner, émit une manière de grondement rageur.

Installé à l'avant, Albert avait saisi les commandes. Il avait déjà piloté, quelques années auparavant, un biplan aux ailes légères sur un terrain écossais – il m'en avait parlé, m'avait montré des photos (sous le casque et les lunettes : un jeune homme méconnaissable, pouce levé, engoncé dans une combinaison trop large pour lui) – mais je ne le pensais pas capable de maîtriser celui-ci.

Je me trompais.

La minute d'après, l'Adrastus-DC2 traversait le parc par l'avant, écrasant une rangée de buissons au passage, renversant la vipère sur son piédestal, puis il se présenta sur la route. Nous courions tous, je crois, une horde désordonnée et suppliante, ne fais pas ça, ne gâche pas tout, parlons – il faut parler !

… mais nos cris, évidemment, Albert ne pouvait ni ne voulait les entendre. Cramponné à ses commandes, courbé sur lui-même, indifférent, allez ! à la pluie de coups désespérés que sa femme faisait pleuvoir sur son dos, il poussa le levier à son maximum, nous laissant tous loin derrière, essoufflés, couverts de poussière, anéantis, il faut bien le dire, lorsque nous vîmes le nez de l'appareil se dresser et, comme dans un mauvais rêve, ses roues quitter le sol – lorsqu'il tangua un instant, dangereusement, manquant emporter un if au passage, puis, telle une apparition indue, une colossale erreur de script, s'éleva soudain au-dessus de la forêt et des champs et, lentement, vira de bord, vers la mer, vers quoi ?

AU CŒUR DE LA NUIT

Errant bras ballants dans la longue galerie du deuxième étage, Merlyn cherchait son ami. Il ne connaissait pas son nom. Ses « hé-oh, montre-toi ! » pouvaient-ils suffire ? À bout d'idées, passé deux allers-retours, il résolut d'examiner chaque tableau, espérant qu'une ombre surgirait des fourrés, qu'un navire reviendrait à bon port ou que le cerf, saisi par le peintre au milieu de sa forêt d'automne, lui indiquerait, d'un coup de tête, la direction où il fallait chercher.

Mais rien.

Impressionné par le profond silence qui habitait les lieux, il se hissa sur une chaise. Pourquoi es-tu parti ? marmonnait-il en lui-même. On s'amusait bien, tous les deux. J'aurais voulu que tu me montres des choses encore. Doucement, les échos d'une chanson ancienne lui revenaient en mémoire, une rengaine que lui chantait sa mère, pour l'endormir. « L'été règne toujours sur mon royaume ; et moi, je ne suis qu'adoration. » Trois notes de piano ; une flûte virevoltant.

Merlyn respirait fort, et des larmes embuaient son regard. Où était passé tout le monde ?

À cet instant, comme en réponse, un ronronnement se fit entendre. Qui enflait et s'amplifiait, avec une familiarité inquiétante.

L'enfant se précipita à la fenêtre. Quoi ? L'avion de Flin ? Flin s'en allait ?

En cavalcade, il descendit les marches du premier escalier, sa main glissant sur la rampe, se rua vers le deuxième, faillit – « pardon, pardon ! » – renverser Sybille au passage tandis que Carl, sur le palier, tâtait les poches de son gilet, mais qu'est-ce que je cherche, moi ? Traversant le grand hall en trombe, le garçonnet se rua vers le perron… et s'arrêta net. Beatrix fondait sur lui, suivie par Ninette, Flin, son grand-père, Casaubon – cohorte désordonnée, un train de vociférations. La chienne, qui bondissait partout en aboyant au hasard, paraissait aussi perdue que son petit maître.

— Que…

Merlyn ne comprenait plus. Pourquoi Beatrix le bousculait-elle, le repoussait-elle à l'intérieur, pourquoi le prenait-elle par la main, maintenant, et l'emmenait-elle vers le fond du hall, « où sont mes parents, gémit Merlyn, où est Esme ? »

Carl Dodilus, appuyé sur sa canne, s'approchait en claudiquant – effaré, pleinement.

— Au nom des dieux, que se trame-t-il ? Est-ce que les Allemands…

Beatrix lâcha la main de Merlyn.

— Vous feriez mieux de rentrer chez vous.

Il la toisa en secouant la tête.

— Il faut que je parle à Kembell. De toute urgence.

Le prenant par le bras, tirant toujours Merlyn derrière elle, elle entraîna le vieil homme vers la chapelle.

— Je lui ferai savoir. Juré, craché. En attendant, retournez à votre étage. Je vous en prie – c'est important.

Elle n'avait pas lâché la main de Merlyn. Elle avait promis à son grand-père de s'occuper de lui, lui disait-elle, et c'est ce qu'elle faisait.

À ses questions sur ses parents, elle répondait de manière élusive, « plus tard », « ne te tracasse pas ». L'empressement qu'elle mettait à éluder le sujet trahissait, il n'en doutait pas, une nervosité incontrôlable, mais les grands commandent, les grands mènent le jeu, les grands…

Elle le mena à la nurserie. Rien n'avait changé : les livres épars, le coffre ouvert, le train renversé ; une odeur d'encaustique flottait dans l'air.

— Est-ce que ma sœur va revenir ? demanda-t-il.

Beatrix ramassa un clown en peluche au nez rouge à demi-arraché, le remit en place, sur une étagère, toi, tu restes là. « Tout le monde va revenir », déclara-t-elle d'une voix fêlée, examinant un wagon, un arbre – comme une géante arrivée après la bataille.

— Pourquoi on entre ici ? On n'a pas le droit.

Elle posa un doigt sur sa bouche. La porte de la chambre de son grand-père n'était jamais ouverte – mais cette fois, si.

Et Beatrix tirait des tiroirs. Celui de sa commode en bois laqué. Celui de sa table de chevet, ornée d'une lampe en ver fumé, et d'un lapin en terre cuite.

— Qu'est-ce que tu cherches… demandait l'enfant qui, posté à la fenêtre, observait le parc de nouveau vide.

— Si je le savais.

Dans la grande armoire de noyer, des costumes étaient alignés. À leur pied : des chaussures parfaitement cirées. Des manteaux de chasse en cuir, des cravates soyeuses classées par teinte, des chemises au col amidonné, des gilets de laine, des pantalons sur cintres, pli impeccable. Panoplie de l'homme seul. Rien qui puisse laisser soupçonner –

— C'est quoi, ce truc ?

Beatrix se retourna. Le petit garçon exhibait une grosse clé en bronze.

— Ne touche à rien, fit la jeune femme en la lui prenant des mains.

Elle la soupesa. Lourde, dotée d'une tête finement sculptée.

— C'est le même dessin que sur la trappe, fit Merlyn, qui tendait la main – rends-la moi.

La jeune femme fit non de la tête, referma son poing sur l'objet, et se mit à quatre pattes, pour regarder sous le lit à baldaquin.

— Merlyn. Tu me gênes.

L'enfant recula.

— Si grand-père nous voit…

Beatrix se releva, jeta un regard circulaire à la pièce – la chambre la plus vaste du manoir.

— La porte du fond ? Tu sais sur quoi elle donne ?

— Casaubon. Mais on s'en fiche, non ?

— Tu as raison.

Elle ouvrit la main.

— Qu'est-ce que tu as dit ?

— Si grand-père…

— Non, avant ça : à propos de la clé.

L'enfant plissa le front.

— Le… le même motif que sur la trappe ?

Elle lui prit la main, réfléchit un instant – le tira en avant.

— Viens.

— Où on va ?

Ils redescendirent en hâte.

La petite domestique aux taches de rousseur, qui passait le plumeau dans le grand hall, releva la tête.

— Madame ?

— Vous ne devriez pas rester ici. Prenez votre journée.

— Quoi ?

Ils s'éloignèrent.

— Que pensent ces gens de nous ? demanda Beatrix, comme si l'enfant détenait la réponse. Les écrivains, les poètes contrariés, notre petit cénacle criblé de malheurs ? Crois-tu qu'ils gloussent, dans les alcôves, qu'ils se lisent des passages des vieux livres à voix haute ?

— J'en sais rien. Tu me fais mal, à me tirer comme ça !

— Pardon.

Ils s'engouffrèrent dans le cellier. La jeune femme referma avec soin derrière eux, gagna la trappe, introduisit la clé, tira.

Une volée de marches en pierre s'enfonçait dans la pénombre. Elle posa un pied sur la première. Une odeur étrange lui monta aux narines.

— Trouve-moi de la lumière.

Elle fit un pas en avant – un autre. Il fallait que les yeux s'habituent, mais...

— C'est ici qu'on va vivre ? demanda l'enfant qui se tenait derrière elle, levant haut une lampe-tempête en fer étamé. Si les Boches attaquent ?

Beatrix remonta, lui prit l'objet des mains.

— Tu es un assistant sensationnel, Merlyn. Maintenant, tu sais ce que tu vas faire ? (Il secoua la tête, interdit.) Tu vas monter la garde. Pendant que je descends voir. Je ne serai pas longue, d'accord ? Quand je remonterai, je te raconterai.

— Pourquoi je ne peux pas venir avec toi ?

Elle écarta une mèche blonde de son front, scruta son visage inquiet.

— Parce que je dois d'abord m'assurer que tout est en ordre, répondit la jeune femme. En attendant, tu pourrais peut-être nous trouver des chocolats. Je suis sûre que Patience a caché une boîte quelque part.

— Des chocolats fourrés ?

Elle alluma la lampe, et lui adressa un clin d'œil.

— Allez, file.

Il se mit à chercher. Tout était soigneusement classé, répertorié. Ici, les conserves de légumes, des pots de contenances variées ; là, les bocaux de fruits, certains transparents, d'autres non. Des abricots, des pêches. Patience lui avait promis un clafoutis pour son anniversaire, mais c'était loin : dans trois semaines et quatre jours. Et puis, si les Boches raflaient tout ? De la viande séchée, des saucissons pendus, des pâtés de porc, de lièvre, de canard, de sanglier, de chevreuil. Il approcha son nez d'un jambon italien, flaira, charmé par les odeurs d'herbe sèche. Plus loin ? Des boîtes de biscuits – assortiments complets. Des sacs de riz, de pâtes, de farine. Du sucre en poudre, du sucre glace, de la levure, des pots de miel de fleurs, avec des étiquettes écrites à la main. Le chocolat ne devait plus être très loin. Il ouvrit une boîte en fer blanc, se retourna.

— Je n'ai pas trouvé…

Il se tut. Beatrix s'avançait, pâle comme un linceul. Henok était là, lui aussi, torse nu et tremblant, les poings emmaillotés de torchons ensanglantés. Sur ses épaules, la jeune femme avait jeté une couverture de laine. Elle voulut la rajuster – il s'écarta.

— Qu'est-ce qui se passe ? demanda le gamin.

— Retourne dans ta chambre.

— Mais… le chocolat ?

— Merlyn !

Ils pivotèrent tous les trois. Flanqué de son majordome, Kembell Gradey venait d'apparaître dans l'encadrement de la porte. L'enfant hésita.

— Grand-père, est-ce que… commença-t-il.

— Sors d'ici, cingla son grand-père.

Mais l'enfant restait figé. Quel bazar, songeait-il. Qui fait quoi ? Telle une bête traquée, Henok avait commencé à reculer dans le fond du cellier.

La trappe était restée grande ouverte. Paume tendue, Casaubon s'avança – il ne quittait pas la jeune femme des yeux.

— Vous avez là quelque chose qui ne vous appartient pas.

Elle secoua la tête, jeta un regard à Henok, commença à reculer.

— Kembell, qu'est-ce... Qu'est-ce que vous avez fait ? fit-elle, secouant la tête. C'est une véritable chambre de torture, en bas. Il va falloir m'expliquer...

— Il va falloir rien du tout, siffla le majordome. Miss Ardeen, je vais vous demander de me remettre la clé et de quitter les lieux.

Elle le dévisageait, sidérée, serrant l'objet dans son poing. Sinon quoi ? Elle allait poser la question lorsqu'une formidable explosion les envoya tous à terre.

LE PARADIS N'EST PLUS

Une bombe, réalisai-je, me relevant, vivante, miraculeusement entière, debout au milieu d'un nuage de fumée noire. Ça a commencé. C'est en train. Un sifflement continu m'emplissait les oreilles, dont l'intensité refusait de faiblir. Je m'avançai – vacillante, éberluée. À l'autre bout de la pièce, déjà, des flammes dansaient. Casaubon, qui s'était remis debout lui aussi, tentait d'éteindre ce qu'il pouvait en abattant dessus un genre de plaque en tôle.

Une immense lézarde défigurait un pan de mur. Les vitraux avaient volé en éclats, ouvrant sur le bleu du ciel. Quelqu'un gémissait. Qui ? Le vent s'engouffrait, des morceaux de papier consumés se racornissaient au sol.

De l'autre côté de la pièce, une étagère s'était effondrée, entraînée par son propre poids. Des bocaux avaient explosé, leur contenu répandu à terre, émaillé d'éclats de verre – des soupes, des viandes en sauce. L'odeur était indescriptible.

Près de moi, Henok, indemne, ramassa sa couverture. « Ça va ? » lui demandai-je. Il ne répondit pas, ou je ne l'entendis pas.

— Merlyn !

Assis contre un mur, Kembell Gradey tenait sa cuisse serrée, et agitait une main. Je vis qu'une large tache sombre poissait son pantalon. Là-bas, dans un coin, son petit-fils s'éloignait à quatre pattes d'une pile de boîte de conserves cabossées – certaines semblaient avoir littéralement explosé. M'efforçant de recouvrer mon équilibre, je m'appuyai à un mur. « Il va y en avoir d'autres » prévint quelqu'un.

D'autres quoi ? Je ne comprenais plus ce qui se passait. Dents serrées, luttant contre la nausée, je rejoignis Merlyn, l'aidai à se relever. « Shhh, soufflai-je, tu es un grand garçon, est-ce que ça pleure, un grand garçon ? » Les mots sortaient, vides et usés, les pauvres mots que l'on prononce dans ces cas-là, mon sourire devait être de cire. Merlyn toussotait, sa frêle poitrine toute secouée, sonnant creux. Le côté gauche de son visage, du menton à la pommette, était noir de suie. Il me montra sa main, des filets de sang coulaient entre ses doigts écartés, « ce n'est rien, dis-je, on va arranger ça, viens, il faut sortir. »

Déjà, Henok avait tiré le verrou de la porte donnant sur le grand hall. Il nous attendait ; je pris la main du petit garçon dans la mienne.

— Grand-père ! geignit Merlyn, me retenant en arrière.

— Grand-père va très bien s'en sortir, dis-je, le tirant à mon tour, insensible à ses protestations.

Ou peut-être va-t-il crever au milieu des jambons et des confitures, me dis-je, découvrant le grand hall dévasté, éventré, en proie aux flammes et à la fumée. Les images de ce que j'avais découvert au sous-sol palpitaient encore, imprimées au fer rouge dans mon esprit.

Nous sortîmes, hébétés. Apparemment, la bombe était tombée du côté de la cuisine, ou de la chapelle – l'aile ouest du manoir, en tout cas. Je levai les yeux, reculant pour me donner de l'espace, Merlyn pleurnichant à mon côté. Deux tourelles avaient été touchées. Trois ? Les dégâts, en tout cas, étaient considérables. Un pan de mur entier s'était écroulé : celui qui donnait sur les écuries et les quartiers des domestiques.

Mentalement, je tentai de me représenter les pièces concernées, là-haut. La chambre de Kembell, la chambre des enfants, celle de Ninette – bon. Les appartements de Carl et de Sibylle. Non. Non.

Drapé dans sa couverture, les yeux rivés sur le carnage, Henok restait mutique. On aurait pu se dire qu'il souriait, mais je savais que ce n'était pas le cas. Il avait tout détruit, en bas. Ce qu'il avait subi, ce qu'on avait voulu faire de lui, les chaînes arrachées au mur, les tables fracassées : il ne restait rien, ou si peu. J'avais envie de le serrer dans mes bras, de lui demander pardon, au nom des adultes, au nom des « grands », mais il n'était plus quelqu'un que l'on étreint ni quelqu'un qui écoute. Il était lui-même, pour la première fois, sans doute, depuis bien longtemps, et il ne laisserait personne abîmer ça.

Un silence de mort planait sur le parc. J'eus une pensée pour les cygnes – envolés, espérai-je, partis pour un monde meilleur.

Merlyn pleurait. Il appelait ses parents, sa sœur.

Je me tournai vers l'étang.

Où aller ?

Un rugissement nouveau emplit le ciel. Sans réfléchir, je me mis à courir, les deux enfants avec moi.

Le ciel s'obscurcissait. Là-bas, au-dessus des champs, des forêts, des collines : trois avions noirs avançaient de front, et des explosions lointaines se faisaient entendre, déjà, des nuages de fumée bourgeonnaient.

Devant le garage, je restai interdite. Ma Mercurio n'était plus là ; celle d'Albert gisait, fracassée – un arbre s'était renversé sur elle.

— Je connais un endroit, grogna Henok à mon côté, tandis que deux domestiques titubantes, là-bas, s'extirpaient des décombres en se retenant l'une à l'autre.

— Un endroit…

Il hocha le menton vers la falaise.

— Rester, c'est mourir. Moi, je pars.

— Beatrix !

Je me retournai d'un bloc. Devant la roseraie, Carl Dodilus venait d'apparaître, au bras de Sibylle. Je levai une main.

— S'il te plaît, intimai-je à Henok en désignant Merlyn, qui refusait de me lâcher la main, veille sur lui. J'en ai pour une minute.

Je m'élançai. Le vieil homme était indemne, sa servante aussi, mais le choc avait été rude. Dans un babil embrouillé, l'écrivain m'expliqua qu'il était descendu dans la roseraie une dizaine de minutes plus tôt, pour essayer de recouvrer son calme, de ne pas hurler, de comprendre ce qui s'était passé, parce que… parce que, pleurnichait-il en me pressant les doigts, oooh, vous ne savez pas ce qui est arrivé à Joy, vous ne pouvez pas imaginer, vous…

Je le saisis par le poignet.

— Plus tard, dis-je. Il faut y aller. Tout de suite !

Sa servante, qui secouait la tête, me fixait d'un œil noir. Le vieil homme hésitait, et je cherchais quelque chose à dire pour le convaincre lorsqu'une nouvelle détonation se fit entendre, du côté des terres, plus puissante encore, je crois, que les précédentes. Carl Dodilus émit un cri étranglé et se gratta furieusement la joue ; ses jambes flageolaient. Sybille l'étreignit, comme un enfant. Des panaches de fumée noire tourbillonnaient au-dessus des chaumes. Était-ce un zeppelin, là-bas, surplombant la mer ? D'autres avions arrivaient, une dizaine au moins, qui traversaient le ciel en hurlant – un chœur de furies. Les yeux rougis de larmes, le vieil homme releva la tête.

— En route, dis-je.

Nous courions à travers la campagne : les enfants, Carl et Sybille, et moi. Sans relâche, sans pitié, l'aviation allemande pilonnait la côte.

Plus tard, j'apprendrais que cette attaque-éclair visait principalement les ports de Bournemouth, Portsmouth, et de Southampton. J'apprendrais que plus de vingt mille personnes avaient trouvé la mort lors de cette seule journée, j'apprendrais qu'une multitude de petits villages avaient été détruits et que Knighton Mills, hélas, faisait partie du nombre, à ceci près que Leslie et la plupart des habitants avaient survécu à l'offensive aérienne, massés dans la crypte de l'église. Plus tard, j'apprendrais qu'un écrivain américain en fuite avait perdu la vie au volant d'une Mercurio V8 après qu'une bombe était tombée sur une ferme abandonnée à une trentaine de pieds de la route – apparemment, il avait perdu le contrôle de son véhicule dont on avait retrouvé la carcasse versée dans un fossé, carbonisée. En cet instant, néanmoins, je ne savais rien de ces choses, et toutes mes pensées étaient tendues vers un but unique : survivre, sauver les enfants.

Bientôt, la cabane de berger apparut. Je m'arrêtai, souffle court, poumons déchirés. Tant bien que mal, Henok et Sybille essayaient de soutenir le vieux Carl, qui implorait qu'on le laisse là, qu'on l'abandonne. Merlyn, lui, avait cessé de pleurer et considérait la situation d'un air absent.

— Il y a une sorte de cave, fit Henok dans mon dos. Derrière.

Nous nous remîmes en route. Dans les champs, le cheval à robe grise avait disparu, et l'abreuvoir de la cabane était vide.

L'adolescent disait vrai. Une petite porte en bois ouvrait sur un réduit – trois marches à descendre.

Tournée vers la mer, je laissai les autres passer devant moi. Des avions déferlaient – certains énormes, j'ignorais même qu'il existât de pareils engins –, des dirigeables glissaient sous le ciel blanc, des navires cuirassés se disposaient, prêts à donner du canon… Je vis une boule de feu monter, au loin, un poème dédié au silence, je la vis s'ouvrir comme une fleur, s'affaisser sur elle-même.

Enfin, à mon tour, je descendis, fermai derrière moi. Henok avait allumé trois bougies, on aurait dit une veillée funèbre. Les autres m'observaient, assis ici et là – résignés, hors du temps.

Je rejoignis Merlyn, m'assis, le pris sur moi, refermai mes bras sur sa petite poitrine. Il respirait fort.

— Je n'ai pas pris ma caméra, lâcha-t-il.

— Je t'en achèterai une autre.

Combien de temps restâmes-nous terrés ? Dehors, des explosions lointaines fleurissaient dans le silence. Henok alluma trois autres bougies, et encore d'autres, et encore. Parfois, il s'assoupissait, tirebouchonné dans sa couverture mais, très vite, il reprenait ses esprits, écarquillait les yeux, abasourdi de se retrouver ici – toujours la même vie, toujours la même peau, toujours la même histoire.

Longtemps muet, Carl Dodilus demanda plusieurs fois à boire ; nous ne pouvions que secouer la tête.

À un moment, il me raconta ce qui était arrivé, là-haut, dans la tour, avec Joy – avant qu'il redescende, assommé, stupéfait.

Il me raconta comment Joy, sa chère Joy, avait disparu littéralement sous ses yeux, se désagrégeant en une… pluie d'étoiles ? sans qu'il puisse rien y faire.

Je l'imaginais, effaré, tendant les bras, suppliant, « non, non ! »

Il secouait la tête. Impossible, répétait-il, d'extirper cette image de son esprit – elle le hantait, désormais, à jamais il lui faudrait vivre avec elle, une enfant aimée, l'innocence entre toutes, vaporisée en quelques secondes – une brume et puis plus rien.

— Où est-elle ? gémissait-il, assis sur une vieille caisse à légumes renversée, le visage enfoui entre ses mains. Croyez-vous qu'elle a retrouvé ses… ses amis ? Le loup, la poupée, le crapaud, le loie, les autres ? Où sont-ils tous allés, hein ? Comment s'appelle ce monde ? Il faut… il faut que je le retrouve. Que je la sauve ! Ils sont bien quelque part, non ? Les êtres-fées sont bien quelque part !

Recroquevillée dans un coin, Sybille regardait ailleurs. Henok, soudain, se leva, et vint s'accroupir devant le vieil homme, mains jointes.

— Vraiment, vous ne savez pas où sont partis vos amis ?

Carl Dodilus cligna des yeux.

— Quoi ? Qu'est-ce que vous racontez ?

Il avait cessé de bégayer. Pour la première fois, je vis Henok sourire.

— Il me l'a dit, reprit-il, tapotant le genou du vieil homme. Il me l'a dit, le nom du royaume où ils s'en allaient, tous – l'endroit dont, plus jamais, ils ne reviendront.

Carl Dodilus secouait la tête.

— Je ne comprends pas…

De son poing fermé, Henok tambourina sur son sternum.

— *Fy nghalon*, murmura-t-il. Mon cœur.

Les fées sont en nous, songeai-je, ramassant un tableau à la toile crevée, où on ne distinguait plus qu'un muret en ruine, puis le rejetant parmi les autres débris.

Notre mémoire est leur refuge, leur palais, le lieu de leur Exil et, quand nous aurons cessé de vivre ici, quand elles auront achevé pour de bon leur commerce avec le monde tangible, c'est à la poussière des âges sans fin qu'on les trouvera mariées – d'elles et de nous, il ne restera plus rien.

Un paysage de désolation : voilà ce qu'était devenu Dandelion Manor. Un amas de ruines fumantes.

Ici et là, un bras sortait des décombres, une main mystérieusement intacte, indiquant le futur, peut-être, un autre monde possible.

Pour l'heure, cependant, c'en était fini des roses trémières et des symphonies, fini des beaux discours et de la vaisselle liserée d'argent, fini des livres d'aventure et des lettres enflammées, fini de la grâce et de l'avenir, des feuilles d'or et des tables à pieds de biche, des orchidées et des tasses de thé, des camées d'onyx et des plateaux d'échec, fini des harpes de frêne et des bouquets de bleuets, des romans à couverture de cuir – Lostoïeveskov, Sickens, Hugolay, Jausten, Malthorpe et cent autres, leurs mots en cendres, leurs histoires dispersées –, fini des chats aux entrailles tièdes et de la chienne aux pattes brisées (que quelqu'un, quelque part, avait enroulée dans un linceul de coton), fini des bustes de marbre et des maisons de poupée, fini de la cuisinière boudeuse, de l'ingénue servante au visage de son et aux rêves de grande dame, fini de la loutre empaillée, des robes de satin noir, du pupitre cuivré, des petits verres de vodka-cerise, du mirliton de papier rose, des pots d'onguent et des coffrets d'ébène, fini de la pendule désossée, de l'édredon jaune d'or aux plumes tachées de sang, des coupes de bronze et des coussins tissés, des boules à neige et des draperies de taffetas, fini du maître des lieux, disparu dans sa chapelle sous trois tonnes de pierre, fini de son majordome au fouet leste, de son jardinier à la tête à demi-arrachée, des classeurs garnis de feuilles séchées, des canapés de velours, des chants de vacances et des baisers volés, fini de la grive en bois peint, du sous-marin à hélice, de la mandoline en érable moucheté, de la longue-vue en cuivre verni, des pinceaux à barbe et des couperets en acier, fini du piano demi-queue sur les restes duquel, tiens ? une corneille dubitative s'était perchée, fini des stylographes Golden Age, des disputes passionnées et des songes indéchiffrables, fini de la moquette haute laine et du plafonnier en porcelaine blanche, fini de ma moustache factice, des tenailles et des chaînes, de la lanterne magique et de mes puérils rêves d'amour.

Des feuilles voletaient, portées par le vent du soir. J'en attrapai une au passage. C'étaient les mots de Kembell – *Le Bataillon sacré*. Des mots de douleur et de regrets, des mots d'extases noires et de pardons impossibles.

Les mots de tout le monde.

La statue du bull-dog était tombée dans l'étang, seule sa tête émergeait, son œil triste, son front buté. Une poule d'eau décrivait des cercles hésitants. Je m'arrêtai, essuyai mon visage d'un pan de foulard en soie déniché dans une armoire intacte. Le crépuscule flamboyait, envahissait tout – nuages en flammes, floraison de mauve et d'héliotrope, festons d'or – je n'en avais jamais vu d'aussi beau. Mais quelque part, dans le sous-sol d'une cabane de berger, un petit garçon frissonnait, espérait en l'avenir, et il avait besoin de moi.

La campagne mortifiée s'enfonçait dans le silence ; les Allemands étaient partis vers le nord, mais les cloches ne sonneraient plus avant longtemps.

Je repartis vers la cabane, vers la mer. Les autres m'attendaient ; il allait falloir inventer quelque chose. Un couple de sternes au dos cendré longeait la falaise en vol plané. Un vent d'été s'était levé. Main ouverte, je lui abandonnai mon foulard – il s'envola dans un froissement.

Il devenait froid. Il était immense. Le temps aboli, l'espace sans limite où la lumière s'absorbe elle-même.

Derrière lui, le Haut Peuple avait définitivement fermé les portes. Voiles de nuit, traînées de larmes, robes en lambeaux, la triste procession s'en était allée, et à présent :

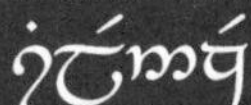

Le monde des mortels avait trop blessé les fées, avec ses horloges, ses plafonds, sa morale, ses histoires ; elles ne le comprenaient plus. C'est pourquoi elles s'en étaient allées vers le tréfonds de la conscience, le cœur des hommes, un lieu sans forme et sans mémoire. Un jour, plus personne ne saurait qu'elles avaient foulé cette terre.

Devant la porte d'airain,  demeurait, interdit. Les fragments de sa conscience commençaient à s'atrophier, à se mêler au vent.

Il avait vu l'homme-arbre partir en flammes, le D, le E, le L, le V et le reste, des cendres crachées vers ce qui restait du ciel —— la douce Joy disparaître, aussi, comme un dessin s'efface, et ça avait été tout.

Adieu, mon Roi ; adieu, ma Reine ; et vous tous, peuple indompté, folle multitude, rires de naissance, constellations, j'ai passé mille ans avec vous, une seconde, un jour, jusqu'à ce que le temps se referme sur lui-même.

Il devenait noir et froid, indolent, étranger à lui-même —— il flottait, mêlé aux

Charbon
Bleu
Omen
Dan
Juif
Dana
George
Fée

LeWhite-Archibald Publishing
Carmelite House
50 Gloriana Embankment
Temple, LONDON

Bournemouth, le 6 septembre 1925

Cher Lane,

Ceci est (peut-être) un commencement.

Me voici enfin de retour à Dandelion Manor. Quatre ans jour pour jour après la fin de la guerre – je vous jure que je n'ai rien calculé.

Merlyn, ainsi que je l'avais subodoré, tenait beaucoup à ce que je l'accompagne. Il assure que les travaux seront achevés dans trois mois. L'estimation me paraît optimiste, mais qui suis-je pour le contredire ? Réponse de l'intéressé : « Tu es ma mère. Ignorante et sûre d'elle. »

Vous le verriez, Lane ! L'expression « beau jeune homme » a été créée pour légender son portrait. Gabardine et bottes lustrées, les cheveux roux d'un ange, vraiment, je ne regrette rien.

Merlyn Gradey-Ardeen vient de terminer son service militaire et ambitionne de devenir metteur en scène ; sans doute, il vous plaira d'apprendre qu'il s'apprête à travailler au côté d'Alfred Sickens à une adaptation de « La Reine des bois n'est pas la reine » que je pressens méchamment novatrice.

Hier, averti de notre arrivée, le responsable du chantier nous attendait devant la gare au volant d'une Nymphea 9 cylindres (paraît-il). Merlyn s'est installé à l'avant. Le soleil brillait, un miracle, à en croire notre chauffeur – un petit français chauve et replet affublé d'un sympathique bec-de-lièvre –, car il venait de pleuvoir pendant quatre jours.

Rapidement, Merlyn a baissé la vitre de sa portière. Il prenait le vent, humait le passé, triste et brave et, derrière son siège, il a cherché ma main, à tâtons, l'a pressée très fort. « Nous y sommes, maman. »

Le chef de chantier a commencé à nous raconter sa vie. Son père a fait fortune dans les chantiers navals, lui est arrivé ici il y a onze ans (un membre de « l'amicale du divorce », a-t-il cru opportun de préciser), et cette région, doux Jésus ! Amour au premier regard ! Il a jeté son dévolu sur un entrepôt à deux pas d'ici, il a acheté du ciment, trois tonnes de poutrelles, embauché une demi-douzaine d'ouvriers – et hop, c'était parti !

Le nouveau manoir, il nous l'a répété trois fois, n'aura pas grand-chose à voir avec le bâtiment précédent... N'empêche, quelle tragédie, a-t-il lâché, donnant un coup de volant pour éviter un jeune lièvre qui a tenté se jeter sous nos roues. Quand je pense aux photographies de l'époque ! Les gens devaient être heureux, ici.

Nous n'avons pas commenté. Dans le rétroviseur, l'homme a accroché mon regard.

Aux abords du domaine, Merlyn a demandé à descendre. Il avait besoin d'être seul, un peu. Il est parti en avant, me laissant avec notre petit Français.

« Pardonnez-moi, s'est lancé ce dernier en s'allumant un cigare, adossé à sa portière, mais ce garçon, vous n'allez pas me dire que c'est le vôtre, si ?

— Je l'ai adopté.

— Les parents sont morts ?

— Disparus. »

Le Français a rajusté son béret et a eu une mimique amusée. Ça existe, « disparus » ?

« Il paraît, ai-je fait. C'est quand on ne vous trouve pas. Quand on vous trouve, on dit "morts". »

Notre chauffeur a acquiescé. Là-bas, au bord de l'étang, Merlyn s'était accroupi, laissant venir à lui un couple de jeunes canards colverts. Femelle beige et mâle à tête vert brillant.

« Disparus, répéta le Français, dubitatif. En mer ?

— En avion », ai-je répondu.

L'homme insistait. « Mais un avion, ça atterrit ou ça s'écrase, non ? »

J'ai souri. « Il existe une troisième possibilité. L'avion décolle et, ensuite, on ne sait pas. On imagine.

– Ha, ha, a repris le Français en tapotant son cigare sur l'asphalte – la route avait été goudronnée –, elle est bien bonne, celle-là, il faudrait en faire un livre.

– Et pourquoi pas ? » ai-je lâché.

Dans une poche intérieure de mon sac de voyage, cher Lane, j'avais glissé un carnet à spirale tout neuf : le quatrième en date, assorti des stylographes réglementaires – le vendeur de la boutique Golden Age de Charing Cross me salue main sur le cœur.

Bientôt – je vous l'ai promis –, je vais m'attaquer au premier chapitre. J'ai déjà un début, je crois : « Assis sur une branche haute, les pieds se balançant dans le vide, le petit être frissonna. » S'il vous plaît, pas de commentaires à ce stade.

Le Français a tiré sur son cigare. « Mais pour écrire, il faut de l'inspiration, pas vrai ? Les fées, les gnomes, tout le bastringue. Ou une muse ? » Il riait ; il ne devait pas trop savoir pourquoi. Les papillons savaient, eux, qui s'agitaient passionnément autour de nous. La mésange, la fleur sauvage, la brise dans le feuillage du vieux chêne —— le monde ancien savait encore.

Dans la collection
Le Rayon imaginaire

ALIX E. HARROW
Les Dix Mille Portes de January
Le Temps des Sorcières

ROBERT HEINLEIN
Destination Outreterres

LAVANYA LAKSHMINARAYAN
Analog / Virtuel

MARY SHELLEY
Frankenstein ou le Prométhée moderne

JAN WEISS
La Maison aux mille étages

Pour soumettre un manuscrit au Rayon imaginaire :
lerayonimaginaire@hachette-livre.fr

Pour l'éditeur, le principe est d'utiliser des papiers composés de fibres naturelles, renouvelables, recyclables et fabriqués à partir de bois issus de forêts qui adoptent un système d'aménagement durable.
En outre, l'éditeur attend de ses fournisseurs de papier qu'ils s'inscrivent dans une démarche de certification environnementale reconnue.

Créations graphique de couverture : Pauline Ortlieb
Créations graphiques et mise en page : Florent Salaün
Lecture-correction : Véronique Delaunay, agence éditoriale Paludes

Achevé d'imprimer en Italie, par Grafica Veneta.
51.4418.1 / 01 – ISBN : 978-2-01-717856-9
Dépôt légal de la première édition : octobre 2022